徳　間　文　庫

黄　金　宮　Ⅰ

勃起仏編・裏密編

夢枕　獏

徳　間　書　店

目次

1 勃起仏編

愛すべきライダー・ハガード氏に

◎本編の主人公についての覚書
氏名　地虫平八郎《じむしへいはちろう》。
身長　一九二センチ。
体重　九〇キロ。
職業　ストリッパーのヒモ。他。
年齢　三十一歳。
趣味　詩を書くこと。
性格　明朗。下品。助平。茫洋《ぼうよう》として極めて狂暴。
酒癖　極めて悪質。
特技　中国拳法。
性技　極めて巧み。
愛読書　高村光太郎『智恵子抄』宮沢賢治『銀河鉄道の夜』。

地虫平八郎とつきあうための三ヵ条
一、絶対に金を貸さないこと。
二、絶対に女を紹介しないこと。
三、用件は電話で済ませること。

序章

立っている。

背の高い男が、棒のように立っている。

異様な男であった。

身長は、二メートルくらいはあるかと見える。黒人であった。身に付けているのは、腰に巻いた赤い布だけである。

その布が、膝の下までを包んでいる。

素足であった。

大きな素足である。

裸の上半身に、極彩色のペイントが施《ほどこ》してある。何かの動物を模したものらしいが、それがどういう生物であるのかはわからない。

ひょろりとしてはいるが、ペイントの下の肉が、きれいに引き締まっている。

強靭《きょうじん》なバネを秘めていそうな筋肉であった。

ペイントは、上半身だけではない。

顔にも施してある。

鼻を中心にして、左右対称の模様であった。

長い顔であった。

大人の手の平を何枚か重ねて、やっとおおうことができそうだった。

鼻は潰《つぶ》れていた。唇が分厚く、眼が大きかった。

白眼の部分が、黒い肌と原色のペイントの中で、やけに目立っている。

首から、何かの骨で造ったらしい首飾りが下がっている。

右手に、槍を握っていた。

切先を上にして、石突きを下に突いている。

その切先に、ぎらりと陽光が当っている。

陽光は、男が頭にかぶった、ダチョウの羽根飾りにも当っていた。

その羽毛に、風がそよいでいる。

しかし、その風は、熱帯のジャングルを吹く風でも、アフリカのサバンナを渡る風でもなかった。

車の排気ガスの臭気の混ざる風である。

男の素足が踏んでいるのは、砂でも土でもなく、アスファルトであった。

　その男は、新宿の歩行者天国の人混みの真ん中で、午後の陽を浴びながら槍を手にして立っているのだった。

　その男がいつからそこに立っているのか、通行人の誰もが知らなかった。

　ただ立っている。

　アスファルト道路の中央に立って、遠い眼を前方に向けている。

　通行人は、さすがに好奇の視線をその男に注いでゆくが、長い間立ち止まって見ている者はいない。

　五分も見ていれば飽きてしまう。

　その男が、立っているだけで何もしないからである。

　新宿の、休日の歩行者天国では、どのような姿をした男や女が立っていようとも、別に不思議ではないのだ。さすがにその男の姿は異様であったが、奇抜な姿をした人間はいくらでもいる。

　何かのコマーシャルか、目立ちたがり屋の外人くらいにしか、受け取られない。

　声をかけて、何をしているのかと、そう問う者さえいないのだ。

　空は晴れていた。

　初夏の青い空である。

　ビルの壁面に当っている陽光が眩《まぶ》しい。

男は、サバンナに群れる草食獣を眺めるように、歩行者天国を行きかう人間たちを見ていた。

——五月。

歩行者天国には、若者たちの姿が多かった。

カラフルな色の服が、高いビルに挟まれたその通りを動いている。

——と。

ふいに、男の大きな眼が細くすぼめられた。

その眼が、ふっ、ともとの大きさにもどった。

男の右手が動いた。

槍を逆手《さかて》に握った。

槍を握った手を、高く陽光の中に持ちあげた。

穂先に、ぎらりと陽光が跳ねる。

男は、喉を天に向かって垂直に立てた。

「あ〜〜〜〜い〜〜〜〜〜」

男の唇から、高い声が空に伸びあがり、ビルの壁面に跳ね返った。

真っ白な歯が覗《のぞ》いた。

男が走り出していた。

凄いバネであった。

素足が、軽々とアスファルトの大地を蹴ってゆく。

ぐんぐんとスピードがあがる。

巨体が風を切った。

ダチョウの羽根が後方に倒れ、男のリズムに合わせて揺れている。

草食獣の群れが、たちまち左右に割れてゆく。

疾駆する男の行手をはばむものはなかった。

左右に割れた人混みの奥に、ひとりの男が立っていた。

スーツを着た中年の男であった。

その男は、呆然とそこに突っ立ったまま、一直線に自分に向かって走ってくる男を見ていた。大きく槍を振りかざして、自分目がけて走ってくる黒人の男――。

今、何が起こっているのかわからないという顔つきをしていた。

中年の男が、ようやく何事かを理解したのは、槍を持った男がすぐ目の前に迫ってからであった。

「ひいっ」

中年の男は声をあげた。

声をあげて、男に背を向けた。

そのまま走って逃げようとした。

顔が歪んでいた。

中年の男は、数歩も走れなかった。

〝ひゅっ〟

と、黒人の男の唇から、笛のような呼気が洩れた。

槍が手を放れ、その切先が、スーツの生地を貫いて、中年の男の背に潜り込んでいた。

「あぎっ」

中年の男が声をあげた。

そのまま黒人の男の身体は、大きく宙に跳躍していた。見ていた人間の頭上を飛び越えた。

信じられないほどの跳躍力であった。

自分の胸の真ん中から、前方に向かって三十センチ近くも生えてきたものを、中年の男は丸い眼で見つめた。

それを握ったまま、さらに数歩前に走った。

よろめきながら、顔を前に倒した。

前にいた男にしがみついて、顔をあげた。

その男に、何か言おうとした。

しかし、何かが喉につかえているらしく、声は出てこなかった。

唇をぱくぱくとさせた。

ふいに、ごぼっ、と音がして、大量の血が男の唇からあふれ出た。

しがみついた男のポケットに、中年の男の指先がひっかかり、かろうじて中年の男は倒れるのを踏みとどまった。

群集が大きくざわめき出したのは、その時であった。

何かの〝芸〟でも、流行中のパフォーマンスでもない、とんでもないことが起こったのだということを、ようやく彼等は理解したらしかった。

黒人の姿はなかった。

中年の男の眼に映っているのは、自分を取り巻いて、眼を大きくしてこちらを見ている男や女や大人や子供の眼であった。

「痛そうだなあ――」

中年の男の耳に、場違いなほどのんびりした男の声が響いてきた。

自分がしがみついた男が発した声であった。

その男が自分を見下ろしていた。

「痛《いて》えだろう?」

男が言った。

中年の男は、泣きそうな顔で頷いた。
ポケットの中を、中年の男はさぐり、何かの包みを男に手渡した。
「これを――」
やっとつぶやいた。
その口からまた血があふれた。
ゆっくりと中年の男が、前に倒れ始めた。
うつ伏せにアスファルトの上に倒れた。
アスファルトで切先が押され、中年の男の背から生えていた槍の柄が押しもどされた。
数度、中年の男の身体は痙攣《けいれん》し、そして動かなくなった。

第一章　邪　仏

1

マンション風の部屋であった。

寝室である。

部屋の調度品は、どれも女っぽい趣味で統一されていた。

でかいダブルベッドが壁に寄せて置いてあった。そのベッドの横に、化粧台がある。三面鏡が付いていて、木製であった。たくさんのクリームやら何やらの瓶が置いてあるが、男にはとても覚えきれないほど種類がある。

絨緞《じゅうたん》の上に、コアラとパンダの動物の姿形を模した、クッションがふたつ転がっている。

部屋は、暗かった。

しかし、夜ではない。

窓に閉まったカーテンの透き間から、強い陽光が、刃物のようにベッドの上に差し込んでいる。

ベッドでは、女が、ひとりで寝ていた。

うつ伏せの姿勢で、左頬を枕に当て、両手を頭の左右で〝八〟の字に開いている。

白い両肩と、背中の一部が見えている。

女の横の毛布がめくれあがっていた。

それまで、そこに眠っていた誰かが、抜け出したばかりのように見える。その抜け出したはずの人間が頭を乗せていたと思える枕の窪《くぼ》みに、赤い表紙の本が乗っていた。

〝『智恵子抄』高村光太郎〟

とある。

寝室のドアが、半開きになっている。

そのドアが、さらに大きく開いて、ひとりの男が入ってきた。

全裸の男である。

長身であった。

身長は百九十センチを下るまい。

ひょろりとした体軀《たいく》は、あまり頑健そうには見えないが、痩せ細っているわけではない。

必要な分の肉はきちんと付いている。

頸《くび》と顔がやや長めのため、その身体以上に、ひょろりとした印象を人に与えているようである。

両手で掻《か》き回した直後のような髪をしていた。

眼は、まだ半分閉じられていた。

美男子ではないが、その眠そうな眼に、子供のような愛敬が残っている。

三十代の顔つきであった。

右手に、新聞を握っていた。その指が、身体と同じように、長い。

薄く、男の胸に、胸毛がからんでいる。

その胸毛は、胸から腹に這《は》い下り、臍《へそ》の周囲で、急に濃くなって、股間の陰毛とつながっていた。

陰毛の間から、巨大なものがぶら下がっていた。平常時のその状態で、勃起した大人のそれくらいはあった。

男が歩くと、それが揺れて、左右の太股の内側を打つ。

新聞の間から、その日の広告が床に滑り落ちる。

男は、それに気づかないように窓まで歩いてゆくと、分厚いカーテンを引き開けた。

陽光が、大量に部屋の中に入り込んできた。

女の顔にその陽光が当った。

女が、小さく呻《うめ》いて身をよじった。窓とは逆の、壁の方に顔を向ける。

男は、ベッドの上に新聞を放り投げ、サイドテーブルの上から、煙草を取り出した。

それを口に咥《くわ》え、ライターで火を点ける。

ガスライターではない。ジッポの、オイルライターである。

古っぽいデザインのライターの腹に、カメラメーカーの名前《ネーム》が入っている。

そのカメラメーカーが、売り上げを伸ばした小売店に送るためのライターだ。ライターの腹に大きく書かれたカメラメーカーの名前が、妙にちぐはぐであった。

オイルの匂いが、男と女の体臭の混ざった空気の中に溶けた。

男は、大きく煙草を吸い込んでから、枕の上に乗っていた『智恵子抄』をサイドテーブルの上に置き、新聞を左手に取って、ベッドの上に仰向けになった。

サイドテーブルの上にあった灰皿を引き寄せる。

煙草を咥えたまま、新聞をめくり始めた。

何か、特定の記事を捜しているらしい。

「何なのよう、こんなに早くから――」

女が、声をあげて、また身をよじった時には、男は、目的の記事を見つけていた。その記事を眼で追い始めている。

「平《へい》ちゃんたら、眩しいよう」

女が、甘えたような、怒ったような声をあげる。二十代の前半といった顔つきをしていた。

男は答えずに、新聞に眼をやっている。

灰が長くなった煙草を左手でつまみ、左のサイドテーブルの上の灰皿に、灰を落とした。

「平ちゃんてば――」

男は、灰を落としたばかりの煙草を、自分の唇にはもどさず、右手に持ちかえた。その煙草の吸い口を、女の唇の中に埋める。

「ん――」

と、女が声をあげて、それを吸い込む。

女が眼を開いた。眼をちらちらと部屋の内部に動かし、眩しそうにまた眼を閉じる。

「まだ九時じゃないの――」

煙草を手に取って言う。

眼を開けて首を振り、手を伸ばして、男の唇に煙草をもどした。

白い腕が伸びて、乳房が毛布の下から現われた。

白い、重そうな乳房であった。

茶っぽい乳暈《にゅううん》の中に、乳首が半分埋まっている。

「損したなあ」

言いながら、女は上半身を起こした。

そのままベッドの上に両手を突いて、腰と尻を毛布の下から抜き取ると、四つん這いでベッドの上を移動した。

男の腰を、右手でまたいだ。

女の顔の下に、まだ萎えたままの男のものがあった。

女は、唇と舌とで、男のそれにじゃれ始めた。

柔らかいものを口の中に吸い込んで、舌をからませる。

吐き出して、唇でついばみ、舌で左右に転がす。

「おいおい、昨夜、四回もやってやったばかりじゃねえか――」

男が言った。

唇の動きを続けながら、女が、視線をあげる。しかし、新聞にさえぎられて男の顔は見えない。

「これは、今日の分――」

女が唇をはずして言う。

男のものは、もう半分立ちあがっている。

女は、眼を細めて、それを全て呑み込んだ。女は、左手で自分の体重を支え、右手を男のふたつの胡桃《くるみ》にそえていた。小指を残した四本の指が、それを撫であげ、小さく動かした。小指だけが、さらに足の間の下方に潜り込んでいる。

裏の蕾《つぼみ》に、その指が触れている。

女が、ゆっくりと顔を持ちあげ始めた。

女の唇から、徐々に濡れた男のそれが、姿を現わしてきた。

始めた時に比べて、今、上に浮いてゆく女の唇が造る輪の大きさは、倍近くになっていた。

昇っても昇っても、男のそれは、まだ全貌を現わさなかった。

女の唇が自分で昇ってゆくというより、大きくなってゆく男の先端によって、女の頭部が上に押し上げられてゆくように見える。

形の良い女の鼻孔が、小さく脹《ふく》らんだりすぼまったりしている。呼吸が荒くなっているのである。

女の瞳が、興奮で濡れたような光を帯びていた。

肌がやや荒れてはいるが、美しい女だった。丸顔で、その頬が赤く染まっている。

とうとう、男のそれが全貌を現わした。

女が、右手の親指と人差し指で、男のその根元で輪を造っている。

その親指と人差し指の先が触れ合うには、もう一本の指が必要なほどであった。

男のそれは、きれいなピンク色をしていた。

女は、それに頰ずりをして、赤い舌を尖らせた。

舌先で、敏感な肉の溝を、ゆっくりと舐めてゆく。

再びそれを含み、女は顔を上下させ始めた。

「節操がねえガキだ――」

男がつぶやいた。

立ち上がってしまった自分のそれのことを言っているのか、女のことを言っているのかは、わからないが、いやがっている響きはその声にはない。

男が、新聞を左手でベッドの下に放り投げた。

「やるかよ」

どこかとぼけたような声で言った。

男は、女を立ちあがらせ、向き合うかたちに自分の身体をまたがせた。

男がどうするかを、もう承知しているように、女は、脚を開いて高さを調節すると、腰をおもいきり前に突き出した。

割れた肉色の眺めが、男のすぐ眼の前にあった。

男が、舌を伸ばして、女の身体の底全体に押しあてた。内をえぐるように、舌ですくいあげた。割れた肉の中に潜り込んだ舌が、襞の隅々までほじくりながら動いた。

「ああ」

と、女が声をあげて、尻を小さく揺すった。

敏感な肉の真珠を男の舌がさぐりあて、その先端が、小刻みにそこに刺激を送り込む。

「いいよう」

と、女が男の頭部を抱え込んだ。

「いいよう、そこ、いいよう」

眼を閉じて、女が尻を回し始めた。

たっぷりと、男は時間をかけた。

顔をはずして、女の腰を両手でつかみ、ゆっくりと下へ引き下ろした。

その途中で、男の右手が女の腰から離れ、自分のそれを握った。

降りてくる女のそこに、自分のそこを合わせる。

先端が、熱く濡れた肉の中に潜り込んだ。

「平ちゃん」

女が、白い喉を垂直に立てて、声をあげた。

一瞬、女の腰が跳ねて逃げるような動きをする。男を捕えた悦《よろこ》びに、腰が動いてしまうらしい。

「平ちゃんのが、あたしの中に入ってくるよう——」

何かに耐えるように、女は、いっきに降りて行きたがる腰のスピードを殺して、その感触を味わおうとしているらしい。

顔の高さまで降りてきた女の乳房を、男が両手でつかんだ。長い指の間から、乳房の先があふれ、尖った乳首が突き出ていた。

乳房を揉みたてながら、男が、交互にそれを口に含んだ。

「もう、七子《ななこ》はたまんないよう」

小さく叫んで、女は腰を動かし始めた。

何かをこらえかねたように、激しく腰をグラインドさせる。

下から、男が動き始めた。

「平ちゃん、平ちゃん」

「七子、可愛いな。おめえ」

男は、女を抱えたまま前に倒れ込んだ。

男が、女の上になった。

女の膝の裏側に、男は、内側から両腕を差し込んで、女の身体をふたつに折った。

シーツから、女の尻が浮いている。

女は、首を左右に振っていた。

その動いている唇を、男が上から自分の唇で捕えようとする。

男の腰が、大きくはずんでいる。

「七子は、いくよう」

女が高い声をあげた。

最初の頂をむかえたらしかった。

2

「この人なの、平ちゃんが言ってた人――」

女――村山七子が、仰向けになったまま言った。

「佐川義昭《さがわよしあき》だよ――」

男――地虫平八郎が答えた。

地虫平八郎の右肩に、女の頭が乗っている。

平八郎が、仰向けになって両手で開いている新聞を、七子が下から見上げている。

〝新宿で奇怪な殺人事件〟

と、見出しにあり、その記事の中に、佐川義昭の名が出ている。

昨日の午後、新宿の歩行者天国の通りの中央に立っていた半裸の黒人が、いきなり手に槍を持ったまま走り出し、前から歩いてきた佐川義昭の胸をその槍で貫き、そのまま逃亡したことが書いてあった。

その黒人もつかまらず、何故佐川が殺されたのかも、まだわかってはいないらしかった。

現場から、三百メートルほど離れた場所で、そこに停車していた車に黒人が乗り込むのを見たという人間が、何人か名乗り出てきている他に、手がかりはないらしい。

「学者さんね」

七子が言った。

「そうらしいな」

平八郎が、つぶやく。

新聞には、その佐川が動物学者であること、離婚歴があって、二十四歳になる娘とふたりで暮らしていたことなどが書かれてあった。

「平ちゃんのことは、何も書いてないじゃないの——」

「おまわりは大《でえ》きれえだからよ、どさくさにまぎれて、逃げてきたんだ」

「ふうん」

「背広を一着血で汚されちまった」

平八郎の脳裏には、その時の光景がまだ焼きついていた。

胸から、血をからみつかせた刃物の先を、にょっきりと生やした男——。

信じられないような眼で、自分を見、口から血をあふれさせて、アスファルトの上に倒れていった男。

その男が、倒れる寸前に、平八郎の右手に握らせていったものがあった。

片手に乗せられるくらいの紙包みであった。

右手に乗ったそれは、大きさの割には、ずっしりと重いものであった。

握らされた瞬間に、その手が下がったほどである。

堅い、ぞくりとするような重さのものであった。鉄よりも、もっと重いもの――。

〝これを――〟

ほとんど聴きとれぬくらいの声で、男が囁《ささや》いた。一番近くにいた平八郎にだけ、届く声であった。

平八郎が、その包みを見たのは、現場から立ち去り、近くのデパートの便所の中であった。

その包みの中身は、黄金の仏像と、そして一枚の地図であった。

仏像と、それは、確かにそう呼んでもさしつかえないものであった。

平八郎は、仏像が、正確にはどういうものか、わからない。菩薩《ぼさつ》も如来《にょらい》もみんな一緒である。

しかし、厳密には、仏像と菩薩像とは別のものだ。

日本ではお釈迦《しゃか》さまと呼ばれる人物――つまり釈尊の姿を模した像が仏像である。

立っている仏像もあれば、座っている仏像もあるし、涅槃《ねはん》像と呼ばれる横たわった姿の仏像もある。

菩薩は、仏ではない。

菩薩とは、仏に至る一段階手前の状態を差す言葉である。まだ仏には至っていないが、いずれ修行によって仏となることが約束されている状態にある人間を、この名で呼ぶ。横綱になることが決まっている大関のようなものだ。

仏も菩薩も、基本的には固有名詞ではない。悟りを開き、涅槃の状態に至った者は皆仏である。

だから、仏は何人いてもいいのだが、歴史上では、悟りを開いて仏となった人物は、ただひとりしか知られていない。それが釈尊――つまり、シャカ族のゴータマ・シッダールタである。

仏教ではそうだ。だが、密教の世界などでは、仏は無数にいる。

しかし、平八郎には、そういう知識はない。

釈迦牟尼《しゃかむに》仏も弥勒菩薩《みろくぼさつ》も同じだ。区別はない。

だが、それは、確かに仏像であった。

高さが約十五センチの座像である。

しかも、鋳型に溶けた黄金を流し込んで造ったものではない。直接黄金を彫ったものである。

仏の特徴である肉髻《にくけい》から螺髪《らほつ》まで、きちんとそれらしく彫り込んであった。

しかし、異常な部分がひとつだけあった。

それは、いかに平八郎であってもわかるものであった。

その結跏趺坐《けっかふざ》をした仏像の股間から、みごとな陽根が、天に向かって反り返っていたのである。

右手の平を上に向けて、胡座《あぐら》の中心に置き、その上に、やはり手の平を上に向けた左手を重ね、右手と左手の親指の先を触れ合わせる、法界定印《ほっかいじょういん》と呼ばれる印を、その仏像は結んでいた。

陽根は、その親指の造った輪をくぐって、ほぼ仏像の顔の高さまで、その先端をそびやかしていたのである。

異妖な像であった。

冗談か何かで、黄金でこのような仏像はつくるまい。

仏像の半眼も、薄く閉じた唇も、こうなるとかえって不気味であった。

黄金の光をまとっている分だけ、奇妙な凶々《まがまが》しさがあった。

紙包みの中のもうひとつは地図であった。

地図は、紙ではなく、布でできていた。白い、綿の生地でできたシャツの一部らしい。

刃物ではなく、手か何かでむりに裂いたような布であった。布を広げると、大人の手の平を、みっつは楽に置けるスペースがあった。

そこに、奇妙な線が描かれていた。

川の線らしかった。

何かわからない草の汁と、木の枝を利用して書いたものらしい。

そこに描かれた線の処どころが、緑色に滲《にじ》んでいる。

支流が何本か書き込まれてあるので、上流と下流との区別はすぐについた。

いくつかある支流のひとつ、その先に、小学生が描くような、〃へ〃の字に似た山の絵があり、その山の中腹に、赤黒い滲みがあった。

血のようであった。

わざわざ、そこだけ色を変えたかったとしか思えない。

その血らしい滲みが偶然に付いたとは考えにくい。

この地図を描いた人間が、そのポイントに特別な意味を込めたとしか考えられなかった。

その河に沿って、何かの動物らしい絵が描かれていたが、線が滲んで、それがどういう動物なのか見当がつかなかった。

それが四本足であるとか、蟠《とぐろ》を巻いているらしいとか、翼のようだとか、そのくらいのことしか判別できない。

しかし、その絵は、きちんとひとつの方向に沿って描かれていた。

川の下流から上流に向かってその絵をたどってゆくと、自然に山の所までたどりつくようになっている。

「こいつはおめえ……」

と、便所でその地図を眼にした平八郎はつぶやいた。

〝宝の地図じゃねえか〟

という言葉を飲み込んだのである。

何かの冗談のようであった。

しかし、冗談で人が死ぬにしては念が入り過ぎている。

中年の男の胸からずいと突き出てきた金属を、平八郎ははっきりと見ているのである。

その中年の男が、死ぬ寸前に平八郎に手渡したのが、この金の仏像と地図なのである。

ずっしりとした黄金の重みが、平八郎の手にあった。その重みが、冗談ではないと、平八郎に告げていた。

〝ぐびり〟

と、下卑た音をたてて、平八郎の喉が鳴った。

ぞくぞくと、足の裏からたまらないものが次々に背にこみあげてくる。

「いいぞ、いいぞ――」

何がいいのかわからなかった。

しかし、平八郎は便所でそうつぶやいていたのである。

「恐《こわ》くなかったの、平ちゃん」

と、七子が平八郎に身体をすり寄せてきた。

「恐かあ、なかったけどよ――」

新聞を捨てて、平八郎が、七子を右腕に抱え込む。

「なあに？」

「痛そうだったなあ」

「痛そうって？」

「刺された佐川がだよ――」

「へえ」

自分だったら、痛い痛いと大声でわめいていると、平八郎は思う。

背中から胸へ、人の肉体の中を異物が突き抜けたのだ。

痛くないわけはない。

痛いに決まっている。

死ぬことよりも、痛いことのほうが、可哀そうだった。

「よほど痛かったんだろうよ」

と、平八郎が、七子の髪を撫でる。

あの中年の男は、始め、何が起こったのかわからないという顔つきをしていた。

不思議そうな眼で平八郎を見た。

あんまり痛いものだから、それに気がつきたくなかったのだと、平八郎は思う。

気がついてしまうと、もっと痛いからだ。

あまりに痛みが強いと、人はあのような顔つきになるのかもしれなかった。

「痛いのはいや」

七子が平八郎の大きな身体にしがみつく。

「おれもだ」

「気持ちいいのが、七子、好きよ」

七子の右手が、また平八郎を握っている。

「お客さんもさあ、舞台に上がるとあせっちゃって、痛い時あるもん」

平八郎を握っていた七子の手が、腹を這いあがってきて、平八郎の顎を撫で始めた。

ざらっと、そこに無精髯が生えている。

七子は、ストリッパーである。

渋谷の〝あやめ劇場〟で、踊っている。

一年のうち、半分以上は、都内の〝あやめ劇場〟をまわって過ごしている。

むろん踊るだけでなく、本番から、レズビアンショーまで、かなりレパートリーは広い。

「わたしさあ、平ちゃんが相手だから、きちんと舞台をやってられるんだって思うのよ」

七子が、平八郎の胸に鼻をすりよせる。

平八郎は、七子には、まだ仏像のことも地図のことも話してはいない。

ただ、新宿の歩行者天国であったことだけは話している。

七子に鼻をすりつけられながら、さしあたってどうするかを、平八郎は考えていた。

しかし、なかなかその見当がつかない。

——娘がいたか。

平八郎は、新聞の記事にあった、佐川に娘がいたということを思い出していた。

3

昼過ぎまで眠ると言って、再び寝息をたて始めた七子をベッドに残し、平八郎は再び起き上がった。

素っ裸のままバスルームへ行き、熱いシャワーを浴びた。

濡れた身体のまま、タオルを肩にひっかけて、バスルームから出てくると、寝室に置いてあった電話を切りかえて、居間の電話につないだ。

タオルで身体の水滴をぬぐい、そのタオルをソファーに無造作に放り投げる。

そのまま受話器を手にとって、ダイヤルを回した。番号はきちんと頭の中に入っているらしい。

二回の呼び出し音で、相手が出た。

「日刊東京タイムスでございます——」

女の声がした。

ハスキーな、色っぽい声である。

「工藤典夫《くどうのりお》はいるかい」

平八郎は訊《き》いた。

「おりますが、どちら様ですか——」

「呼んでくれ」

どちら様ですかという女の問を無視して、平八郎は言った。

むっとした短い沈黙があり、

「少々お待ち下さい」

女の声がして、いくらもしないうちに、電話を変わる気配があった。

「もしもし、工藤ですが——」

あらたまった口調の男の声がした。

「おれだよ」

平八郎が言った。

「平《へい》さんか――」

男――工藤の口調が、急にぶっきらぼうになった。

「ちょっと訊きたいことがあるんだけどね、外で会えるかい――」

「訊きたいこと？」

「佐川義昭についてね」

「佐川って、あの新宿の佐川かい」

「ああ。黒人に、新宿で槍で突き殺されたあの佐川だ」

「どうして、平さんが、佐川のこと知りたがってんだい？」

「いいじゃねえか、どうだって――」

「おもしろいことでも聴き込んできたのかい？」

「おもしろい話なんて、そうは転がっちゃいないよ」

「隠すなよ――」

「隠しちゃいない」

平八郎が答えると、工藤は、とりあえず何事かを納得したような頷き方をした。

「何を知りたがってんの――」

「色々だ」

と、平八郎は答えた。

「色々って？」

工藤は、からめ手の方から、平八郎に訊ねてきた。

「たとえば、まあ、略歴だな」

「略歴？」

「どこの生まれとか、いつ結婚していつ離婚したとかだ。学者だろう、佐川は？」

「ああ。動物学者ということになってる」

「だからよ、どういう動物が専門なのかとか、今、どこに住んでるのかとか、分かれた女房が今どうしてるかとか、まあ、何でもだな」

「とりとめがなさ過ぎるな」

「いいじゃねえか。どうせ、おめえんとこの新聞もその記事を載せんだろう？」

「ああ。今日の夕刊でな」

「それで分かったことをこっちへ横流しすりゃあいい。記事にならねえことまで含めてよ」

「担当が違うんだ。こっちは風俗専門でね」

「けっ。どうせたいした人数がいるわけじゃねえんだろうがよ。いいかい、昼に、〝亜里《あり》沙《さ》〟で待ってるぜ――」

平八郎は、日刊東京タイムスの編集部に近い、喫茶店の名前を言った。

「昼か――」

「今日は、たかりに行くわけじゃねえ。教えてくれりゃ、少しはおもしろい話を聴かせてやる――」

「あてにはしないで待ってるよ」

「ところで、佐川には娘がいたろう？」

「いたよ、佐川真由美《まゆみ》のことだろう」

「その真由美が、今、何をしてるか、どこに行けば会えるのかも調べてくれるかい」

平八郎が言うと、

「おまえ、知らんのか？」

と、工藤が言った。

「なんだ」

「佐川真由美は、モデルだよ。日本じゃトップクラスだな――」

「へえ」

「昨年のN化粧品のイメージガールさ」

「あれか」

「真由美のヒモになろうってわけじゃないだろうな――」

「悪くねえ話だ」

「本気かい」

「おらあ、いつだってマジだぜ――」

平八郎は答えた。

平八郎の頭の中には、裸の女が浮かんでいる。

海岸の白い砂浜に四つん這いになって、尻を高くあげて、カメラの方に視線を向けている、髪の長い女の肢体だ。

肢体が充分に伸びた、グラマーな女であった。

その女の両手と、両膝を、透明な波が洗っている――。

昨年の夏の、N化粧品のポスターの構図である。

股間のものが、いつのまにか立ちあがって、そのかま首を、臍の中に突っ込みそうになるくらい、反り返っていた。

「じゃ、昼に待ってるぜ」

平八郎は、その堅くなったものに、上から、左手で軽く往復ビンタをくらわしながら言った。

4

――亜里沙。

かなり広い店内の席のほとんどが、サラリーマンやＯＬで埋まっていた。

その店の奥まった場所にあるボックスを、地虫平八郎は、ひとりで占領していた。

四人が座れる場所である。

座っているのは、平八郎ひとりだったが、テーブルに乗っている料理は、たっぷり五人前はあった。いや、そのうちの四人分は、すでに空になっている。

スパゲティが二皿、ピラフが一皿、カレーが一皿すでに空になって、その皿が重ねられていた。

空になったアイスコーヒーのコップが、四つ、並んでいる。

前の客が残したものではない。

平八郎がひとりで喰べたのだ。

店が混み始める十二時前にやってきた平八郎が、このテーブルにつき、すぐに注文したものである。

平八郎は、今、コーラを飲みながら、サンドイッチを喰べているところだった。

巨体の平八郎は、ただでさえ人目につきやすい。

近くの席の人間が、時折りあきれたような視線を平八郎に向けてくる。その視線を、平八郎は平然と受けている。

大盛のサンドイッチが、たちまち平八郎の口の中に放り込まれ、胃の中に消えてゆく。

喰いっぷりが気持がいい、というよりは、下品であった。

喰べものを口の中に入れる前に、平八郎は大きく舌を出すのである。音をたてずにものを喰べるということが、できないたちらしい。

口の中で、絶えず音がしているのである。

くちゃくちゃという音が、かなり離れたテーブルまで届いている。

工藤がやってきたのは、平八郎がサンドイッチを喰べ終え、コーラの最後のひと滴を、音をたてて吸い込んだ時であった。

その空になったコーラのコップをとんとテーブルに置いた時、店内を足速にこのテーブルに向かって歩いてくる工藤を、平八郎は見つけていた。

「よう」

と、平八郎は片手をあげた。

テーブルの前に立った工藤は、茶封筒を片手に持ったまま、さすがにあきれた顔をしていた。

その視線が、テーブルに注がれている。

「こいつを、みんな平さんが喰ったのかい」

「ああ」

平八郎がうなずいた。

翌日、便器の上にあふれるように出てくるものを、この男の長い顔を見ていると、変にリアルに頭に描いてしまう。

工藤が、テーブルについた。

ウェイトレスがやってきて、テーブルの上をかたづけ始めた。

「コーヒーとカレーを頼む」

工藤からオーダーを取り終えたウェイトレスに向かって、平八郎が言った。

「まだ、喰うのか──」

ウェイトレスが、水を置いてもどっていった後、工藤が言った。

「今までのはよ、ひとりで四人分の席を使っちまってるんでな、それが申しわけなくて、無理して喰った分さ──」

「じゃ、今のは」

「本当のおれの分さ」

涼しい顔で平八郎は言った。

テーブルの上に、持ってきた茶封筒を置いて、工藤は、溜め息をついた。

「ちょっと待っててくれ」

溜め息をついた工藤に向かって、平八郎は言った。

「どうした」

「小便だよ。ちょっと水っぽいものを取り過ぎたんでな」

平八郎は立ちあがっていた。

悠々と便所の方に向かって歩いてゆく平八郎の背を眺め、工藤はまた溜め息をついた。

平八郎が、ズボンで手をこすりながらもどってきた。

「平さん」

と、工藤が言った。

「なんだい」

平八郎が答える。

「まだ途中なんだけどね、平さんの知りたがっていることのほとんどは、この封筒の中に入ってるよ」

「そうかい」

平八郎が、その封筒に手を伸ばそうとすると、その寸前で、すっと工藤が封筒を抜きとった。

「何をしやがる？」

「何でこんなものが必要なのか、それを教えてくれなければね」

「けっ」

「何しろ変わった殺人事件の当事者だからね、佐川は――」

「もったいぶるんじゃねえよ。どうせ自分で取材してきたものじゃないんだろう――」

「そりゃそうだけどね。取材した資料を見て、おれが、この封筒にまとめてやったんだよ」

「別に、佐川のことなら、おめえのとこじゃなくたって調べられるんだぜ。ただ、あんたのとこが、一番早そうだから、おれは、あんたに電話したんだ」

平八郎は、工藤の持った封筒に手を伸ばした。

工藤が手の封筒をひっこめる。

「汚ねえなあ――」

平八郎が言った。

子供のような眼で工藤を睨む。

その眼を見ていた工藤が、ぽん、とまたテーブルの上にその封筒を置いた。

その封筒の上に、自分の手を乗せて、工藤は、平八郎にその封筒を抜き取られないようにした。

「渡してもいいんだが、そのかわりに条件がある」

工藤が言った。

「条件だと？」

「ええ」

工藤が、平八郎の眼を見つめながら言う。

「なんだ、その条件てのはよ」

「今は、別に何か教えろとは言いませんがね、記事はうちだということだよ——」

「うち？」

「どうせ、いずれはどこかに売り込むつもりなんだろう。その時は、うちに一番先に声をかけてもらいたいということさ」

「ははあ」

「こういうのは売り時があってね。時機を逃がすと、売りそこなう——」

「言われるまでもねえよ」

「わかってることだけは、詳しく書いといたからね。どこの新聞社も、これ以上でもこれ以下でもないよ——」

工藤が、封筒の上から手を離した。

平八郎が、すっとその封筒を抜き取る。

工藤と平八郎がオーダーしたものを、ウェイトレスが運んできた。

「その佐川だけどさ――」

平八郎が、運ばれてきたものを、たちまち胃袋の中に押し込んでゆくのを見ながら、工藤が言った。

「一年近く前までね、アフリカに行ってたことがある」

「アフリカ？」

「動物学者だっていうのは知ってるだろう。ゴリラの研究をやってたんだけどね、それが、マヌントゥに興味を持っちゃってね。アフリカのナラザニアに行ってたんだ――」

「マヌントゥ？」

「雪男《イエティ》だよ。アフリカ版のね。ナラザニアのジャングルで、ゴリラを追っかけてるうちに、原地の人間から、そのマヌントゥの話を耳にしちゃって、そっちの方にのめり込んじまったんだな――」

「へえ」

「その封筒の中に、きちんと書いたものがあるけどね。そのマヌントゥを捜している間に消息を絶ってるんだよ。八ヵ月くらいね。五人の隊員と、原地人の三人と一緒にさ。ジャングルを、まるまる八ヵ月、さまよっていたらしいんだな。で、ようやくもどってきた時には、三人になっていた――」

「残りのふたりは？」

「死んだということらしい。カメラマンの加倉周一《かくらしゅういち》と、ハンターの剣英二《つるぎえいじ》がそのふたりさ。もどってきたのは、佐川義昭と、助手の皆川達男《みながわたつお》。あとはバントゥ語のできる通訳の小沢秀夫《おざわひでお》の三人というわけでね——」

「アフリカか」

「槍で佐川を殺した黒人ていうのが、まさにアフリカという感じだったから、このあたりに何かあるかもしれないというところだね」

「うむ」

答えた時には、平八郎の皿がすっかり空になっていた。

「ところでよ」

グラスの水をひと息に飲み干し、右手の甲で、唇をぬぐいながら平八郎が言った。

「もうひとつ、頼みたいことがあってよ」

「うちが先口というさっきの話は承知してもらえたんだろう？」

「したよ。だからもうひとつ頼みたいと言ってるのさ」

「なんだ」

「おれは、仏像だの何だのというのに詳しくないんで訊くんだけどよ。こんな風に——」

と、平八郎は両手の指で輪を造り、自分の股間にあててみせた。

「——魔羅をおっ立ててる仏像なんてのは、どこかで見たことはあるかい」

「まら？」

「ちんこだ」

かなりでかい声で、平八郎が言う。

さすがに、工藤が周囲に困ったような視線を放った。

「そんな仏像があるのかい？」

工藤が言った。

「わからねえからおめえに訊いてんだよ。てめえ、新聞社にいるならインテリだろうが」

「聴いたこともないな」

「そんなのに詳しい知り合いはいないのか」

「心当りがないわけじゃない。左道系の宗派には、ことによったらそんなのがあるかもしれないな——」

「調べてみてくれ」

「調べるのはいいが、今の佐川の事件と関係があるのかい——」

「それはどうかな」

むっつりと、表情を押し殺して、平八郎が言った。

「それは、関係があるという顔だな」

工藤が、にやにやと笑う。

「調べるのかよ」

「調べるよ。もし、その仏像の格好かなんかがわかってるんなら、ちょっとこいつにそれを描いといてくれよ――」

工藤が、ポケットから手帳とペンを取り出して平八郎に渡した。

「よし――」

五分ほどかけて、平八郎は、例の、佐川が死ぬ前に渡してよこした仏像の絵をそこに描いた。

平八郎の描いた絵は、実際以上にペニスが大きく描かれていて、やけにその部分だけが生なましくリアルである。

「へえ――」

そう言いながら、工藤はその絵を見た。

「やっぱり平さん。その仏像見たことがあるんだな――」

「うるせえ――」

そう言って、平八郎は立ちあがった。

「どうしたの？」

「小便《しょんべん》だよ、しょんべん――」

大声で言って、平八郎は立ちあがり、悠々と歩き出した。

しかし、五分たっても、十分たっても、平八郎はもどってこなかった。

やっと気がついたように、工藤はテーブルの伝票に眼をやった。

「また、おごりか――」

苦笑してつぶやいた。

第二章　魔呪《ヴードゥー》

1

皆川達男は、自室の書斎で酒を飲んでいた。

大きなカットの、厚いグラスに氷を転がして、それにウィスキーを入れてロックにしている。

テーブルの上に、中身が半分ほどになった、ダルマの愛称で呼ばれているボトルが乗っている。

大柄な男であった。

今年で二十八歳になる。

厚い唇を、堅く結んでいた。

昼間、佐川義昭の葬式に出た。それから、馴じみのクラブに顔を出して、八時まで酒を飲んだ。帰ってきたのが九時である。

そのまま、着替えもせずに酒を飲み始めたのだった。上着は脱いでいるが、まだ黒いネクタイをしたままである。

佐川は、皆川の恩師である。

東亜大学で佐川に動物生態学を学び、卒業後、そのまま大学に残り、院生として佐川についた。

アフリカのナラザニアへ行ったメンバーの中では、佐川とのつきあいは一番長い。

その佐川が、一昨日、新宿で奇怪な殺され方をした。

前から走ってきた黒人に、いきなり、胸を槍で刺されたのだ。

槍は、逃げようとした佐川の後方から前へと突き抜けている。

記者から、佐川の死についてのコメントを求められている。

〝何も知らない〟

と、皆川はそう答えている。

皆川は、堅い表情をしていた。

いくら酒を飲んでも、少しも酔いがまわってこないのである。クラブと、家に帰ってからと、ボトル一本近くは空けているはずであった。

手や足の指先が、心もちじんじんとしているが、頭の方は醒《さ》めている。

書斎の本棚には、動物関係の本がぎっしりと並んでいた。佐川の本や、皆川自身が書いた本も、その中にはおさまっている。

ドアに、ノックがあり、ネグリジェを着た女が入ってきた。

髪の短い、二十五歳くらいの女であった。

化粧を落としているが、眼鼻だちの輪郭はしっかりとしていた。

皆川の妻の、由子《よしこ》である。

「まだ着替えないの？」

と、由子が言った。

もう、夜の十一時に近い。

皆川が、赤く濁った眼をあげた。その眼が由子を睨んでいる。

「どうしたのよ。あなた、佐川先生が亡くなられてから、少し、へんよ——」

由子が、入ってきて皆川の前に立った。

風呂あがりの匂いが、皆川の鼻孔をついた。

「来い——」

ざらついた声で言って、いきなり、皆川が、由子の白い左手を握って手前に引いた。

皆川は、ネグリジェの上から、痛いほど女の乳房をつかんだ。

「あなた——」

女が、眉をよせて、自分の乳房をつかんでいる夫の手を握った。

皆川の手は離れなかった。強い力がその手にこもっている。

「痛い」

女がもがいた。

その尻が、皆川の膝の上に乗っている。

たっぷりとした尻の肉の弾力が、薄い布越しに皆川に届いてくる。

皆川の呼吸が荒くなっていた。

ネグリジェの下に、女が身につけているのは、パンティだけである。乳房を握った手に、乳首の堅い感触がある。薄い布地一枚をへだててはいるが、それがかえって艶《なまめ》かしい。

女を横抱きにして、皆川は、女の唇に自分の唇をかぶせた。

女は、唇を閉じたままであった。

無理に舌をねじ込もうとしても、堅く結ばれた唇を割ることはできなかった。

何が、起こったのか——。

自分の夫が、ここまで欲望をあからさまにするのは初めてであった。とまどいがある。

いくら夫婦ではあっても、SEXに至るまでには、それなりの順序があると思っている。優しい声をかけるなり、肩を抱くなり、そういう順を経てからのSEXである。少なくとも、これまではそうであった。

いきなり手を引かれ、抱え込まれて強い力で乳房をつかまれては、そういう気分にはならない。

そうでなくとも、夫の皆川の態度がいつもとちがうのである。

女は、下から、皆川の胸に手をあてて、上に突き放そうとした。しかし、それで、上からのしかかっている男の身体が動くものではなかった。

本気で力を込めねば無理であった。

尻の下に、堅いものが当っていた。

皆川のペニスが、勃起しているのである。その熱い温度がはっきりと伝わってくる。

皆川は乳房から左手を離し、指を襟の中に差し込んだ。強く引いた。

前開きのネグリジェのボタンがちぎれて飛んだ。

直接乳房をつかまれていた。

鋭い痛みがあった。

呻いた。

その呻きを吐き出すために、小さく唇が割れた。その割れた唇から、皆川の舌が進入した。

その途端《とたん》に、女の身体から力が抜けていた。

乳房をつかまれた痛みの中に、はっきりとした甘みが生まれていた。その甘みが、乳房をこねまわされる度に、全身に広がってゆく。

——ああ。

女は、尻の下にある熱いものに向かって、自分から尻を押しつけ、こねるような動きをした。

女は、抱えあげられ、絨緞の上に下ろされた。

男の手が、仰向けになった女を肩からむいてゆく。

むきながら、現われてくる白い素肌に唇を這わせてゆく。

たっぷりとした、双つの乳房が露われた。

まだピンク色をした乳首が、尖って上を向いている。その乳首に、皆川が歯をあてる。噛んだ。

痛みと甘みとが、同時に女の背を走り抜ける。

ボタンで開くようになっているのは、ネグリジェの腰のあたりまでである。残りの部分を、皆川はいっきに引き裂いた。

やっと恥骨を隠している程度の細い布地が、豊満な腰と尻を包んでいた。

その布地を、下に引き下ろす。

女が尻を浮かせて、皆川に協力した。

皆川は、女の白い脚を大きく開かせて、その脚の間に膝をついた。

女の膝を立たせた。

あからさまな眺めがそこにあった。

肉の合わせ目がほころんで、淫らな色を見せていた。はっきりわかるくらい濡れていた。透明な液が、あふれ出している。見ている間にも、はざまから肛門を伝い、絨緞の上までこぼれ落ちそうであった。

皆川は、潜り込むようにして、そこに唇を落とした。濡れた肉を舌で割って、下から上まで、ほじくるようにして舐めあげた。

「ああ」

女が声をあげて、皆川の頭を両手で抱えた。

下から、皆川の唇に押しつけるように尻を持ちあげ、小刻みに揺すった。

皆川は、舌先に、敏感な肉の花粒を捕えていた。

「そこ、いい――」

細い声で女が言った。

皆川は、上方に両手を伸ばして、女の乳房をつかんでいた。ふたつの乳首を同時につまんで、まわした。

陰毛ごと恥骨を齧じり取るように、口を大きくあけた。舌全体をそこにあて、頭を左右に振った。

あふれてくるものと、自分の唾液とが混ざり合う。
それを、音をたてて皆川は呑み込んだ。
女が、皆川の髪の中に爪を立てた。
執拗に皆川はそこをせめたてた。
肛門にまで舌を這わせ、尖らせた舌を、その奥にまでねじ込んだ。
女の口から洩れるのは、絶え間のないすすりなきに似た声になっていた。
皆川は、ようやく顔をあげた。
凄い形相になっていた。
皆川は、下から女の身体を這いあがり、胸の上にまたがった。
凶暴な気分になっていた。
自分でズボンのファスナーを下げ、中から赤黒くふくれあがったものを取り出した。
大きく天を向いているものを、自分で右手に握った。
それを下に押し下げる。
女の乳房にその先端を押しつけた。
手を動かして、その先端を乳房にこすりつけた。乳首をそれで叩く。
皆川は、そのままの姿勢で、膝で前に這った。
「今度はおまえがしゃぶるんだ」

ぎらつく眼で女に言った。

腰を振って、先端で女の顎を突いた。

さらに前に進んで、女の唇に先端の裏側を押しあて、左右に振った。

女は舌を尖らせて、男のペニスの裏側が舌に当るようにした。

「咥《くわ》えろ！」

皆川が言った。

酒を飲んでいた時にはまだ残っていた知的なものが、跡かたもなく、その貌《かお》からひきはがれていた。

眼球に、細い血管が無数にからんでいた。

女が、両手でペニスを捕えた。

皆川は、自分でペニスにそえていた指をはずし、女の髪をつかんで、頭を引き起こした。

腰を前に突き出した。

口を開けて待っていた女の唇の中に、ふくれあがった肉の先端が進入した。

皆川が尻を振った。

女が首を振る。

「糞！」

皆川が、泣きそうな顔をして、呻いた。

はじけようとするものをこらえているのか、なんとか早く射精しようとしているのか、どちらともとれる表情だった。

皆川の尻の動きが早くなった。

「糞！」

また皆川が言った。

腰を引いて、女の口の中から、怒張したものを引き抜いた。

片手で、女の顔を起こしたまま、一方の手で、その怒張を握ってしごきたてた。

「くう」

と、皆川が喉の奥で声をあげた。

はじけていた。

ペニスの先端から、温い、白い弾丸が飛び、女の顔に叩きつけた。

眼にも当った。鼻にも当った。頬にも、唇にも、額にも当った。

おびただしい量であった。

しかし、それで終ったわけではなかった。

皆川は、女から下り、ズボンを脱いだ。

女を絨緞の下に四つん這いにさせた。

獣の姿勢である。

「あなた——」

女が、尻を高く持ちあげて、それを揺すった。

皆川は、背後から女を貫いた。

いっきに奥まで押し込んでから、

「いいか!」

と、女に訊いた。

「いい、いい——」

女は、絨緞に頰を押しつけて、快美の呻き声をあげた。そこに唾液の染みがついている。

皆川は、爪を立てて女の尻をつかんだ。

激しく動き始めた。

女は、絶え間のない声をあげ始めていた。

すでに一度放っている皆川のペニスは、まだその硬度を保っていた。

何度放っても、足りそうにない。

何かの恐怖から、逃れようとでもしているようであった。女の肉を貫いている間は、恐怖を忘れられるのだ。

いや、忘れられると信じ込もうとしているらしかった。

「おれのはいいか」

皆川は言った。

「いいわ」

女が答える。

あふれたものが、女の太股の内側を伝っていた。

女の尻が大きくはずむ。その動きを押さえ込むように、皆川は女の尻を、自分の腰に引きよせて、さらに強い動きを送り込む。

ペニスにまとわりつくように、女の淫らな粘膜がめくれあがり、また潜り込んでゆく。

「あなた」

女が、皆川を呼んだ。

「由子」

皆川が、女の名を呼んだ。

皆川の脳裏からは、自分が今貫いているのが、自分の妻であるという意識が消え去っている。獣の牡が獣の牝を犯しているのだ。

「いけっ」

「いくわ」

高い声を女が放った。

女の身体が硬直し、身をしぼり込むような痙攣が、何度もその肉の中を走り抜けた。

しかし、まだ、皆川は放ってはいなかった。
刑を終えた罪人をまだ許そうとしないように、崩れかかる女の尻を持ちあげて、皆川は腰を使った。
「糞――」
呻くように皆川が言った時、乾いた音が、闇のどこからか聴こえてきた。
皆川の動きが止まっていた。
うつろな視線を天に向けて口を開き、呆《ほう》けたような表情をした。今、耳にしたものが、錯覚なのか、そうではないのか、それを決定する意志の動きを放棄した顔であった。
タム
トム
オム
トム
しかし、その音は、確かに聴こえていた。
それは、うろを持つ乾いた木を、木の棒で叩く音である。同じリズムであった。
高くもなく、低くもなく、闇と同じ気配を持って、それは響いてきた。
タム
オム

オム
人の声が、闇の中から、皆川にのみわかる言葉で囁きかけてくるようであった。

皆川は、大きく眼をむいていた。

顔が歪んでいた。

明らかな恐怖が、皆川の表情をこわばらせていた。

皆川は、視線を窓に向けた。

カーテンが左右に開けられていて、闇が張りついた窓ガラスが見えている。

そこに、本に埋もれた書斎が映っている。

音は、外から聴こえていた。

窓の外からも、壁の向こうからも、聴こえてくるようであった。ドアの向こうからのようでもある。そうだと思えば、どこからでもその音が聴こえてくる。

トム
オム
オム
皆川は、由子の尻を抱えたまま動けなかった。

窓の外で、黒々と樹が風に揺れている。

皆川の書斎は、二階にある。窓ガラスに触れるようにして、梢の葉が揺れている。そのリズムに、合わせるように、音が響く。

オム

オム

皆川は、首を回して、部屋の周囲を見まわした。

「どうしたの？」

言って、由子が伏せていた顔をあげた。

その由子の身体が、ぴくんと堅くなった。

由子のゆるみかけた肉襞が、強く皆川のこわばりを締めつけた。痛いほどであった。

由子のあげた顔が、窓の方に向いていた。

皆川は、窓に視線をもどした。

「ひきっ」

と、皆川は、呼気を呑み込んだ。

窓に、異様な姿の黒人が、両手を広げて張りついていたのである。

腰に、赤い布を巻いた黒人であった。

裸の上半身に、極彩色のペイントが施してあった。

その黒人が、窓の外にわずかに突き出している桟《さん》にガニ股に開いた爪先を乗せ、大きく広げた両手を窓の両端の縁にかけて、そこにしがみついているのであった。

部屋の灯《あか》りで、やはりペイントのある黒人の顔が見えている。黒人は、口に短剣を咥《くわ》えていた。黒人は、頭に、ダチョウの羽根らしい羽根飾りをつけていた。

それが、風に小さく揺れていた。

黒人の双眸《そうぼう》が、皆川を見つめていた。

皆川も、由子も、呪縛を受けたように動けなかった。

つながりあったまま、窓を見つめていた。

大きな音がして、窓が内側に向かって割れた。

部屋中に、砕けたガラスの破片が飛び散った。

窓を背にして、絨緞の上に、黒人が立っていた。

右手に、短剣を握っていた。

先ほどまで口に咥えていたものである。

「ムンボパ――」

皆川が言った時、黒人が動いていた。

白い金属光が、宙を疾《はし》った。

「げくっ」

と、由子の背後で、皆川が声をあげた。

胸に刺さったものをひき抜こうと、右手でつかんだ。
四つん這いになった女の眼の前に、何かがばらりと落ちてきた。
皆川の右手の、中指と人差し指であった。
由子の背に、どっと皆川がかぶさってきた。
ようやく、由子の口から、高い悲鳴が解き放たれた。
かぶさってきたものの下から、夢中になって這い出した。
背にかぶさっていた重いものが、どさりと床に落ちた。
皆川が、仰向けになって、眼をむいたまま絨緞の上に倒れていた。
皆川の胸から、不気味な角度で短剣の柄が生えていた。
残っていた窓の桟が、また音をたてた。
窓の外の木の枝が、ざわっ、と一度だけ大きく揺れた。
黒人が外へ出て行ったのだが、由子はそれを見てはいなかった。
呆けたように、皆川の死体を見つめていた。
失禁していた。
その時、先ほど由子が開けたばかりのドアが、開いた。
そこから、ひとりの男が入ってきた。
全身が黒ずくめであった。

足には、靴をはいていた。階下から土足のまま、ここまで忍び込んできたらしい。

頭に、ストッキングをかぶっていた。

悲鳴をあげかけた由子の唇を、その男の大きな手がふさいでいた。

「声をあげれば殺す」

低く押し殺した声で、男はそれだけを由子の耳元で囁いた。

由子の口の中に、何かが押し込まれた。

さっき夫に脱がされたパンティであった。

男が、自分のズボンのファスナーを降ろした。

男のそれは、怒張して天を向いていた。

2

皆川達男と妻の由子が、何者かに殺されたという記事が出たのは、翌日の夕刊であった。

その日の午前十時頃、皆川宅の二階の書斎の窓がこわれているのを不審に思った近所の者が警察に通報し、そしてふたりの死体が発見されたのである。

皆川の死因は、刃物で心臓を貫かれたことによるものである。

由子の方の死因は、首を締められたことによる窒息死である。何か、紐のようなもので首を締められたらしい。どちらの凶器も、現場には残っていなかった。

皆川は、下半身が裸、由子は全裸であった。

正常な性交だけでなく、口による性交が行なわれた形跡があり、由子の膣と胃から、精液が見つかっている。その精液を放った男の血液型はO型で、皆川もO型であった。

その精液が、侵入者のものであるのか、皆川のものであるかは判明していない。

もし、侵入者——犯人のものであるなら、由子は、犯人によって犯された後、殺されたことになる。胃の中から精液が検出されているからである。

新宿で佐川が殺された事件と、今回の事件とが関係あるのかどうか、警察は、その可能性については捜査中であるとのコメントをしているだけであった。

地虫平八郎がその記事を読んだのは、〝あやめ劇場〟の楽屋であった。

平八郎は、その時、畳の上に寝ころんで、『智恵子抄』を読んでいた。

「あどけない話」である。

〝智恵子は東京に空が無いといふ〟

という一節から始まる有名な詩であった。

平八郎は、小さく声に出して、ぶつぶつと何度も何度も同じ場所を読んでいた。

あだたら山の上に見える空が、ほんとうの空だという箇所である。

「あんたのおかげで、すっかりあやめ坊っちゃんも、その本が好きになっちまったね」

いつの間にか、楽屋へ顔を出していた、老人が言った。

老人は、ほとんど白髪に近い頭で、黒いものはわずかしか混じっていない。

「銀《ぎん》さん、来てたのかい」

平八郎は、『智恵子抄』を伏せて、その老人に眼を向けた。

老人は、松尾銀次《まつおぎんじ》といって、〝あやめ劇場〟のオーナーの、出雲忠典《いずもただのり》とは古くからのつきあいである。戦後の一時期、浅草あたりでは名の知れた、もとスリである。

あやめ坊っちゃんというのは、あやめという名の、出雲忠典の息子である。銀次は、今年湘南大学に入学したあやめと一緒に、神奈川県に居るのだが、時々、東京にも顔を出す。

その銀次が、右手の中に丸めて持っていた新聞の見出しが、平八郎の眼に飛び込んできたのであった。

〝練馬で夫婦が惨殺〟

とあり、その横に、それよりやや小さい字で、

〝殺されたのは、皆川達男(二八)さんと妻・由子(二五)さん〟

と、あった。

ぬうっ!?

その記事を見るなり、平八郎は立ちあがっていた。

3

糞――。

と、平八郎は闇の中で呻いている。

糞。

糞。

何が〝糞〟であるのか、平八郎自身にもわかってはいない。

何かが自分の知らない所で進行している。佐川が死に、佐川の助手であった皆川とその妻も死んだ。いや、死んだのではない。殺されたのだ。

このふたつの事件につながりがないわけはない。そう思っている。

しかし、そのつながりがわからない。わからないばかりか、その間に、どんどん事件の方が進行しているのである。

だから〝糞〟なのである。

乗り遅れてたまるか、という気持がある。誰かに儲けさせたくなかった。

あの、黄金の勃起仏は、向こうの方から平八郎の所へ転がり込んできたのである。

それは、神様だか運命だかが、自分に対して、おまえが儲けろと、そう言ったのだと平八郎は考えている。いや、信じ込んでいる。

とてつもない金儲けができそうな気がしているのである。

それは、平八郎の勘《かん》である。

その勘が、びんびんと平八郎の肉を刺激しているのである。

〝てめえら、これはおれの金だぜ！〟

闇の中にいる誰だかに、そう叫びたかった。

新聞を読んで、平八郎は楽屋を飛び出していた。

近くの公衆電話から、佐川真由美の家へ電話を入れた。

死んだ佐川の家であるが、今は真由美がひとりで住んでいる。

しかし、真由美は出なかった。

そこで、平八郎は、直接真由美の家に押しかける決心をしたのである。家の前で、真由美の帰りを待つことにしたのだ。

〝これを――〟

と、死ぬ時に佐川が言った言葉を思い出す。誰かに届けてくれと言いたかったのか、おまえにやると言いたかったのか、そこまではわからない。

別に特別な意味など考える必要はなかった。とにかく、あの男が、あれを自分に渡したのだ。仮に佐川がこれを誰かに届けようとしたのだとして、相手は、誰だったのか。その誰かは娘の真由美である可能性が強い。

そうでないにしても、真由美ならばこの仏像について、何か見当がつくかもしれない。

しかし、直接真由美に全てを話して訊くわけにはいかなかった。

返してくれと言われたらこまるからである。

できるだけ、遠まわしの方向から訊くのがいい。

平八郎は、黒いスーツを着込んできた。

髯をそり、オーデコロンもかけてきている。

日刊東京タイムス編集室とある、自分の名前を印刷した名刺も持ってきていた。以前にもらった工藤の名刺を真似て造ったものである。

名刺だけなら、他にも色々な肩書きのあるものを持っている。

その名刺をポケットの中で握り締め、平八郎は、真由美の家の前で、彼女の帰りを待っているのだった。

真由美の家は、一戸建ての平屋であった。

成城の、閑静な住宅街に、真由美の家はあった。

細いアスファルト道路が、家の前を通っている。二台の乗用車が、やっとすれ違うことができるだけの、幅がある。

深夜である。人通りも、車の通りも、ほとんどない。

暗い道であった。

ぽつん、ぽつんと、街灯の灯りがあるだけである。

平八郎は、真由美の家の向かい側にある家の植え込みの陰に、身を潜ませていた。

そこに身を潜ませてから、四時間になっていた。

八時半頃から始めて、今は、十二時を過ぎていた。

周囲の家の灯りは、ほとんど消えていた。

平八郎は、植え込みの陰から、真由美の家を睨んだ。

真由美の家も、今、平八郎が身を潜ませている植え込みのある家と、あまり変わりはない。

やはり、生け垣が家の周囲を囲んでいて、玄関の前だけ、その生け垣が割れていて、そこに木戸がある。

ひと昔前のタイプの家であった。

糞。

と、また平八郎が思った時、車の音がした。

右手の方向から、一台のタクシーが走ってきた。そのすぐ後方に、もうひとつヘッドライトが見えていた。

タクシーは、真由美の家の前で停まった。

中から真由美が降りてきた。

大きなバッグを下げ、ジーンズをはいていた。考えていた以上に、ラフなスタイルであった。

すぐに、タクシーは走り去った。

そのタクシーを見送ってから、真由美は、そこに立ち止まって、ポケットの中をさぐった。鍵を捜しているらしかった。

平八郎が声をかけようとしたその時であった。

すぐ近くに駐車していた車のドアが開いた。

さっきまではなかった車である。

タクシーの後方からついてきて、タクシーと一緒にそこに停まり、そのまま灯りを消して、タクシーが出た後も発進しなかった車である。

ドアの中から、ふたりの男が出てきた。

小走りに、真由美の方に走り寄った。

「佐川真由美さんですね」

男の一方が声をかけた。

真由美が振り返った。

振り返った真由美の唇が、駆け寄った男の手で塞がれていた。

細い声が、すぐにとぎれ、くぐもった声に変わった。

ふたりの男が、真由美を抱え、ドアを開けたままの車に向かって走り出した。

「糞！」

平八郎は声に出して呻いた。

「やい、待ちやがれ!!」

叫んで、植え込みの陰から疾り出ていた。

平八郎の長身が、ひょう、と疾った。

百九十二センチの長身のため、一見、その動きがゆったりしているように見えるが、素晴しい速さであった。

〝何者か〟

とも、

〝女をさらってどうするのか〟

とも問うつもりは平八郎にはなかった。

相手は悪人である。

帰宅した女をいきなり襲い、車に乗せようという男は悪人である。

それで、平八郎には充分だった。

闇の中から飛び出し、いっきに距離をつめていた。

歯をむいていた。

「馬鹿たれがっ!!」

叫んで、いきなり、真由美を抱えていた男の後頭部に、拳を叩き込んでいた。

「何だ!?」

残った男は、背後から真由美の口を押さえ、後方に動いていたため、平八郎の顔を正面から見ることになった。

「うるせえっ」

平八郎の拳が、おもいきりその男の顔面にぶち込まれていた。鼻頭に当っていた。鼻の軟骨が、平八郎の拳の先で潰《つぶ》れていた。

後頭部を叩かれた男は、片膝を突いて、呻いていた。

「つう——」

顔面を叩かれた男は、仰向けにひっくり返っていた。

真由美の身体を、平八郎は両腕で抱きとめていた。

「てめえら、おれの女に何をしやがるっ」

大声で平八郎は叫んでいた。

真由美は、何が起こったのか見当がつかずに、平八郎の腕の中から、平八郎を見上げていた。

平八郎の右手が、あからさまに真由美の乳房をつかんでいた。

「邪魔をするんじゃねえ」

後頭部をやられた男が、先に立ちあがっていた。

上着のポケットに右手を突っ込んで、その手を引き抜いた。引き抜いたその瞬間に、平八郎の右手がひょいと伸びて、男の右手首を握っていた。

「うっ」

と、男が喉の奥で声をあげた。

長いスパンの平八郎の右手が、男の右手首をひねりあげる。その時も、平八郎の左手は、まだ真由美の肩に回されていた。

男は、その右手に、ナイフを握っていた。刃渡りが十五センチはありそうな登山ナイフである。

「なんだよ、これはよ」

平八郎が言った。

言ったその時、平八郎の脛《すね》にむかって、手首の痛みをこらえて男が蹴りを入れてきた。

その爪先が、みごとに平八郎の脛を捕えていた。

「痛《いて》え」

平八郎は呻いて右手に力を込めた。

平八郎の右手の中で、

〝ぱきん〟

と、乾いた音がした。

ナイフが、下に落ちていた。

男の右手首が、奇妙な角度を向いていた。

ねじれながら、手首全体が、本来向くはずでない方向を向いているのである。

平八郎が、男の手首を折ったのだ。

「おれを蹴りやがったな」

かっと、平八郎の頭に血が上っていた。

「本気で蹴りやがったな」

平八郎の両手が、男の頭髪をわしづかみにしていた。おもいきり下に引き落とした。

その男の顔面に向かって、平八郎の右膝が下から跳ねあがった。

鈍い音がした。

平八郎の右の膝頭が、男の顔面にめり込んでいた。

「けっ」

平八郎が、まだ拳を握ったままの両手を、顔の高さに持ち上げた。どちらの手にも、たっぷりと男の髪の毛の束を握っていた。

その髪の毛を放り捨てる。

その時、平八郎の後頭部に、がつん、と音がした。

「誰だ!?」

首を軽く傾けただけで、平八郎は振り返った。

左手を後頭部に当てている。

さっき、平八郎に顔面を叩かれた男が、起きあがってそこに立っていた。

右手に拳大の石を握っていた。

「それで殴りやがったか！」

後頭部にあてていた左手を、平八郎は自分の眼の前に持ってきた。

その手が、赤く血に染まっていた。

「血だ」

つぶやいた。

つぶやいた途端に、すっと眼が吊《つ》りあがった。その中で、一瞬くるりと眼球が裏返り、すぐにもとにもどる。

もどった時には、別人のような相になっていた。

「あひいっ」

叫んだ。

大きくそこに腰を沈めていた。

半身になり、肘《ひじ》を曲げて、左手を軽く前に出した。右手は、自分の胸のあたりの高さにある。

両手首が大きく曲がり、拳を握っていた。いや、正確には拳ではない。

拳の中から、親指、人差し指、中指の三本が、そろえられて前に突き出ているのである。

――蟷螂拳《とうろうけん》。

中国拳法の中でも、実戦的とされる拳法の型であった。

カマキリが、獲物を捕えようとする姿に似せて造られた拳法で、蟷螂拳の名前がある。

「許さねえ!」

歯をむいた。

みごとな構えであった。

長身の平八郎が、こう構えると、その異様さにはさすがに迫力があった。

男は、石を握ったまま、腰を引いた。

「糞!」

男は、握った石を、平八郎に向かっておもいきり投げつけていた。

平八郎の顔面に向かって、ぶん、とその石が宙を飛んだ。

石が顔面に届く前に、その石を宙から掻き取るように、ひょいと平八郎の左手首が動いた。

人の拳大の石が、宙で、平八郎の左手首でからめとられ、次の瞬間、方向を変え、飛んできたのと同じスピードで男に向かって飛んだ。

男が、頭を沈めてその石をかわした。

その時には、平八郎の身体が音もなく動いていた。

男のこめかみを、右手のそろえた三本の指が突いていた。

たて続けに平八郎の攻撃が、男の身体を打っていた。

「てめえ、この」

逃げかけた男の両耳を、後方から平八郎が両手で握っていた。

おもいきり手前に引いた。

たまらず仰向けに男が倒れてくる。

男の後頭部が、アスファルトにぶつかる手前で、平八郎は手を離した。落下してゆく男の顔面に向かって、小さくジャンプして両膝を落とした。

あわれなほどいい音がした。

平八郎の体重を顔面に乗せて、後頭部からアスファルトの上に落下したのだ。

「まだだぜ！」

平八郎が言った。

唇が吊りあがっている。

膝をはずして、男の頭を浮かし、また膝を乗せて落とした。

三度それを繰り返した。

平八郎がそれをやめたのは、女が、声をかけたからであった。

「やめて、それ以上やったら死んじゃうわよ――」

「けっ」

平八郎は、男の顔の上に、大量の唾を吐き捨てた。

その男を、もうひとりの男の横まで引きずってゆくと、無造作に肩にかつぎあげた。

「重てえなあ――」

つぶやきながら、男たちが下りてきた車に向かって歩き出した。

やさ男たちではない。一人六十キロとしても、両肩合わせて、百二十キロ以上の重さがかかっていることになる。ひょろりとした体躯《たいく》の中に、凄いパワーが秘められているらしい。

「やい開けやがれ！」

平八郎は、ふたりを担いだまま、おもいきり運転席のドアを蹴った。

運転手が降りてきて、後部座席のドアを開いた。

平八郎は、強引に、ふたりの男を後部座席に押し込んだ。

「へへ――」

ぱんぱんと手を叩きながら運転手に向き直り、いきなり左手で胸倉をつかんだ。

運転手といっても、いま平八郎にのされたばかりの男たちと同じ人種である。たまたま運転席に座っていなければ、後部座席に転がされているふたりの男たちのうちのどちらかと、立場が入れ代わっていたところだ。

運転手の身体が、ぐうっと持ち上がり、爪先がアスファルトの路面を掻《か》いた。凄い腕力であった。

仲間が、平八郎にのされたのを見て、さからう気力が萎《な》えているらしい。

「ヤーさんだろ、てめえら、どこの組の者《もん》だ⁉」

平八郎が言った。

知らない、というように小さく運転手が首を振った。

その顔面の口のあたりに、いきなり、がつんと平八郎の右拳が叩き込まれた。平八郎は、その拳に石を握っていた。先ほど、男たちのひとりが投げたものを、平八郎が下にからめ落としたものであった。男たちを肩に担ぎあげる時に、拾って持ってきたらしい。

その石で、叩いたのだ。

石が、歯と唇に直接当っていた。

歯が折れていた。

運転手の口は、たちまち、赤い血溜りの洞窟と化していた。

がつん、とまた叩いた。

「ご、獄門会の者《もん》だ――」

折れた歯の間から、赤い唾を洩らしながら言った。

「その獄門会が、何だって、こんな真似をしやがった?」

「し、知らねえよ。上の者《もん》が、その娘をさらってこいって言ったんだ。おれたちは命令されてやっただけだ――」

「本当かい?」

平八郎は、今度は石で鼻頭を叩いた。

運転手の男は、顔を振って、眼尻から涙を流していた。

唇の端から、よだれ混じりの血が、流れ出している。

折れた歯の片方が、その血の中に混じって、一緒に顎まで伝い落ちた。

「本当だよ――」

答えた途端、平八郎が左手を放していた。

どっと、アスファルトの上に男の身体が崩れ落ちた。

「ひとの女をかどわかそうなんざ、太《ふて》え了見《りょうけん》だ。さんざ突っ込ませてもらえるとでも思ったか、馬鹿――」

運転手の尻を蹴とばして、平八郎は、背を向けた。

女が、そこに立って、平八郎を見つめていた。

「ありがとう、お礼を言うわ」

走り去ってゆく車を横眼で追いながら、真由美が、平八郎に警戒心を残したまま言った。

「礼にゃ、およばねえよ――」

平八郎が、ごりごりと頭を掻いた。

先ほど、野獣のように猛《たけ》っていたものが、平八郎の中から抜け落ちていた。

「あれはどういう意味かしら?」

真由美が言った。

「あれ?」

「わたしは、あなたの女になんてなった覚えはないわ」

誘拐《ゆうかい》されかけた直後だというのに、真由美の声には落ち着きがもどっている。

「あれは、おめえ、いきがかりだよ、いきがかり――」

平八郎の言い方には屈託がない。

真由美の警戒心が、わずかにゆるんだ。

「でも、本当に助かったわ」

「獄門会なんてえとこに、つきあいがあるのかい――」

「ないわ」

「事務所の方にもかい？」

「事務所？」

「佐川真由美さんだろ、あんた？」

「ええ――」

答えた真由美の眼が、小さく光った。

「あんたの所属している事務所の方が、何か問題をおこしているかもしれねえじゃねえか
――」

真由美は、注意深い眼で、平八郎を見た。

「あなた、ただの通りすがりじゃないんでしょう」

「あんたを待ってたんだよ。実はね」

平八郎は、ポケットから、例の名刺を取り出した。

「地虫平八郎っていうんだがね」

「日刊東京タイムス？」

「そこでね、フリーで色々書かせてもらってるんだよ」

「どういう御用？」

「佐川さんについて、色々聴かせてもらいたいんだけどね」

「警察にしゃべった通りよ。他には何も話すつもりはないわ」

「何かを隠してる?」

「隠してはいないわ。何もね」

「じゃあ、話を聴かせてもらいてえな。身体をはって、あんたを助けてやったんだからよ──」

平八郎は、また後頭部を掻いた。

「痛《い》て──」

後頭部を掻いていた手を眼の前にもどした。

その手が、あらたな血で赤く染まっていた。

さきほどの男に、石で叩かれた傷が、平八郎が指で掻いたことにより、開いてしまったのである。

「とにかく、家の中にいらっしゃい。簡単な救急セットならあるわ──」

真由美が言った。

「いいのかい──」

平八郎が、あまり上等でない笑みを口元に浮かべた。

「来て──」

真由美が、家の方に向かって歩き出した。

4

真由美に通された部屋は、それほど広くはないが、きちんとかたづいていた。

居間である。

居間のソファーに、平八郎はどっかりと腰を下ろしていた。

テーブルの上に、紅茶の入ったティーカップがふたつ並んでいる。まだ湯気があがっていた。

テーブルの端に、まだ蓋が開いたままの、救急箱がある。

簡単に血をぬぐい、消毒液で消毒をしただけであった。

傷は、後頭部で、髪の毛の中である。

充分な治療をするには、傷の周辺の髪を剃らねばならない。

「冗談じゃねえや」

平八郎がそう言って、消毒する以上のことをさせなかったのだ。

傷口は、かなり大きかった。そこを指で掻いて、さらに傷口を広げていたが、消毒する時には、すでに血は止まりかけていた。

原生動物並の回復力が、このとぼけた凶暴な長身の男にはあるらしい。

「落ち着いたところで聴かせてもらいたいんだけどね」

平八郎が、向かい側に座っている真由美に向かって言った。

「あの日、あんたの親父さんがどこへ出かけようとしてたのか、わかるかい」

「あの日って――」

「新宿で、あんたの親父さんが殺された日さ」

「知らないわ」

「誰かと会うつもりだったんじゃねえのかい」

「見当もつかないわ。これは、ちゃんと警察にも言ったことよ――」

「普段はそういうことは話さないのかい」

「あまり話さないわ。特に、父がアフリカから帰ってきてからはね」

「ナラザニア？」

「そう」

「ナラザニアといえば、あんた、向こうで行方不明になったカメラマンの加倉周一と、いい仲だったんだって？」

「いい仲？」

「つきあってたんだろう」

平八郎が言うと、真由美の視線が、始めて下を向いた。その視線がすぐにまた平八郎の顔にもどる。

カメラのレンズを見るように、まっすぐ人の眼を見つめる女だった。

「無事に帰ってきてたら、たぶん、もう婚約くらいはしてたでしょうね」

「ちぇ」

平八郎が、舌を鳴らす。

苦い顔をした。

「どうしたの」

「あんたみてえないい女とよ、さんざやりまくっていた男がいたかと思ったら、くやしくなっちまったのさ」

露骨なことをさらりと言ってのけた。

「あんたになら、先っぽだけでもいいから入れてみてえなあ」

しみじみと言った。

ぱん、と、平八郎の左頬が鳴った。

テーブルの向こう側から、真由美が右手で平八郎を叩いたのである。

「痛えなあ」

平八郎が頬をさする。

「悪く思わないで。くだらないおしゃべりをやめさせるには、これが一番いい方法なの

――」

「ちぇ」

「あなた、ごろんぼライターね。助けてもらったことは感謝するけど、それとこれは別のことよ」

平八郎は、ゆっくりと立ちあがった。

部屋の中を眺めながら、歩き出した。

「加倉周一と剣英二がどうなったのかとか、ナラザニアのジャングルで行方不明になってた間のことについては、佐川はあんたに何か言ってなかったかい」

「何も。新聞に書かれてあることや、学界に発表した以上のことは、わたしには話さないわ」

「剣英二は、毒蛇に咬まれて死亡。加倉周一は、マヌントゥ調査中に、本隊と離れ、そのまま行方不明、身につけていたのはカメラとハンティングナイフのみで、生存は絶望――その通りでいいのか」

「新聞には、そう書いてあるわね」

真由美の声を、平八郎は、背で聴いていた。

ドアの前に立っている。

「ところで、佐川の持ちものというのは、今、どこに置いてあるんだい――」

平八郎は、もうドアのノブに手をかけている。

「この中と、おれは見たんだけどよ」

かちゃりとノブを回した。

「勝手にその部屋に入らないで――」

真由美が立ちあがった時には、平八郎はドアを開けて、その部屋の中に入っていた。

獣の臭いが鼻をついた。

それと、古い紙の匂い。

部屋の中は暗かった。

入ってすぐ左側の壁をさぐると、スイッチがあった。スイッチを入れる。

部屋が明るくなった。

凄い部屋であった。

本の山であった。

窓に寄せた机の上から、床まで、うずたかく本が重ねられている。女性週刊誌から、コミック誌まであがある。大半が動物に関する本であった。

足を踏む場所があるのは、内側に開いた、そのドアが回転する半径の内側のみである。

「へええ、インテリの部屋だね、こいつは」

爪先で、本をどけながら、本と本との間に足を差し込むようにして歩き出した。

「あきれた人ね」

入口に、真由美が立って腕を組んでいる。

「悪く思うなよ。これでも仕事なんだ」

平八郎は、言いながら、机の上や、床の上を物色している。

机の上に眼をやった平八郎は、一瞬、そこに眼を止めた。

その机の上に、他の本に混じって一冊の本があったからである。その本の題名が、平八郎の気を魅《ひ》いたのであった。

『日本秘教史』井本良平
と、あった。

その一冊が、他の本に比べて異質であった。古そうな本であった。

手にとって、中のページをめくってみる。

パラパラとページを送っていると、赤い線が眼に飛び込んできた。そのページを開いた。

〝勃起仏〟

とあり、その横に赤いサインペンで線が引いてあった。本に比べて、その赤い線だけがやけに新しい。

「この本を貸してもらえるかい」

本を閉じて、平八郎が言った。

「あんたを助けた分だ。これで貸し借りなしということでいい」

もう決めたというように、その本を、脇にはさんだ。

「いいわ」

真由美がうなずいた。

平八郎が、佐川の家を出たのは、それから十分後であった。

第三章　秘　教

1

小沢秀夫の家は、横浜にあった。

中心部からは離れた、緑区である。

家――正確にはマンションである。

その五階に、小沢の部屋があった。

平八郎がインタホンのブザーを押すと、

「どなたですか」

男の声が聴こえてきた。

「昼間電話をした、日刊東京タイムスの者なんですけどね――」

平八郎は他行《よそいき》の声で言った。

インタホンが切れ、ほどなくドアが開いた。ドアチェーンがかかっていた。十センチ以上は開かない。

その隙き間から、鋭い眼が覗いた。

じろりと平八郎を見つめ、

「地虫平八郎さん？」

低く言った。

「名刺、ありますか――」

平八郎が名刺を差し出すと、男がそれに眼を通してから、ドアが開いた。

「どうぞ」

平八郎が中へ入ると、ドアの影からいきなりひとりの男が出て来て、平八郎の背後に立った。

「失礼、身体検査をさせていただきます」

前に立っていた男が言った。

屈強そうな男であった。

シャツの下に筋肉が逞しく盛りあがっている。

後方の男が、背後から平八郎に触れてきた。

服の上から、ポケットの周辺に触れてくる。きちんとズボンの裾まで持ち上げられて調べられた。

武器の有無を調べているのであった。

居間に通された。

そこに、小沢秀夫が立っていた。

大きな男ではなかった。

三十五歳くらいの、ずんぐりした、身長が百六十センチそこそこの小男であった。

シャツの上に、ポケットの大きくふくらんだ、厚い布地のベストを着ていた。

そこに、武器を隠していると、ひと目でわかる。大ぶりのハンティングナイフのようであった。

「馬鹿に、丁寧な歓迎の仕方をするな」

平八郎は言った。

「誰かにねらわれてるみてえじゃねえか——」

声を落として囁き、にっと唇を吊り上げて笑みを浮かべた。

小沢秀夫が、小さく身をすくませるのがわかった。

「どうぞ、かけて下さい」

小沢が、平八郎の言葉を無視して、ソファーに腰を下ろすようにうながした。

平八郎が腰を下ろすと、安心したように、小沢秀夫が腰を下ろした。

平八郎のすぐ後方に、ふたりの男が並んで立った。

「誰にねらわれてるんだい」

平八郎は、小沢に言った。

「話というのはそのことですか——」

小沢が言った。

「まあね」

「ぼくは、あなたが、勃起仏のことで話があるからというんで、あなたと会うことにしたんですよ。違う話なら、帰っていただきます」

「違う話じゃねえさ。それは、あんたもよくわかってるはずじゃねえのかい——」

「——」

「そうなんだろうが」

平八郎の言葉に、小沢は答えなかった。

「どこで勃起仏のことを知りました?」

「へへ——」

にっ、と笑って、平八郎は、後方のふたりに視線を送った。

「いいのかい、他人のいるところで、その話をしてもよ」

小沢が、声を喉につまらせた。

「やっぱり、こいつ等がいるんじゃ、都合が悪いんだろうがよ。どうせ、金で雇った他人なんだろう。今日までの金を払って、こいつ等をお払い箱にしちまえばいい。代わりに、このおれを雇うんだな。こいつらよりは、おれの方がずっと頼りになるぜ──」

平八郎が言うと、背後に、ぐっ、とふたりの男の殺気がうねった。

「そうしてゆっくり、話をしようじゃねえか──」

「しかし──」

小沢は、平八郎と、男たちとに交互に視線を送った。

「おれが本気を出しゃ、ま、十秒ってとこだな。こいつらを、動けなくするまでによ」

みしり、と平八郎の後方で音がした。

後方に立った男たちが、絨緞の上で、小さく身じろぎしたのである。

軽く足を開いて、体内に力をたわめたのだ。それが、床に伝わって音がしたのである。

いや、音というよりは、気配に近い。

「なんだ、やる気になってるのかよ」

平八郎が言った。

平八郎の声には、少しも緊張が感じられなかった。

「あんたがその気ならな」

後方の男のひとりが、低い声でつぶやいた。

やる時にはやる——そういう重いものを含んだ声であった。

「やってもいいのかい？」

平八郎が、小沢に訊いた。

「やめて下さい。あなたは、仏像の件で話があったんじゃないんですか」

「だからよ、その話をするのに、このふたりが邪魔だといってるんじゃねえか」

「わかりました。ふたりには、席をはずしてもらいます——」

「ま、一時間てとこだな」

「三十分です。話は、その三十分で、全てすませて下さい」

小沢は、ふたりの男に声をかけた。

「すみませんが、三十分ほど、外へ出ていてくれませんか。ドアの外で、誰かが来ないように見張っていて下さい」

「わかりました」

押し殺した声で答え、ふたりは外へ出て行った。ドアの閉まる音がした。

「これでいいでしょう。大きな声さえ出さなければ、外には聴こえません」

小沢が言った。

平八郎が、小沢を眺めながら、にっ、と笑みを浮かべた。

小沢が、怯《おび》えの色を眼に宿した。

「ところでよ――」

平八郎が、優し気な声を出した。

「――次は、あんたなんだろう?」

覗き込むように小沢の眼を見た。

「次?」

「とぼけるなよ」

「――」

「佐川と、皆川の次が、あんただろうっておれは言ってるんだよ」

平八郎が言うと、小沢はひくっと喉に声をつまらせた。

「そ、それと、仏像の件と、どういう関係があるんですか」

「あるさ。さっきも言ったじゃねえか。そのことは、よくわかってるんじゃないのかい」

猫撫で声という言い方があるが、平八郎の言い方は、まさしく、その猫を優しく撫でるような声であった。

その時、小沢が、頬をぴくりとひきつらせた。

闇のどこからか、低い太鼓の音が聴こえてきたからであった。

タム
トム

オム
オム
それは、闇が打ち出す心臓の鼓動のようであった。
「どうした?」
平八郎が言った。
小沢は答えなかった。
怯えた眼で周囲を見回した。
ソファーから、半分腰を浮かせている。
タム
オム
オム
オム
低く音が聴こえてくる。
むろん、その音は平八郎の耳にも届いている。しかし、何故、ここまで小沢が怯えるのか、それがわからない。
「外か――」
平八郎が立ちあがった。

窓に向かって、ゆっくりと歩き出した。

「駄目です。窓を開けないで下さい!」

悲鳴に近い声で、小沢が言った。

閉められたカーテンの上に、平八郎の影が映った。

その瞬間であった。

けたたましい、窓ガラスの割れる音が、部屋の中に跳ねた。

「ぬう!?」

窓ガラスを割り、カーテンとカーテンの間から、平八郎の顔面に向かって、黒いものがふっ飛んできた。

それが、部屋の灯《あか》りを受けて、ぎらりと鈍い金属光を放った。

「ふひゅっ」

平八郎のひょろりとした体軀が、信じられないほど素早い動きをした。唇から、笛に似た呼気を吐いた。しゅっと、右手が宙に伸びていた。

その右手が、顔面に届く寸前の宙空で、窓から飛んできたそれをからめとっていた。

どん、
と、鈍い音をたてて、それが床に落ちた。

斧《おの》であった。

柄が、奇妙な形にねじくれた斧が、刃先を床に潜り込ませて、そこに突き立っていた。
柄が、細かくぶるぶる震えている。
平八郎の顔が青ざめていた。
肩で大きく息をついていた。
その顔が、たちまち、ぱあっと赤く染めあがった。
「糞！」
まだ震えているその柄を握り、床からひっこぬいた。
「ひっ」
床に這いつくばった小沢が声をあげた。
平八郎は、窓に駆けよった。
カーテンをおもいきりひき開けた。
窓いっぱいに、黒人が仁王立ちになって、部屋の中を睨んでいた。
「てめえっ！」
平八郎が叫んだ。
新宿で、佐川を殺したあの黒人であった。長い顔。潰《つぶ》れた鼻。厚い唇――。
そして、顔と、黒い素肌に入っている極彩色のペイント。
小沢は、悲鳴をあげて、ソファーの陰に這い込んだ。

黒人は、窓の外のベランダに立っていた。

割れた窓ガラスから、夜気が部屋の中に入り込んでくる。

「けやっ」

平八郎は、右手に持っていた斧を投げつけた。

黒人の身体が動いた。身をひるがえして、左手の闇の中に消えた。

投げた斧は、ベランダの手摺《てすり》に当って、ベランダの上に落ちた。

「糞」

平八郎は、おもいきり窓を開けて、ベランダへ飛び出していた。

黒人は、手摺の、細い鉄パイプの上に、素足で立っていた。平八郎に背を向けている。

ダチョウの羽根飾りが、風に動いているのが一瞬目に入った。

黒人に飛びつこうとした瞬間、黒人の長身が、ぐっと縮んでいた。膝を折り、背を丸めて、腕を後方に引いた。

「待ちやがれ！」

平八郎が叫んだ時、黒人の身体が、ぐんと伸びあがった。闇の宙空に、黒人の巨体が舞っていた。

ダチョウの羽根飾りが、後方にしなる。

伸ばした平八郎の指先は、わずかに黒人の足の裏に触れただけであった。ピンク色の黒人の足の裏が、平八郎の眼に焼きついた。

黒人の飛んだ方向に非常階段があった。

マンションの五階の高さの闇を飛んで、黒人は、非常階段の手摺の上に、両足で着地していた。助走なしで、軽く三メートルは飛んでいる。

みごとなバネであった。

たちまち、黒人は非常階段を駆け降りてゆく。凄い速さであった。

「糞ったれ！」

平八郎も、手摺の上に飛び乗った。

ひゅう、と風が頬を打つ。

足ががくがくとした。

背筋を震えが駆け抜ける。

跳んでいた。

平八郎の身体が宙を飛んだ。

平八郎のバネも、黒人にひけをとらない。

黒人と同じように、両足で、非常階段の手摺に着地する。

左足が、大きく滑っていた。

バランスを崩した平八郎は、あわてて両腕で手摺に抱きついた。

手摺で、顎を打っていた。

その時になって、初めて、自分がまだスリッパをはいていることに平八郎は気がついた。

宙に泳いでいる足からスリッパを脱ぎ捨てた。

非常階段の上にあがり、階段を駆け降り始めた。

三階分を駆け降りた時には、すでに、黒人は、一番下に着いていた。

「ちいっ」

ちょうど、真下に姿を現わした黒人に向かって、平八郎は、手摺に手をかけて、その身体を宙に踊らせていた。

マンションの二階分を飛び降り、黒人の真上から襲いかかった。

黒人の身体が横に動いた。

黒人が走ってゆく少し先に見当をつけて飛び降りた平八郎のねらいがはずれていた。

平八郎は、両手と両足をつかって、四つん這いの姿勢でコンクリートの上に着地していた。

靴下のままである。

下は駐車場であった。

足が痺れていた。

顔をあげた平八郎の顔面に向かって、黒人の右足が地を蹴っていた。ピンク色の足の裏が、平八郎の顔面に向かって飛んできた。平八郎は、それを両腕でブロックした。

二メートルはある自分の、体重を三メートル以上も、助走なしで宙に飛ばすパワーが、平八郎を襲ったのだ。

カバーした腕が、そのパワーに押され、平八郎の頬を叩いた。

へたくそなパンチよりは、まだ打撃が強かった。

二撃目を、平八郎は、肘で横に跳ね、立ちあがっていた。

〝しゅう〟

と、黒人が喉を鳴らし、腰から金属光を放つものを引き抜いた。

不気味な反りの入った、重そうな大ぶりの鉈《なた》であった。

まともに首を払われれば、首がたやすくふっ飛ぶ。刃の鋭さというよりは、その重さの打撃力で、ものを断ち切るものらしい。

真上から切りつけて来た。

黒人が、その動きをした時には、平八郎の身体が動いていた。

刃をくぐって黒人の横に入り込んでいた。

おもいきり、膝を跳ねあげた。

黒人の鉄のような腹に、平八郎の膝がぶちあたった。

長身の黒人の身体が、宙に浮いた。

後方に、仰向けに倒れた。

しかし、ほとんど効いてはいないらしい。

すぐに上半身を起こした。白い歯をむいた。上から踊りかかろうとした平八郎の背に、戦慄が走り抜けた。

動きを止めていた。

その平八郎の胸の前数センチの空間を、しゅっと音をたてて、重い刃が薙《な》いだ。

もう一歩前へ踏み込んでいたら、肺まで横に断ち割られているところであった。

その時、真横から、強烈な光芒が平八郎と黒人に叩きつけてきた。

すぐ横に停車していた乗用車が、ヘッドライトを点けたのだ。

闇の中で、巨獣が、かっと眼を開いたようであった。

車が動いた。

平八郎めがけてぶつかってきた。

「ちいっ」

平八郎は、大きく後方に跳んでいた。

さっきまで平八郎が立っていた場所を、車が凄い勢いで走り抜けた。

右に急ハンドルを切っているため、車体の左側が大きく沈んでいる。コンクリートを、タイヤがけたたましい音をたててこすった。

平八郎は、眼で、黒人を捜した。

それまで、黒人が倒れていた場所から、黒人の姿が消えていた。

駐車場の出口に向かって、ぐうっとスピードをあげた車の屋根に、黒人が、腹這いになって乗っていた。

平八郎は、走ってその後を追った。

車は、少しもスピードをゆるめずに、そのまま通りへ走り出ていた。

2

一時間後——

夜の十時。

平八郎は、ハンドルを握りながら、後方へ流れてゆく、高速道路の灯りを眺めていた。

東名高速である。

助手席に小沢が座っている。

小沢は、怯えた眼で前方を睨んでいた。

外の風景のことも、ほとんど小沢の眼には入っていないに違いない。

山中湖にある、佐川の別荘に向かっているところであった。

黒人を取り逃がし、部屋にもどってきた平八郎に、小沢がしがみついてきたのだ。

「助けてください」

と、小沢は言った。

「みんな話しますから、わたしを助けて下さい――」

平八郎がうなずくと、小沢は、佐川の別荘へ行こうと言い出した。

「そこで、全部お話しします」

別荘の鍵を、自分が持っているのだという。

佐川の持っているマスターキイから造った、合鍵であった。

「佐川先生と、皆川さん、そしてわたしと、何度もあそこに集まって、今回の件について相談しました。あなたの知りたがっている勃起仏についても、そこでお見せできるものがあります」

小沢は、平八郎が飛んできた斧を宙ではらい落とすのを見て、すっかりこの長身の男に心を奪われてしまったらしかった。

この男以外に、自分を助けてくれる人間はいないと、考えているらしい。

小沢のマンションを出る前に佐川真由美に、まず、電話を入れていた。小沢が、真由美にも、一緒に聴いてもらいたいことがあるというのである。カメラマンの加倉周一のことについて、話さねばならないのだと、小沢は言った。

真由美は、家にいた。

話を聴くと、それなら、自分もこれから別荘に車で向かうという。佐川の別荘で、おち合うことになった。

前を見ている小沢の眼は、緊張していた。これから別荘に着いた後、平八郎と真由美に、話さねばならないことが、小沢の頭から離れないらしい。後方から、一台の車がついてきていた。その車のヘッドライトが、バックミラーに映っている。

小沢が、ボディガードにやとったふたりの男が乗っている車である。

北島、村田、というのが、そのふたりの名前であった。

佐川が殺された翌日に、新聞広告を出してふたりをやとったのだという。ふたりとも、空手の有段者で、実戦空手を学んでいるのだという。

「いくらだ？」

と、平八郎が、ふいに助手席の小沢に訊ねた。

「後ろの車のふたりを、一日いくらでやとってるんだ？」

「一日、ひとり二万円です――」

「金持ちなんだな、おめえ――」

平八郎がつぶやくと、小沢は、小さく、

「ええ」

と答えた。

佐川の別荘は、山中湖をはさんで、富士山と反対側にあった。山中湖を一周する道路から、五分ほど車で登ったカラ松林の中である。

二階建てで、山小屋風に造られた、建物であった。

一階に、居間をかねたホールとキッチンがあり、二階に、やはり居間と、ふたつの寝室があった。

車を、別荘の前に止めた。

真由美の車は、まだ到着していなかった。

東京から来るため、東名高速に入るのに時間がかかるからであろう。横浜からすぐ東名に入った平八郎たちより、一時間近くは余分に時間がかかるはずであった。

別荘に入って、小沢は灯りを点けた。

北島と村田を一階に残し、小沢は、平八郎と一緒に二階にあがった。階段をあがった所が居間になっていて、正面が窓になっていた。居間の左右に、寝室へ通ずるドアが、ひとつずつついている。

居間の隅に、金庫があった。

「今、お見せします――」

小沢が言って、金庫の前にしゃがんだ。

すぐに、金庫は開いた。小沢は、その中から、紙で包んだものを取り出した。重そうなものであった。

小沢は、それを、ソファーにはさまれた、テーブルの上に置いた。

「釈迦涅槃勃起仏です」

そう言って、小沢は、紙の包みを取り去った。

黄金の光が、平八郎の眼を射た。

ぞくりと、不思議な戦慄が平八郎の背を走り抜けた。

「これか――」

テーブルの上に置かれた、黄金の像に、歩み寄った。

それは、横たわった釈迦の涅槃像であった。大きさは、平八郎自身が持っているものとあまり変わらない。やはり、黄金の塊《かたま》りを、彫って造ったものである。

そして、その像の股間からも、衣を割って異様なほど巨大なペニスが反り返っていた。

眼を閉じている釈迦の表情などに比べ、そのペニスの形態は、不気味なまでにリアルであった。

平八郎は、右掌に斧を握っていた。

襲ってきた黒人が投げつけてきたものを、平八郎はここまで持ってきていたのである。

その斧を、テーブルの上に置き、平八郎は黄金の塊りに右掌を伸ばした。その手の動きが、ふいに止まった。

後方をふり返った。

階段を登りきった所に、ふたりの男が立って、平八郎と小沢を見ていた。

階下で待っているはずの、村田と北島であった。

「なんだ、てめえ等——」

平八郎が言った。

「何ですか、あなたたち——」

小沢が手に持っていた包み紙を、あわてて勃起仏の上にかぶせた。しかし、まだ黄金色の半分以上が見えている。

ふたりは、答えずに、無言でその黄金色を放つものに眼を向けていた。

こわい眼であった。

「へえ——」

と、北島が言った。

「こんなところに隠してたってわけか」

「やっと見つけたぜ」

村田がずいと前に出る。

「てめえ等、何の真似だい？」

「それを捜してたのさ。小沢が持っているのはわかってたんだが、どこにあるのかがわからなくてね。つごうよく小沢の広告を見つけたんでね、村田と一緒にやとってもらったのさ――」

北島が、眼を細めた。

そろりと右手をベストの内側に突っ込んで、引き出した。その手に、ハンティングナイフが握られていた。

刃物を握っただけで、北島の内側から発する圧力が、じわりと強さを増した。

刃物が、ぴったりと手に吸いついている。

「素人じゃねえな」

「プロだよ」

村田が言って、似たようなハンティングナイフを懐から引き抜いた。どちらも大ぶりで、首の半分ほどはいっきに掻き切ることができそうだった。

切先をあてれば、するりと刃先が自分であばらの間に潜り込みそうである。

「そいつを渡してもらおうか――」

村田が、黄金の勃起仏に向かって、小さく顎をしゃくってみせた。

「いやだね」

平八郎が言った。

「ならば、力ずくということになる」

村田が、腰を落とした。

北島が、じりっと左へ移動する。

「地虫さん――」

小沢がひきつった声をあげた。

「十秒だと言ってたな。本当かどうか、試してみようぜ――」

北島が言う。

「さっきの台詞は取り消すよ」

そう言って、平八郎が、腰を落とした。

「ほう」

北島が、にっと笑みを浮かべた。

「八秒だ。あんたらが、逃げたりしなければな――」

「八秒?」

「てめえ等が、そんなぶっそうなものを出したからだよ。手加減できなくなったんだ」

ぼそりと平八郎が言った。

両手の、人差し指、中指、親指の先を合わせて、それを尖らせた振り拳をつくり、足を軽く開いた。

蟷螂拳の構えであった。

「中国拳法かい」

正面の村田が、笑った。

「実戦向きじゃねえな」

北島がつぶやいた時、闘いが始まっていた。

村田と北島が同時に動いていた。

村田は、ナイフで突きかかってきたが、北島は、ナイフでゆくとみせて、右の回し蹴りを放ってきた。

鮮やかな連係プレーであった。

「ひゅっ」

平八郎の喉が、笛に似た音をたてた。

頭を沈めて、北島の蹴りを流し、平八郎は頭を起こしざま、開いた北島の股間にむかって右脚を跳ねあげていた。右足の甲が、みごとに北島の股の底を叩いていた。

北島はくるりと白眼をむいて、仰向けにぶっ倒れた。

声もたてない。

村田の右手からは、ナイフが消えていた。

平八郎が、村田のナイフを握った手首を、蟷螂拳で跳ねあげたのである。

村田が握っていたハンティングナイフが、天井に突き立っていた。

「しゃっ！」

素手になった村田が右足で前蹴りを放ってきた。

身体を横に引いて、その右脚を平八郎は左脇に抱え込んでいた。左腕に力を込めて、村田の右脚をしぼりあげる。

しぼりあげた村田の右膝に、平八郎は、無造作に右肘を落とした。

平八郎の右肘の下で、いやな音がした。

膝関節の靭帯《じんたい》がちぎれる音であった。

村田が悲鳴をあげた。

その顔に向かって、平八郎の右拳が叩き込まれていた。

3

ぱんぱんと、平八郎は掌を叩いた。

「少し早過ぎたな……」

涼しい顔で、平八郎がつぶやいた。

せいぜい、かかっても五秒という時間である。

ふたりが同時に突っかけてきたため、予定の半分余りの時間でカタがついてしまったことが、平八郎には不満らしい。

「ま、こんなとこだろうよ」

飄々《ひょうひょう》とした声で言った。

底の知れない男であった。

小沢は、口を半開きにしたまま、ぱくぱくと唇を動かしていた。鮮やかな平八郎の手並みに、声を出せないでいるらしい。

「——こいつ等、いったいどうして」

やっとそれだけを言った。

「獄門会の、荒事《あらごと》の専門家だろうよ」

「獄門会?」

「たぶんな。佐川真由美をさらおうとしていたのも、獄門会の連中だった」

「真由美さんが——」

「ああ」

平八郎が答えると、また、小沢が唇のぱくぱくを始めていた。その視線が、平八郎の背後に向けられている。

平八郎が後方を見た。

その平八郎の表情が、一瞬、堅く強ばっていた。

仰向けに倒れていた北島が、ナイフを右手に握ったまま、ゆっくりと、起き上がろうとしていた。

どこか、異様な動きであった。

人の動きというよりは、意志のない機械の動きを連想させる。

まだ、白眼をむいていた。眼球がくるりと裏がえっているのである。意識を失ったまま、北島は起きあがろうとしているのだった。

「なんだ!?」

つぶやいた時には、北島は立ち上がっていた。

ナイフを大きく振りかぶった。

「ちいっ!」

平八郎は、強烈な蹴りを、北島の胸にぶち込んだ。

身体をふたつに折って、北島が後方にふっ飛んだ。背が、どっと壁にぶつかった。

北島は、首を前に折り、尻を床に落としていた。

あばら骨の数本は、折れているに違いなかった。

尻を落とした姿勢から、のろのろと北島が立ち上がってきた。

顔をあげる。

白眼がぐるりと動いて、黒眼がもどってきた。

途端に、北島は激しく咳込んだ。

どろりとした、鮮やかな血が、大量に北島の唇からあふれ出た。

折れたあばら骨が、肺に刺さっているらしい。

「痛い……」

と、北島がつぶやいた。

「痛い、痛い――」

つぶやきながら、またナイフを振りあげた。

意識がもどっているらしい。

それまでとは別の、素晴しい速度で北島の身体が動いた。魔性の速度であった。

ハンティングナイフの切先が、真一文字に平八郎の顔前を走り抜けた。

平八郎の左頬が、ぱっくりと割れていた。

綺麗なピンク色の肉が、そこに覗いた。その肉の裂け目に、たちまち赤い血が溜ってゆく。

「やりやがったな!!」

平八郎が咆《ほ》えた。

眼が吊りあがっていた。

飄々としたものが、どこかに消し飛んでいた。

歯をむいていた。

凶暴極まりない、鬼神の相が、その顔に現われていた。

「痛い、痛い……」

つぶやきながら、北島は、ナイフを宙に踊らせていた。

別の人格が、北島に憑依《ひょうい》しているようであった。

肉の割れ目を埋めた血が、とろりと外にあふれ出していた。その血が、平八郎の顎の先から床に滴った。

北島がまた動いた。

ふわり、と高く跳びあがっていた。

人の跳びあがれる高さではない。

丸めた背が、ほとんど天井に触れそうであった。

真上から、平八郎目がけて襲いかかった。

しかし、平八郎の動きは、さらにその動きを上まわっていた。

平八郎の身体が、落ちてくる北島目がけて浮きあがった。左足がするすると伸び、ナイフをすり抜けて、北島の顎を上に蹴り上げていた。

喉をのけぞらせ、下を向いていたはずの北島の顔が、天井を向いていた。

天井を見上げたまま、北島は着地した。

「痛いよ、痛いよ——」

天井を向いたまま、北島がつぶやく。

戦慄の光景であった。

北島がまた咳込んだ。

ごぼごぼと血があふれ出て、顔面から髪の毛の中に入り込み、喉を伝って、襟からシャツの内側に這い込んだ。

じわじわと、内側から、北島のシャツに赤い色が滲んでくる。

ごつん、
ごつん、
と、北島の首の中で音がした。

「痛いよ、痛いよ……」

骨を軋《きし》ませて、北島が顔をもどしているのだった。

もどった北島の顔が、上下に短くなっていた。

顎が潰《つぶ》れているのだ。

戦慄する光景であった。

平八郎の背に、寒気に似たものが張りついていた。

「ひっ」

横で、小沢が声をあげた。

村田もまた、血みどろの顔で起きあがっていた。

潰れた鼻から、大量の血が流れ出ていた。

凄い血臭であった。

「ぬうっ」

寒気と血臭をふり払うように、平八郎が吠えた。

村田が動いた。

テーブルに駆け寄って、黄金の勃起仏に手を伸ばした。

「てめえにやるか!」

平八郎が、床を蹴って動いた。

長い腕が伸びて、右手に、テーブルの上にあった斧を握っていた。

「けえっ」

それを、おもいきり打ち下ろした。

がつん
と、肉と筋と骨とを、重い刃物が同時に断ち切る音がした。

黄金の勃起仏を握った村田の右手首を、平八郎が斧で断ち切っていた。

テーブルの上に、黄金の勃起仏と、それを握った村田の手首が残っていた。

村田は、右手に勃起仏を握っているつもりらしく、そのまま階段の降り口に向かって走り出していた。

深く、斧の切先がテーブルに喰い込んでいた。

平八郎は、それを引き抜こうとする。

すぐには引き抜けない。

北島が、潰れた顔を、ごつごつと回して平八郎を見た。

「痛いよ――」

言いながら走り寄ってきた。

テーブルに手を伸ばす。

その時、斧の刃がテーブルから引っこ抜けた。

そのまま、平八郎は斧を横にぶんと振った。

北島の右手首がふっ飛んでいた。

その手首が、壁にぶつかって、小沢の眼の前に落ちた。

「ひぃ」

小沢が、床に尻をついた。

床の上で、北島の手首が、その五本の指を、数度、何かを握ろうとでもするようにぴくぴくと動かしたのである。

しかし、北島は、左手にその黄金の勃起仏を握っていた。

そのまま、窓に向かって走った。

少しもスピードをゆるめなかった。

カーテンの閉まった窓に、そのまま体当たりをした。

窓ガラスが割れた。

しかし、北島はカーテンを突き破ることはできなかった。カーテンにからめとられて、北島はもがいた。身体の半分は、カーテンごと割れた窓の外に出ていた。

「化物か、てめえ!」

平八郎が叫んだ。

カーテンの中でもがいている北島の髪をつかんで、おもいきり手前に引いた。

カーテンの左半分が、カーテンレールからはずれて床に落ちた。北島が、床に仰向けになっていた。

両足は、まだ、カーテンの中にあった。

平八郎は、勃起仏を握った北島の左手首を、右足でおもいきり踏みつけた。それでも、北島は勃起仏を離さない。

——おれのだ!

そう腹の中で叫びながら踏みつける。

平八郎の顔も血みどろだ。ナイフで切られた頬の傷から血が止まらない。

「地虫さん、村田が――」

小沢の声がした。

平八郎が後方を見た。

階段の途中で、自分の右手が消失していることに気づいた村田が、もどってきていた。

「おれの右手がないよ――」

そう口の中でつぶやいている。

しかし、身体の方は、大きく前のめりになって、平八郎に向かって突進してきた。

精神と肉体とが、まったく別の次元にいるらしい。

異様な光景であった。

平八郎は、真上から、村田に向かって斧を打ち下ろした。

信じられないことに、村田は、その斧を素手で受けた。残った左手を開いて、ひょいとその手を前に出してきたのである。

親指だけを残して、村田の手首が斜めに切り落とされていた。

村田の両腕が、ただの棒になっていた。

その二本の棒を振り回しながら、村田が平八郎にぶつかってきた。

村田の股間を、平八郎が蹴りあげた。

村田が、凄い顔をして、口を開いた。

眼を開いたまま悶絶したらしい。

しかし、それでも、まだ村田は動いていた。

悪夢に似た闘いであった。

北島の左手首が自由になっていた。

北島は、上半身を起こし、窓の外に眼をむけた。

「痛いよ——」

いいながら、左手を大きくふりかぶって、持っていた黄金の勃起仏を窓の外に投げつけた。

ガラスが割れ、黄金の塊りが、闇の宙に飛んでいた。

その黄金の勃起仏が、宙で止まっていた。

「ぬう!?」

村田を蹴り倒しながら、平八郎は窓の外を見た。

そこに、小柄な、白髪の黒人がいた。

老人であった。

その老人は、素足で夜の宙空に立って、飛んできた黄金の勃起仏を受け止めたのである。

かっ色の布を身体に巻いた老人であった。
平八郎と老人の眼が合った。
けくけくと、老人は、空中に浮いたまま、黄色い歯をむき出して笑みを浮かべた。
数本しかないその歯の奥で、赤い舌が動いている。
部屋からの灯りを受け、青い月光の中に、その老人の身体が浮きあがって見える。
「何者だ、爺い！」
叫んで窓を引きあけた時、平八郎の右足首が動かなくなった。
北島が、左手で平八郎の右足首を握っていた。
「おまえが、痛くしたんだ――」
北島が呻いた。
凄い力であった。
みりみりと骨が軋み音をあげそうである。
泣き声でうったえながら、力を込めてくる。
左足で、平八郎は、潰れた北島の顎を蹴りあげた。
下の歯が、上顎にめり込んだ感触があった。
北島は、声をたてられなくなっていた。口が開かないのだ。
うう、という鼻へ洩らす声のみが上へ出ているだけである。

やっと静かにはなったが、北島が無抵抗になったわけではない。まだ、平八郎の右足首を持った指に力がこもっている。

動けない平八郎に、遅い動きで村田が襲ってきた。

その胸にむかって、平八郎はおもいきり斧を叩き込んだ。

どん
という衝撃と、肉と骨とを断ち割る手応えがあった。

村田の胸部に、刃のほとんどが入り込んでいた。

胸の中央である。

さらに村田の動作が緩慢になった。眼に表情がもどってきていた。

「あれ?」

村田は首をかしげた。

何故、自分がこれほどゆっくりとしか動けないのか、平八郎に問うているような眼をした。

「あれ?」

言いながら、平八郎の両肩を、棒の腕で、とん、とん、と叩く。

視線を動かして、自分の胸を見た。そこから、斧の柄が、にょっきりと生えていた。

その視線をあげて、平八郎を見た。

小心者が、他人に何事かをたのもうとする時の、卑屈な笑みを浮かべた。

ぞっとする微笑であった。

おそらく、自分の胸にくい込んでいるものを抜いてくれと、村田はそう言いたかったにちがいない。

しかし、それを、平八郎は確認することはできなかった。

何かを言いかけようと開いた唇から、真っ赤な鮮血が、ごぼり、と泡をたててあふれてきたからである。

その血が肺に入り込んだらしい。村田が、血のしぶきをあげて咳込んだ。血のしぶきが平八郎にかかる。

「この」

平八郎は、斧を引き抜こうとした。

抜けなかった。

左手で、北島が平八郎の足首を握っているため、バランスがとれずに、力が入らないのだ。

北島は、まるでそれしか思いつかないように、平八郎の足首をただ握りしめている。人間としての思考が、うまく働かなくなってきているらしい。何かの機械のように、単純な動きのみになってきている。

窓の外から、黒人の老人が、楽しそうにその部屋の光景を眺めている。

白髪が、闇の中で銀色に光り、静かに風になびいていた。

ちらりと、老人に視線を向けてから、平八郎は、左手を斧の柄にそえた。両手で、斧を力まかせにねじった。

めき。

と、あばらの折れる音がした。

斧がずっこ抜けた。

ゆらりと、村田の身体が揺らぎ、仰向けに倒れた。

倒れても、まだ村田は手足を動かしていた。

赤く染まった顔に、まだ、あの卑屈な微笑が張りついていた。

「糞！」

糞、糞、と、平八郎は、自由になる足で北島の顔を蹴った。

北島の顔が、どんどん変形してゆく。

もう、友人が見ても誰だかわからないようになっていた。

部屋中が血の海であった。

絨緞の上には、血溜りができ、平八郎の全身は、血と汗でずくずくになっていた。平八郎にも狂気が取りついている。

「じゃっ！」

平八郎は、両手に持った斧を、おもいきり北島の左腕に打ち下ろした。北島の左腕が、肘から両断されていた。

足首を、北島の手に握らせたまま、斧を右手に握って、平八郎は窓に向かって疾った。

〝ほう〟

というように、黒人の老人が、唇を開いた。

その老人に向かって、そこまで四メートル以上はある空間に、平八郎はおもいきり跳躍していた。右手に大きく斧をふりかぶっている。

この二階がどのくらいの高さにあるのか、下がどうなっているのか、そんなことすら念頭から消えていた。

宙に浮いている黒人の脳天に、斧の刃をめり込ませる――それしか頭の中にはない。

「ひゅっ」

四メートル余りの宙空を、平八郎の肉体が飛んだ。

唇から鋭い呼気を洩らし、平八郎は、斧をおもいきり打ち降ろした。

その老人の額に、斧が深々とめり込んだかと思った瞬間、鋭い金属音がした。

老人が、自分の額に向かって打ち降ろされてきた斧を、右手に持った、何かの金属で受けたのであった。

宙で、一瞬、その黒人の老人と平八郎とが睨み合った。

にいっ、と老人が唇を横に引いて微笑していた。

「ぬうっ」

平八郎は、宙で身体を一転させて、四つん這いの姿勢で地面に着地した。

ざっ、と草が鳴った。

膝より高い、ぼうぼうとした雑草の中であった。

平八郎の横の叢《くさむら》の中に、ざんと斧が落ちる。

「ひきっ」

と、老人が微笑しながら平八郎を見降ろした。

老人の左手の中に、黄金の勃起仏があった。

「おまえが、ムンボパの邪魔をした男か――」

老人が言った。

不気味なイントネーションで、やっとそれとわかるくらいであったが、それは、まぎれもない日本語であった。

〝おまえ〟という発音が、正確には〝ンうぉムゥあうえ〟と聴こえる。

「爺い、その仏像は、おれんだぜ」

言いながら、平八郎が立ちあがる。

老人の微笑が消えていた。

凄い眼で、上から平八郎を見降ろした。

「死ね——」

低く老人がつぶやいた。

老人の顔が無表情になった。

その唇が、ふたりの男の名を呼んだ。

「ムラタ、キタジマ、来よ。来よ——」

口の中でぶつぶつと、平八郎の聴き慣れない言葉で、何かを呪《とな》え出した。

〝マヌ・エル・ホルム・ンガジ。マヌ・フム・ナーマ・カーマ・オロ・ンガジ……〟

平八郎が飛び出してきたばかりの二階の窓から、高い悲鳴があがった。

小沢の声であった。

「地虫さん!」

小沢が叫んだ。

窓の所に、部屋の灯りをバックにして、黒い人影が見えた。小沢ではなかった。もうひとつ、黒い人影が並んだ。

「村田と北島が——」

小沢の声がした途端、黒い影が動いた。まるで、空中に道でもあるかのように、腕を前に出して、這おうとしたのである。

ひとつ、ふたつ、と、その黒い人影が地に落ちた。

まともに頭から草の上に落ちている。

むっくりと、北島が起きあがった。首が、肩と平行に近い形になっていた。

落ちた時に、強く首を打ったに違いなかった。

続いて、村田が起きあがった。

起きあがるといっても、姿勢は四つん這いである。平八郎に向かって、草を掻き分けながら動き出した。

「そいつ等は、マヌントゥの虫を飲まされています!!」

頭上から小沢の声が降ってきた。

小沢が窓から身をのり出して叫んでいた。

「胃です——」

小沢が叫んだ。

「胃を攻撃して下さい」

「なんでそれを早く言わねえんだよ!」

平八郎は、腰を落として呻いた。

「ンガジを見るまでわからなかったんですよ——」

「ンガジだと!?」

平八郎は、もう窓の方を見ていない。

両手の人差し指、中指、親指をそろえ、蟷螂拳の構えに入っている。

「ガゴルの〝五老鬼〟のひとりです」

その声が平八郎の耳に届いてくるが、むろんその意味まで考えているヒマはない。

のそり、のそりと、二匹の獣が間合をつめてきた。動作がのろい。しかし、普通の人間なら、もうとっくに動けなくなっているほどの出血をしている。それが、仮にもこうして動いてくるのが信じられなかった。

ぎらぎらした眼が、草の中から平八郎を睨む。

「しゃーっ」

顔のつぶれた北島らしきものが、ふいに、草の中から跳ねあがった。

それまでののろい動きからは信じられない素早さであった。

顔をかばった、平八郎の左腕に、ぐちゃりと北島の顔があたった。そこの肉を嚙み切りたかったらしいが、北島の顎はすでに砕かれている。

どさっ、と、北島が、平八郎の蹴りを受けて草の中に落ちた。

もぞり、
と、すぐに北島が動き出す。

凶夢が実体化したようであった。

平八郎の頬には、ひきつったような笑みが張りついている。

平八郎の背のうぶ毛が、ぞくぞくと立ちあがっていた。

村田が、平八郎の背後にまわっていた。窓からの灯りが、下まで届いていて、風に草がざわめいているのが見える。

その草の中から、村田が、

ごう、

と吠えて立ちあがった。

その瞬間であった。

平八郎の右手が動いていた。尖らせた三本の指が、おもいきり、水月《みぞおち》を突いていた。手首まで、平八郎の手が、村田の腹の中に沈んでいた。

ぴくん、

と、村田の身体がすくみあがり、仰向けに倒れた。ぴくんぴくんと身体を動かしながら、村田は咳込んだ。

村田の口の中から、唾液にまみれた幼児の手の平ほどの、不気味な白い蜘蛛《くも》に似たものが這い出てきた。

「これは!?」

平八郎が、思わず半歩、後方に退がった。

その平八郎の横から、北島が襲いかかっていた。

「ちいっ」

北島に、蹴りを入れようとした瞬間、北島と平八郎との間に、白い影が入り込んできた。

その白い影と、北島とがぶつかった。一瞬、北島の身体が止まり、どさりと白い影の足元に仰向けになった。

北島もまた、ぴくんぴくんと、身体を突っ張らせ始めた。

北島の横に、白い僧衣を着た男が立っていた。

洗ったばかりのように白い僧衣であった。

その男が、北島の胃を突いたのだ。

「胃をねらえばいいのでしたね」

男が言って、微笑した。

場違いなほど、さわやかな微笑であった。肌の色が白い。つるりと頭の毛を全て剃り落としていた。その剃り跡が、青い。

「誰だ、てめえ?」

平八郎が吠えた。

「蛇骨《じゃこつ》といいます」

「蛇骨だ!?」

平八郎の声が聴こえなかったかのように、その、蛇骨と名のった男は、倒れた北島の口元を見ていた。ひしゃげた、北島の口元が、もこもこと動いていた。内側から、何かが北島の唇を押しあげているのである。

そこから、不気味な、触手が這い出てきた。蜘蛛の触手であった。しかし、毛は一本もない。

今、村田の唇から出てきたものと同じものであった。

白い、蜘蛛に似たそれは、血で赤く濡れていた。

「殺して下さい、それを——」

窓から小沢が叫んだ。

平八郎が、右足を持ちあげて、それを踏みつぶそうとした時、北島の顔から、それが不気味な速度で跳躍した。

平八郎の唇をねらっていた。

「けっ!」

顔を後方に引きながら、平八郎は、自分の顔前で、それを手の中につかみとっていた。

ぷちゅっ、と、それが平八郎の手の中で潰れ、酸っぱい匂いのする黄色い液が飛んだ。

「何だ!?」

「だいじょうぶです。それは、北島の胃液です」

小沢が叫ぶ。

「もう一匹の方を速く！」

小沢が言った途端に、ぬるりとした感触が、平八郎の首筋を這った。

「動かないで」

蛇骨が言った。

言った時には左手が動いていた。

それを、平八郎の首筋から払い落とし、蛇骨がその足の下に踏んでいた。

「ふうっ」

平八郎が、軽く息を吐き捨てた時、倒れていた北島と村田がもがき始めた。何かの麻酔が、急激に醒《さ》めてゆくようであった。強烈な激痛が、ふたりの肉体を襲っているのである。

「あぎぃ」

「ぐげぇ」

呻きながら、すぐにふたりは動かなくなった。

死んだらしかった。

ふたりが死ぬのを待っていたように、頭上から声がかかった。

「これを、手に入れたからには、もう、そのふたりには用はないわ——」

笑いながら、黄金の勃起仏を手でさすった。

「降りてきやがれ！」

平八郎が叫ぶ。

老人は、その声が聴こえないかのように、ひひ、と笑った。

〝フム・マム・セム・ンガジ。フム・ンガジ。ラーヤーマ・オーム・フム・ハット・ンガジ……〟

ぶつぶつとつぶやき始めた。

ゆっくりと、風の中を移動し始めた。

「ほう」

それを見上げながら、蛇骨が声をあげた。

「移動ができるのか、たいしたものだ」

「なに⁉」

不思議なものでも見るように、平八郎は蛇骨を見た。

「いずれはここに降りてくるかと思って、いたのですが、移動ができるなら、ほうってはおけませんね。こちらからむかえにゆきますか」

蛇骨が、ゆっくりと空中を移動してゆく老人を草の上を歩きながら追い始めた。老人を追い越して、そこに立ち止まった。

眼を開いたまま、胸の前で手を合わせ、契印《けいいん》を結んだ。

——智拳印《ちけんいん》。

左手を握って人差し指を立て、その人差し指を右手で握る、金剛界《こんごうかい》を表す印である。

老人と同じように、何かを口の中で呪《とな》え始めた。

真言《マントラ》であった。

老人のつぶやくものとは、言葉が違っていたが、その低いリズムには、どこか共通するものがあった。蛇骨の身体が、すっと浮きあがった。

「む」

平八郎は息を呑んだ。

移動してゆく老人の、目の前の空中に、蛇骨の身体が浮きあがって静止したのである。

「ほほう」

空中で止まり、老人がつぶやいた。

「それを渡していただきましょうか」

涼しい声で、蛇骨が言った。さわやかな微笑を浮かべていた。

「やらぬ」

老人が、勃起仏を懐の中に収め、右手に握っていた金属を、ぎらりと、頭上の月光の中に差しあげた。

それは、歪《いびつ》な曲線を持つ刃——短剣であった。

老人の銀髪が、暗い風の中に、ざわざわと立ちあがっていた。

4

蛇骨は、その老人の手の中に光る短剣を、涼しい眼で見やり、ふわりと、夜気の中に白い両腕を広げた。

女のような艶《なまめ》かしい二の腕が、月光の中に露わになった。

〝NJUA《じゃっ》!〟

老人の唇から、鋭い呼気が洩れた。

その瞬間、眼に見えぬものが、老人と蛇骨との間の空間に出現し、どっと蛇骨に叩きつけてきた。

蛇骨の白い衣が、飄《ひょう》と、激しく後方の闇に吹きあげられた。

と応えて、蛇骨が開いていた両腕を閉じ、ぽんと胸の高さで手を叩いた。

蛇骨を叩きつけてきた圧力がふっと消え、明らかに風とは別のその波動が凪《な》いだ。

蛇骨は、自分の胸の前で合掌《がっしょう》していた。

その左右の手の間に、刃の曲がった短剣が挟《はさ》まれていた。刃渡りが二十センチ余りの、禍々《まがまが》しい曲線を持った短剣――。

つい今まで、老人の右手が握っていたものであった。

常人の眼に見えぬパワーの攻防があったのである。

老人が、肉体にたわめた気を、蛇骨に向かって放ち、それを、やはり蛇骨が気で受けたのである。

しかし、老人が気を蛇骨に叩きつけてきたのは、実はめくらましで、本当は、その隙をついて短剣を投げるのが目的だったのだ。

気そのもので、直接相手の肉体を破壊することは、まず、できない。直接、相手の肉体に触れるか、あるいは、別の棒でも何でも攻撃者が手にしているものが相手の肉体に触れなければ、気で肉体を破壊することは無理なのだ。

実際の打撃のパワーに気を乗せてやることが必要なのである。

仮に、気のみで、離れた場所から相手の心臓にアタックをかけても、よほど心臓の弱い人間に、ふいの攻撃をかけるのでもなければ、まず、その心臓を停止させることは不可能なのである。

ふひ

ふひ

と、老人――ンガジが笑い声をあげた。

「ひと通りは、心得ておるか――」

つぶやいた。

「では、こちらの番ですね」

蛇骨が薄く笑って、短剣の刃を、左手の指先で握った。

それを、しゅっ、と頭上の闇の宙空に投げあげた。

冷たい刃が、青い金属光を放ちながら、くるくると月光の中を登ってゆく。

その刃の舞ってゆく先は老人の頭上であった。

蛇骨の右手に、鋭い光を放つ金属が握られていた。長さが三十センチほどの針であった。

左手で短剣を投げあげた時に、蛇骨が、その針を右手で懐から引き抜いたのである。

投げた短剣は、老人の頭上をねらったものである。

老人が動かずにいれば、その短剣が老人の頭上に落下して、その脳天に潜り込むことになる。

動いて逃げれば、その逃げた方向にこの針を放つぞという意味であった。

老人が、この短剣を投げるぞと、頭上に差しあげて見せたように、蛇骨もまた、次の自分の攻撃を見せたのである。

互いに、相手の器量を推し量っているのであった。いきなり手の内の全てを見せて、それをかわされたとあれば、次の瞬間に勝負が決してしまうからだ。

しかし、むろん、攻撃そのものは必殺である。

先ほどの短剣は、真っ直ぐに蛇骨の心臓を目がけて宙を飛んできた。受けねば、そのまま切先が心臓に潜り込む。

空中で、前や横に移動するのは、単に浮遊することよりも難しい。地上ほど俊敏な動きはできず、ただ浮遊している時よりも、ずっと体力の消耗が激しい。

特に、横に移動する時には、瞬間的な気のパワーが必要となる。横に動いた直後に、空中から飛来したものを受けるのは、よほどの技量がなければなし得ない。

〝移動ができるのか、たいしたものだ〟

先ほど、宙を移動してゆく老人を見て、蛇骨がつぶやいたのは、そういうことがあるからである。

短剣が、落下を始めた時、老人が動いた。

老人が動いたのは、前でも後ろでも右でも左でもなかった。

老人の身体は、落ちてくる短剣に向かって、ふわりと上に浮きあがったのである。

蛇骨の右手が動いた。

月光の中を、上昇したンガジに向かって、蛇骨の右手から鋭い銀光が疾《はし》った。

ンガジの右手が動いた。

チン

と、細い澄んだ音が響いた。

ンガジが、頭上から落ちてくる短剣を宙で右手に捕え、そのまま下に打ち下ろして、飛来してきた針を打ち落としたのである。

空中に浮いた蛇骨を、なお高い空中から、ンガジが見おろした。

ンガジのすぐ横に、欅《けやき》の枝先が届いて風に揺れていた。

「この国にも、われらのような術をあやつる者がおったか——」

皺《しわ》の中で、もぞりと唇を蠢《うごめ》かせて微笑した。

もとより、たどたどしい日本語である。

はっきりした発音でもなければ、イントネーションも狂っている。異国の極端な訛《なまり》がひどい。

しかし、それでもその意味はとどいてくる。

「どうしますか——」

蛇骨が言った。

「それほど長くは、浮いてもいられぬでしょう?」

蛇骨が、軽く微笑したその時であった。

「あぎゃっ」

男の悲鳴があがった。

家の方からであった。

二階の窓に見えていた、小沢秀夫の影が消えていた。

窓の下に、部屋の灯りを背景にして、こんもりと黒い影が盛りあがっていた。

小沢秀夫の背であった。

その背から、不気味にねじくれた、棒のようなものがはえていた。

それは、空中でンガジが手にしている短剣と同じ形状をしていた。

その影の背後に、もうひとつの影があった。

頭に羽根飾りをつけた、長身の男の影であった。

その人影が、小沢の背からはえた棒を握って、ひき抜いた。

「ムンボパか」

言ったのは、空中に浮いていたンガジであった。

「ンガジ——」

窓の人影が叫んだ。

「ナ、アヌトゥ、ンゾ、ヤ!?」

——何故、おまえがここにいるのか。

窓に立った男はそう言ったのだが、その言葉の意味は、むろん、平八郎にも、蛇骨にもわからない。

ンガジが、黄色い乱杭歯《らんぐいば》をむき出して、唇を吊りあげた。

しかし、ンガジは何も言わない。

笑っただけである。

「ワヌトゥ、ナジヤ!」

——おれを殺しに来たか。

と、窓の影——ムンボパが言った。

ムンボパの姿が、窓から消えた。

「てめえ、この!」

その時、二階を見あげていた平八郎が叫んだ。

草の中を手さぐりして、落ちていた斧を拾いあげ、家に向かって走り出した。

「待ちやがれっ」

その時、蛇骨の注意がわずかにそれていた。

ンガジは、その隙を逃《のが》さなかった。

蛇骨の顔に向かって、短剣を放ち、その手で横手に揺れていた欅の枝先をつかんで、強く引いていた。

一瞬、欅の枝が、ぐっと伸び、返る力でンガジの身体を引いた。

首を横に振って、その短剣をかわし、蛇骨が視線を転じた時には、ざっ、と葉を鳴らして、欅の梢《こずえ》と梢の間に、ンガジの身体が潜り込んでいた。

その梢の中で、一本の枝が、ぐうっと下にたわむのが見えた。

その枝に、黒いンガジの影が乗っている。

下にたわんだ枝が、反動で上に跳ねあがった。

黒い影が、闇を飛んでいた。

ンガジが、枝の反動を利用して、その身体を宙に舞わせたのだ。

己《おのれ》の体重と空中浮遊とを使い、そのタイミングを調整するだけで、枝のバネを利用すると、驚くほどの飛翔《ひしょう》力を得ることができる。

「油断をしましたか――」

蛇骨がつぶやいた時、建物の向う側で、激しくガラスの砕ける音がした。

ざん、ざん、と、ンガジが枝を鳴らして遠去かってゆく音が、届いてくる。

「蛇骨さん――」

下から、女の声が、蛇骨に向かって届いてきた。

髪の長い女が、驚いた顔で、宙に浮いた蛇骨を見上げていた。

5

「まだ息があるぜ」
二階のその部屋にあがってきた蛇骨に向かって、平八郎は言った。
しゃがんで、床に片膝をついた平八郎の足元に、仰向けに小沢が寝かされていた。
口と鼻から、血を流していた。
床の絨緞《じゅうたん》の上に、小沢の背から広がった血が、じわじわとその輪を拡げつつあった。
凄い血臭であった。
顔をそむけたくなるほどだ。
床についているのは、小沢の血だけではない。
北島と村田の血も大量に混じっているのである。
手首や、指が、部屋のあちこちに散らかっている。
すさまじい光景だった。
「ひどいな、これは――」
蛇骨が言った。
しかし、それほどひどそうな顔つきはしていない。

「ああ」

平八郎がつぶやいた。

「あなたがやったんですか――」

蛇骨が、下に落ちている手首に視線を向けて言った。

これだけ血生臭い光景を見ても、顔色ひとつ変えるわけではなかった。常人の感覚から何かが一本抜け落ちているようであった。

「ぬかせ。やらなきゃ、そこに転がってるのは、他人じゃなくおれの手首だったかもしれねえんだぜ」

「あの人影は、どうしました？」

「逃げたよ。おれがあがってきたら、窓を突き破って、跳び降りて逃げやがった――」

「こちらも、あのンガジという老人に逃げられました」

「――」

「そちらの方《かた》は、大丈夫ですか」

「わからねえな。まだ、生きちゃいるけどよ――」

平八郎が答えた時、蛇骨の後方で、出しかけた悲鳴を飲み込む音がした。

そこに、下から上がってきたばかりの佐川真由美が立っていた。

両手を口にあて、眉をひそめて、部屋の光景に眼を向けていた。視線をそらそうとしても、そらすことができないらしい。

「真由美――」

平八郎が言った時、やっと真由美は身体の自由を取りもどしたのか、顔をそむけて、大きく息を吐き出した。

「ひどい有様ね」

平八郎に向かって言った。

「今着いたのかい?」

平八郎が訊《き》いた。

「ええ。こちらの蛇骨さんと一緒に来たの」

「なんだと?」

「あなたから電話があったすぐ後に、蛇骨さんから電話が入ったのよ」

「――」

平八郎が、わけがわからずにいると、蛇骨が、懐からたたんだ紙片を取り出して、それを平八郎に渡した。

平八郎はそれを受け取って開いた。

「これは、おれが描いたやつじゃねえか」

それは、つい先日、日刊東京タイムスの工藤に、平八郎自身が描いて渡した、あの勃起仏の絵であった。

「その絵の仏像について、おたずねだとか——」

「ああ」

平八郎が答えた。

その間に、真由美が歩み寄って、小沢の横にしゃがみ込んでいる。

「ね、話は後にして、小沢さんを——」

真由美が言った時、小沢が、小さく呻《うめ》いて薄眼を開けた。

「小沢さん」

真由美が声をかける。

「佐川先生のお嬢《じょう》さんですね」

小沢の声は、激痛をこらえているためか、震え、かすれて切れぎれであった。

「え、ええ」

「加倉周一さんとお知り合いの——」

「はい」

「あなたに、言わなきゃ、ならない、ことが、あります。それで、あなたに、来て、もらいました——」

しゃべる度に、小沢の唇の端から血がこぼれる。

「あまりしゃべらない方が――」

「いや、今言って、おかなければ、いけないのです。真由美さん、あなたの、知り合いの、カメラマン……」

そこまで言って、小沢は、小さくむせた。

血が気管に流れ込んだらしい。

「……加倉周一は、まだ、生きて、いる」

「え？」

「少なくとも、わたしたちが、マラサンガ王国を、出る、時には、い、生きて、いた……」

「加倉さんが、周一さんが生きているんですか？」

真由美の声が高くなった。

小沢の顔の上に、かがみ込んでいる。

「あ、ああ」

「どこです。どこにいるんですかっ」

「マラサンガ王国に……すまない、我々の犠牲《ぎせい》に、なって、加倉は――」

小沢が言えたのはそこまでだった。

小沢が、首を仰のかせて眼を閉じた。

「小沢さん！」

なおも訊ねようと手を伸ばしたが、もう、小沢は答えなかった。

「死んだか？」

平八郎が、真由美に向かって言った。

「まだ、息はあるわ——」

真由美は答えた。

その真由美の顔が、赤く、こわばっていた。

第四章　裏　密

1

「じゃ、おめえ、工藤から連絡を受けて、やってきたってわけなんだな」

平八郎がやや尖った声でそう言ったのは、佐川義昭――真由美の家の居間であった。

つい先日も、平八郎はこの部屋にあがり込んでいる。

きちんとかたづいた部屋であった。

佐川義昭が死んで、すでに、この部屋の主は真由美のはずなのに、男っぽい趣味で統一されているこの部屋の様子が、どこか不思議だった。

真由美にしてみれば、至る所に、まだ父の義昭の匂いが染みついているに違いない。

深い緑色をした三人がけソファーの真ん中に、平八郎は深々と腰を埋めていた。そのソファーの端に、小さなバッグが乗っている。

その向かい側に、テーブルをはさんで蛇骨が腰を下ろしている。

真由美は、その蛇骨の右側に腰を下ろしている。

真由美も、蛇骨も、座っているのは一人がけのソファーであった。

平八郎からは、並んだふたりの顔がよく見える。

一方は、ぞくりと艶《なま》めかしい、剃髪した美形《びぎょう》の青年である。白い僧衣を、ふわりと身にまとっている。

袖《そで》の合わせから覗《のぞ》いている白い肌や、袖から出ている腕の白さが、女のようであった。

僧衣を着ているのに、その僧衣に少しも異和感がない。

古風なものを、その佇《たたず》まいの中に残しながら、モダンな印象さえ、蛇骨の姿からは漂ってくる。

それは、蛇骨がその身の裡《うち》に秘めている気品が、そう見させているのである。

ただ座っているだけで漂ってくる雅《みやび》さがあるのだ。なよやかなその優雅さは、造っているものではなく、天性のものであるらしい。

左足の上に組んだ平八郎の右膝が、小さく揺れている。

わざわざ三人がけのソファーに座って、端を空けておいたのに、紅茶を出し終えた真由美が、自分の横に座らなかったからである。その不満が、右膝の揺れとなって表われているのである。

だから、わざわざ、真ん中に座って、あたりを眺めているのである。やや、声が尖ってもいるのである。

「ええ——」

と、蛇骨が、答えた。

くやしいほど、わずかにしかその唇が動かない。それが、様《さま》になっている。わざとらしくない。

それも平八郎には不満だった。

この男の前にいると、自然に自分の下品さが、露わになってしまうような気がしているからである。

蛇骨の横に座っている真由美もまた、実に様になっている。

トップクラスのモデルと、美形の僧《びぎょう》——このアンバランスとも見える組み合わせが、平八郎の眼には、実に調和がとれて見えるのである。

くやしい。

だから、声が自然に尖ってしまうのだ。

蛇骨の赤い唇を、むしり取ってやりたい気分である。

部屋の大気には、紅茶の匂いと、ブランデーの芳香が溶けていた。

テーブルの上の紅茶に、たっぷりとブランデーが入っているのである。

「昨日、井本《いもと》さんを通じて連絡をいただきました」

蛇骨が赤い唇で言った。

二十歳代との見当はつくが、前半なのか後半なのか、まるでわからなかった。

二十歳と言われても、三十歳と言われても、納得《なっとく》のゆくものがある。

蛇骨が、その肉体の周囲に漂わせている落ち着きはらった雰囲気は、三十を過ぎた男のものである。不思議な品位と老成した大人の風格さえあるのだ。

しかし、その眼元や口元など、顔の部分を見れば、それは、まぎれもないもっと若い人間のそれだ。

若いくせに、やけに艶《なま》めかしい。

少女か少年のようにさえ見えるのに、そこにぬめりとしたものがあるのである。

「井本？」

平八郎は訊いた。

「井本良平《りょうへい》さんです」

「『日本秘教史』の井本良平か――」

「御存知でしたか――」

「知ってるも何も、その本は、ここの佐川義昭が持ってた本だよ――」

「ほう」

と、蛇骨が大人びた声をあげる。

「読んだよ。ここで見つけたその本をな。勃起仏のことが書いてあって、そこに赤い線が引いてあった。佐川自身が引いた線だろう——」

それは、左道密教とタイトルの入った章の中の、ほんの短い一節であった。

——左道密教。

タントラ密教という言葉と、同じ意味で使用されることのある、ある特定の方向を持った密教の宗派を指す言葉である。

特定の方向というのは、SEXである。

男女の交合による快楽の裡《うち》から、悟りを得、涅槃に至ろうとするのが、その左道系密教の特徴である。

日本で代表的な左道密教と言えば、立川流が知られている。

チベットのラマ教寺院の壁画には、立川流とはまた違うが、男女の尊神が交合する情景を、ひとつの宇宙原理として図象化《シンボライズ》したものが多い。

井本良平は、その章の中で、そのようなことに触れていた。

その中の一節に、次のような一文があったのである。

〝福岡県の田中家には、勃起した陽物を持つ、釈迦牟尼仏《しゃかむにぶつ》の像がある。この勃起仏は、木彫りで、高さが十五センチくらいの座像である。かなり古いものだが、いつの時代のものかは不明である。田中家に昔から伝えられているが、田中家でも、それがどういう意味のものであるのかわからないという。昔、今は滅《ほろ》びてしまったが、そういう仏像を信仰していた宗派があったのかもしれない〟

　この文の〝勃起仏〟の所に、赤い線が入っていたのである。

　井本良平は、学者ではない。

　広島の市役所に長い間勤務していた、もと公務員である。

　好きであちこちと歩きまわって集めた資料をもとに、定年後に書き下ろしたのが、『日本秘教史』だ。

　発行は、二百部。

　退職金で自費出版された本であった。

　並べられたのは、地元の書店だけである。

「その田中が、うちです。正確に言えば、うちの分家ということですが――」

　蛇骨が言った。

「田中は、旧家ですから、何か珍しい資料はないかと、ある日井本さんが訪ねて見えられたのです。あたりさわりのない文献をお見せしている最中に、つい、偶然その勃起仏を見られてしまったのですよ――」

「おめえの所は、何か隠し事でもありそうな口振りじゃねえか――」

「どこの家にも、他人には話せない家庭の事情はありますからね」

「けっ」

平八郎は言った。

外だったら、唾を吐きたい気分だった。

「工藤さんの知り合いの方が、やはり、『日本秘教史』をお持ちということで、そのルートで井本さんの住所を調べ、私どもの所をお知りになったということです」

「へえ――」

「それで、今日の夜――実際には昨夜になってしまいましたが――工藤さんと会い、あなたの所へ電話を入れたのです。しかし、あなたはいらっしゃらなくて、そこで、この佐川さんの所へ電話を入れて、あなたが小沢さんと山中湖へ向かわれたのを知ったのですよ――」

淡々と、蛇骨が言った。

今話の出た小沢は、御殿場《ごてんば》の病院に入院している。

平八郎がヒモをやっている村山七子はストリッパーである。その七子が定期的に出演している〝あやめ劇場〟のオーナー、出雲忠典が、全国に顔が広く、御殿場の顔効きの医院を世話してくれたのである。

世間には内緒の入院であった。

神奈川県の秦野《はだの》にある〝モーテルあやめ〟をまかされている松尾銀次が、今、小沢につきそっている。

小沢は、絶対安静の重態であった。

かろうじて生命はとりとめたが、話ができるようになるには、早くて三日、遅ければ、五日から一週間はかかると医者に言われている。

その後、東京に帰り、いったん平八郎のマンションに寄ってから、血にまみれた服を着がえ、この佐川の家までやってきたのである。

もう、夜明けが近い。

窓の外が、ほんのりと、白みかけていた。

「しかし、どうして、佐川義昭さんが、このような本を読むようになったんでしょう。前から、佐川さんは、こういった方面に興味がおありでしたか――」

蛇骨が、横の真由美に声をかけた。

「いいえ。仏教や密教には、父はほとんど興味がないはずでしたけど。それが、アフリカから帰ってきた頃から急に、そのような関係の本を読み漁るようになったんです。『日本秘教史』も、神田の古本屋から見つけてきたものだと思いますけど――」

「そうですか。そういえば、今回、井本さんと連絡を取りましたら、つい最近、誰だかわからない男の人から電話があって、勃起仏のことを訊かれたそうです。先方が名前を言わないので、早々に電話を切ってしまったそうで、もしかしたら、その電話をしてきたのが、佐川義昭さんかもしれませんね」

蛇骨が言った言葉に、真由美は、顎を小さく引いてうなずいた。

蛇骨は、ふっ、と遠い目つきをした。

何かを思い出したようにつぶやいた。

「あれは、確かに、サンスクリット語が混じってましたね」

誰にともなくつぶやいた。

「何だと？」

平八郎が訊いた。

「サンスクリット語——梵語《ぼんご》のことですよ。お経の原典のほとんどが、その文字で書かれています。古代インド語と言えば、わかりやすいかもしれません——」

「だから、それが何だと言うんだ」

「あの、ンガジが唱《とな》えた呪文《マントラ》ですよ。その呪文の一部に、サンスクリット語の真言《マントラ》が混じってたのです——」

そう言ってから、蛇骨は、低い声で、経に似た音韻を口の中で唱え始めた。

それは、多少のリズムや音階の違いはあるものの、確かに、あの時、ンガジという老人が北島と村田を呼ぶ時に唱えたものであった。

〝マヌ・エル・ホルム・ンガジ。マヌ・フム・ナーマ・カーマ・オロ・ンガジ——〟

そしてさらに、蛇骨は、ンガジが空中を移動する時の呪文まで、真似て唱えたのである。

〝フム・マム・セム・ンガジ。フム・ンガジ。ラーヤーマ・オーム・フム・ハット・ンガジ……〟

静かにその呪文を唱えている蛇骨の身体が、すっと浮きあがりそうな気がした。

「やめて——」

真由美が言って、蛇骨がその呪文を唱えるのをやめた。

「このうちの、たとえば、オームとか、フムとか、ハットとかいうのは、ほぼ間違いなくサンスクリット語です」

〝オーム〟

というのは、漢字では阿吽《あうん》と書く。

阿吽《あうん》の呼吸の阿吽《あうん》である。

梵語では ॐ《オン(オーム)》 と書く。

その一字で宇宙そのものを表わすという真言《マントラ》である。

「それが、どうした?」

「なかなか、おもしろいじゃありませんか——」

言って蛇骨が微笑した。

しかし、平八郎には、何がおもしろいのかわからない。

興味があるのは、呪文を唱えて宙に浮くという、そのことの方にある。

「その呪文を唱えれば、宙に浮けるのか――」

平八郎は訊いた。

「そうだとも、そうでないとも言えます」

「何だと?」

「一週間もすれば、ンガジが唱えたこの呪文《マントラ》でも、私なら空中浮遊ができるようになるでしょう」

「おれならどうなんだ?」

「わかりません。あなたの持っている素質と、やる気次第です。どんなに素質があったとしても、まず、三年はこのことのためだけに必要でしょう」

「けっ」

「本来は、真言《マントラ》そのものに、空中浮遊の秘密があるわけではありません。真言《マントラ》は、あくまでも、精神を集中するために唱えるものなのです。ですから、色々な国の言語で、色々な人が、それぞれの方法で空中浮遊ができるのです。慣れれば、真言をその都度《つど》唱えなくともいいのです。しかし、そういった真言というのは、スイッチのような役目もありましてね――」

「――――」

「空中浮遊をする時と、たとえば、敵に向かって気をぶつけてやる時とでは、気の種類もその方法も違います。真言《マントラ》を使いわけることによって、気を使いわけるわけです。この真言《マントラ》の時は、こういう気の使い方と、身体の方を慣らしておくのですよ――」

「ほう」

何事か、納得したように、平八郎がつぶやいた。

心なしか、平八郎の唇に微笑が浮いている。

平八郎自身が、その身に会得《えとく》しているのは、中国拳法である。

陳式の太極拳《たいきょくけん》も、先日見せた蟷螂拳《とうろうけん》も、使うことができる。

北派系の拳法――特に太極拳などでは、気をあやつる動作が多い。カリキュラムもきちんとしているし、いかにうまく己れの体内の気を引き出すかというその方法もシステム化している。

しかし、気を自在にあやつるには時間がかかる。

毎日の努力が必要であった。

毎日の努力ほど、平八郎の嫌いなものはない。

『智恵子抄』を読みながらせんずりをかくなら毎日でもできるが、気のための毎日はいやだった。

気で人をぶん殴るのはややこしい。

ぐっと強く握った拳《こぶし》で相手をぶん殴る方がずっとわかりやすかった。面倒でないのがいい。それに、殴ったあともずっと気持がいい。

しかし、気を学んだこともあるし、実際にそれをやって相手にあてたこともある。

だが、名人芸というわけにはいかない。

気を造り出して、それを身体の動きに乗せて、拳と共に相手にあてるまで、たっぷりと太極拳のスローなあの動き並みの時間がかかる。

相手が動かない場合にのみ、できる。

しかし、動かない相手なら、単純に拳でぶん殴ればいい。

気よりも何よりも、人間と人間との闘いならば、誰にでもわかりやすい、誰にでもできる必殺の最終兵器がある。

相手のきんたまを蹴る。

それもおもいきり蹴る。

これに勝る武器はない。

そう思っている。

あのンガジだろうが、この蛇骨だろうが、いかに空中に浮くことができようと、きんたまを蹴られて無事でいられるわけはない。

そう確信している。

この澄ました顔の蛇骨だとて、股間を蹴られれば、美しい顔を歪めて、口から泡を吐くのだ。

――しかし。

その気で空中に浮けるのなら、気分がいい。

少しの努力ならしてもいい気持になっている。

なに。

真言《マントラ》だのとややこしいものでなくてもいい。

ようは精神を集中するための法ではないか。

精神を集中するなら、自分にはもっとずっといい方法がある。

女のあそこのことを思い浮かべるのだ。

それなら一日中でも考えていられる。

あの四文字を唱えながら、あの股の間のあれを頭に描く。

それならできそうであった。

その思いが、ほう、という言葉と、唇の微笑となって表れたのである。

にやりとして、平八郎は、真由美を見た。

頭の中の思いが、そのまま平八郎の顔に出ていた。

「なあに、その顔は――」

真山美が言った。

「へへ――」

平八郎は微笑した。

微笑して、蛇骨に問うた。

「で、宙に浮くというそれは、身体の重いやつでもできるのかい」

「基本的にはね」

蛇骨が言った。

「空中浮遊は、体重とはあまり関係がありません。ひとつずつの細胞が、その細胞の重さ分くらいは宙に浮かせられる力《パワー》を持っていますから。人によって差はありますが、自分の体重の十パーセントから十五パーセントくらいは、余計に持って浮遊できるでしょう」

「へえ」

蛇骨は、言葉を切って、平八郎を見た。

「ところで、あなたに、うかがいたいことがあって、私はわざわざ九州からやってきたのですが――」

蛇骨が、懐から、あの紙片を取り出して、テーブルの上に広げた。

勃起仏の絵が、そこに描かれていた。平八郎が、亜里沙で描いたものであった。

「この仏像を、どこかでごらんになったことがあるのですか？」

正面から、黒い瞳を平八郎に向けた。

「へへ――」

平八郎は、頭を搔いた。

唇に、あまり上等でない笑みがへばりついていた。しかし、不快な笑みではない。

話の主導権を握ったという、どこか少年のようなものを含んだ微笑であった。

「どこでごらんになったのです？」

蛇骨が訊ねた。

「さあて、どこだったかな――」

あからさまに、平八郎はとぼけた。

「しかし、ごらんになったから、このようなものを描けたのでしょう」

蛇骨が、視線を、テーブルの上の絵にそそいだ。

子供っぽい線であったが、それなりに絵にはバランスがとれている。しかし、座した仏像の股間からそびえているペニスだけが、やけにリアルな筆致で描かれていた。

「話によったら、思い出してやってもいい」

平八郎が言った。

「話？」

「もともと、こっちの方から、この仏像のことを知りたくて、あんたの方にその話が行ったんだっていうことを忘れちゃこまる――」

「はい」

「こちらが話すかわりに、てめえの方も、それだけのことを話してもらいてえんだよ。もちろん、ここで話したことは、我々だけの秘密だ。そういうことでどうだ――」

「そうですね」

「あそこで、我々はもう、あの黄金の勃起仏を眼にしてるんだ。おかしな爺いにも会った。知り合ったばかりだが、生命をかけて、同じ野郎共と闘った仲だ。隠し事はよそうじゃねえか――」

「――」

「なんなら、特に譲《ゆず》って、おれの方から話してやってもいいんだぜ――」

平八郎は、そう言って、蛇骨を見た。

「わかりました」

蛇骨がうなずいた。

「いろいろとしかられるかもしれませんが、あなたのお話しにみあうくらいは、お話しできると思います」

「よし」

言って、平八郎は、ソファーの端に置いてあったバッグを引き寄せた。

さきほど、自分のマンションに寄ったおり、平八郎が、持って出てきたバッグであった。

平八郎は、バッグを膝の上に置き、じろりと蛇骨と真由美に視線を放ってから、ゆっくりとバッグのファスナーを引きあけた。

中から、新聞紙にくるんだものを取り出して、ティーカップを脇へのけてから、それをテーブルの上に乗せた。

ごとり、と重い音がした。

真由美が、ちらっと蛇骨に視線を走らせ、また、テーブルの上のそれに眼をもどした。

蛇骨は、ほとんど、先ほどと同じ表情で、その包みを見ていた。

平八郎が、ものも言わずに、無造作にがさがさと新聞紙をはぎ始めた。

それが、露わになった。

「これは――」

真由美が声をあげて、唾を飲み込んだ。

その音が、静かな部屋の中に響き、またすぐに部屋に静寂がもどった。

「へへ――」

平八郎が言った。

平八郎の呼吸音が、部屋に響く。

テーブルの上に、黄金の塊りが乗っていた。

高さが、十五センチ余りの、黄金の仏像——勃起仏であった。

座像である。

ただの座像ではない。

結跏趺坐《けっかふざ》をした仏像の股間から、みごとな陽根がそびえているのだ。

しかも、その陽根は、その像が膝の間に両手の指で造った、法界定印《ほっかいじょういん》と呼ばれる契印《けいいん》の指の輪の中を貫いているのである。

黄金の色も、基本的な大きさも、小沢が別荘に隠していた釈迦涅槃勃起仏と同じであった。

一方が座っているのに対し、一方が横になっているという、それだけの違いである。

蛇骨は、涅槃勃起仏の方は、すでに昨夜、ンガジの手に握られたものを眼にしていた。

「菩提樹の下で、悟りを開いた時の仏陀ですね——」

蛇骨が言った。

「わかるのか、おめえ——」

平八郎が言った。

「わかります」

蛇骨はうなずいて、それを右手に取ろうとした。

その手を、途中で平八郎の右手が押さえた。

「おれんだぜ、この仏像はよ」

平八郎が言った。

「どこで、この仏像を手に入れました?」

蛇骨が訊いた。

「新宿だ」

「いつのことですか?」

「この前だよ」

言って、平八郎は、真由美に視線を移した。

「この前?」

真由美が、小さい声で訊いた。

「佐川義昭――あんたの親父さんが殺された日だ」

「どうやって、これを――」

「もらったのさ。佐川義昭からな。あんたの親父さんが、死ぬ時に、これをおれにくれたんだよ――」

低い声で平八郎が言った。

「父が――」

「おれは、あんたの親父さんが殺された時、一番そばにいたんだよ。胸から槍をはやした佐川が、これをポケットから出しておれにくれたんだ。ほんとうだ」

最後の〝ほんとうだ〟に、やや力を込めて平八郎が言った。

「父は、何と言っていましたか?」

「これをもらってくれと、それだけしか言わなかったよ」

平八郎は嘘をついた。

死ぬ時佐川が言ったのは、〝これを――〟までである。

もらってくれというのは、平八郎が自分で付け足したのだ。

地図のことは言わなかった。それは、最後の切り札としてとっておくつもりだった。

「どうしてお父さんがこんなものを――」

「あんたの親父さんだけじゃない。小沢もそうだ。ことによったら、死んだ皆川も持っていた可能性がつよい」

「何故、その三人がこんなものを――」

「アフリカさ。その三人の共通点はアフリカだ。ナラザニアのジャングルに、加倉周一と剣英二というのと、五人で入っていたんだろうが。そのうちの二人は行方不明になって、三人だけが帰ってきた。このあたりに何かありそうじゃねえか――」

「え、ええ――」

「佐川を殺したのは、アフリカの黒人だよ。あのンガジもそうだ。こいつはナラザニアで何かあったってことだぜ――」

「でも、何が――」

「マラサンガ王国とか、言ってたな、小沢のやつ――」

「ええ。でも、そんな王国がアフリカにあるなんて、知らなかったわ」

「別に、国連に加盟《かめい》しちゃいねえだろうよ」

「――」

「三人が、そこから、この仏像を、かっぱらって、とんずらこいてきたんだよ。ムンボパとかいうのも、ンガジというのも、それで、この仏像を取りもどそうと、おっかけてきたんじゃねえのかい――」

「でも――」

真由美が言った。

「でも、何だ?」

「アフリカにこんな仏像があるなんて――」

「そんなことまではおれは知るか。そうとでも考えなきゃ、話が合わねえじゃねえか――」

平八郎は言った。

言ってから、わかったか、と言うように、さっきから黙ってしまった蛇骨に向かって言った。

「な」

「そうですね」

何か、非常に楽しいことでもあったように、蛇骨の眼がきらめいていた。

「では、次は私が話さねばならない順番のようですね――」

言って、蛇骨は、傍の真由美と、正面の平八郎に、涼しい視線を走らせた。

2

「裏密《うらみつ》――という言葉は、もちろん御存知ないでしょうね」

蛇骨が言った。

「知らねえな。あいにくとよ――」

平八郎が言うと、真由美が、それに同意してうなずいた。

「では、密教ならば、御存知でしょう」

「ああ、それくらいはな――」

「密教と言っても、実に、様々な種類がありましてね。世界的に見れば、ラマ教なども密教ですし、土着の宗教等と、継《つな》がったものなどを数えあげればきりがありません。日本ではどうかと言いますと、密教は、大きくわけて、天台系のものと、真言系のものとのふたつがあります。あとは、そこから派生したものがほとんどですが——新興宗教やら、街の、拝み屋的な性格を持ったものまで入れると、やはりその数は無数と言っていいでしょう」

蛇骨は言葉を切って、平八郎を見た。

「で——」

「はい。我々の裏密も、密教の一派には違いないのですが、他の密教とは、まるで性格を異にしているのです」

「ほう」

「裏の密教——裏密とは、そういう意味のものでしてね、他の密教——真言、天台、立川流に至るまでの密教は、所詮《しょせん》は表の密教なのですよ」

「だから、どうなんだ」

「空海は御存知でしょう」

と、蛇骨が言った。

「知ってるわ」

うなずいたのは、真由美であった。

「日本に、唐から密教を入れて、真言宗を創始したお坊さんでしょう」

「はい」

蛇骨がうなずいた。

「これからお話しすることは、隠すところは隠さねばなりませんが、大まかに、必要なあたりは、お話ししてさしあげられると思います」

「言えよ」

「裏密は、その空海——つまり、我々が、弘法大師《こうぼうだいし》と呼んでいる方がお創りになったものなのです。真言宗と一緒にね。いえ、正確に言うのなら、真言宗よりも、もっと先にです——」

「どういうことなの？」

真由美が訊ねると、にっ、と蛇骨が微笑した。

空海は、宝亀五年（七七四年）に讃岐国多度郡に生まれている。幼名を真魚《まお》。生まれた時から、真言の〝真〟の字を持っていたことになる。

天才である。

それも、ただの天才ではなく、異常なまでの天才であった。

十八歳の時に、すでに仏教、道教、儒教を比較した『三教指帰《さんごうしいき》』を著し、諸国の寺を遍歴して歩いた。この時期に日本に伝来していたあらゆる教典を読破したと言われている。

そうして、空海が仏教からたどりついたのが、密教であった。

当時の日本にいながら、仏教から密教に至ったというのは、希有《けう》なことであった。

当時の日本にも、すでに、様々な形で密教は入ってはいたが、それはいずれも呪術的性格と土着性の強いものであった。雑密と呼ばれるそれ等は、しかし密教の体系から見れば、ごくわずかの部分でしかない。

そういう雑密からいかにして純密にたどりついたのか。

仏教の経典を漁れば漁るほど、空海の胸の内には、飢えがふくれあがっていったに違いない。

まだ、足りない。

まだ、もっと凄いものがあるのではないか。

空海が求めていたのは、人間や生命を含む、宇宙の構造について、完璧に語ることのできる理論であったのである。

宇宙とは何か？

人間とは何か？

生命とは何か？

それ等の問いの答えが、そのまま、諸々の人間の欲望すらも肯定することになるもの。

それが、空海が求めていたものである。

やがて、空海が当時の日本においてそのような問いに答えることのできる体系、密教があるのだと確信するに至ったというのは、繰り返すが奇跡のようなものだ。

同時期に中国から密教を持ち帰った人間はもうひとりいる。

やはり若くから天才の名をほしいままにした最澄がその人である。

しかし、その最澄ですら、唐に渡っていながら、密教の存在に気づいていない。気づいていたかもしれないが、その重要性には気づいていなかった。

日本へ帰るための船の準備ができておらず、明州で一ヵ月半ほどの時間の空きができたついでに、越州までゆき、そこで、爪の先で引っ掻くようにして、密教の体系のほんの一部を持ち帰ったにすぎない。

わざわざ唐へ行った最澄にしてからが、そうなのである。

それを思えば、当時の日本にいながら、なお日本の仏教の主流からはずれた場所で、空海が密教にたどりついたということは、いかに凄いことかわかろう。

空海は、当時、すでに密教が仏教を含み、なお、それを越えた理論体系であることを日本にいながら知るに至ったのである。

わずか一滴か二滴かの海水を浴びたことにより、池の魚が、巨大なる大海の存在のあることに気がつくようなものだ。

ニュートン力学しか知らない人間が、ニュートン力学をあやつりながら、アインシュタインの相対性理論の存在を推論してしまったようなものだ。

極端な言い方をすれば、仏陀の教えを追求しようとしたのが、最澄であったのではないか。

仏陀の立ったのと同じ場所に立ち、仏陀が観たものと同じものを見ようとしたのが、密教であり、空海であったのではないか。

空海は、最初から密教を求めて、唐に渡ったのである。

延暦二十三年七月六日、空海は唐に向かって日本を発ち、大同元年の秋に、空海は唐で二年をすごし、巨大な密教の体系を携えて、日本に帰ってくることになる。

一千年以上も昔のことだ。

「空海が、二年の入唐《にっとう》から帰って来た場所は、九州です」

蛇骨が言った。

「ええ」

と、真由美が答えた。

「しかし、帰ってきてもすぐに都に上《のぼ》れるわけではありません。福岡の大宰府から朝廷に使者を送り、返事を待って、それから都へ上ることになるわけです。空海と同行していた橘逸勢《たちばなのはやなり》は、返事の沙汰書《さたしょ》が下ってきてすぐに都へ出発しました。が、空海だけは、九州に、膨大《ぼうだい》な密教の体系と共に残留したのです——」

「————」

「残留期間は、およそ、一年もの間です」

「何故なのかしら――」

「密教の体系を、整理していたのですよ。いらぬものを捨てて、必要なものだけを、都へ持ってゆくためにね」

蛇骨は言った。

実際に、空海は、すぐには、都へ行かずに、九州で一年もの間、残留を続けている。

その間に何をしていたのかという記録は、ほとんど残されていない。

福岡地方の伝説に、当時、空海は、博多に遠留し、伽藍《がらん》を建て、東長密寺と号したとある。

また、別の記録では、九州の山々や神々の社を巡拝していたともある。

ただひとつ確かなことは、この時期、空海は、田中少弐《しょうに》という者に依頼され、願主の亡母のために法要を営んだという、そのことくらいである。その願文が、今も残っているのだ。

その田中という人間が、どういう人間であったのか、それを知るための資料は一切残っていない。

蛇骨は、ゆっくりと、平八郎を見、真由美を見てから語り出した。

「そのおり、空海が、九州に置いていったものが、裏密なのです」

言って、蛇骨が言葉を切った。

「それで裏密か――」

「ええ」

「その裏密ってのを、もう少し具体的に言ってもらえねえかい」

「日本の表の密教には必要のないもの。危険なものが裏密なのですよ――」

「ほう」

「それが何であるかは教えられません。それを知っているのは、高野山でも阿闍梨《あじゃり》の位を持つ者だけです――」

「けっ、もったいぶる気かよ」

「ひとつだけなら、教えてさしあげられます――」

「何だ？」

「その、勃起仏についてですよ」

蛇骨は、テーブルの上の勃起仏に、ちらりと視線を走らせた。

「もともと、裏密というのは、布教活動というものが存在しないのです。信者も必要としない体系なのです。たとえて言うなら、塵箱のようなものでしょうか――」

「塵箱？」

「そうです。密教という体系が成立してゆく過程で、いらなくなったもの、外には捨てられない邪魔なものを捨てる場所――そこが裏密なのですよ」

「ほう」

「たとえば、瞑想によって仏に近づく法があるなら、魔王に近づく法もあるということです。密教は、成立する過程で様々なそういう法を捨ててきました。しかし、消し去ってしまったわけではありません。きちんと、人知れず残してきたのです。それが裏密なのです」

「うむ」

「密教がインドから中国に渡って日本へ伝えられる過程において、金剛智《こんごうち》、不空、恵果《けいか》と、正嫡の密教継承者が、必ず受け継いできたもの、受け継がねばならないものが、この裏密なのです。一般にはまるで知られてないのですけれどもね」

「――――」

「勃起仏と、それに関する逸話《いつわ》も、そうやって受け継がれてきた裏密のひとつなのです」

「やっと本題に入ってきたか――」

「はい」

蛇骨は、うなずいてから、

「――しかし、空海の天才は、代々の密教の正嫡の継承者を越えていました。空海は、密教にとっては、不要なものを捨てるための器である裏密という体系そのものを、密教本体から切り離してしまったのです――」

「ふむ」

「唐から日本へ帰り、九州で一年ほどを空海が過ごしたことは、もう言いましたね」

「聴いたよ」

「その時に、空海は、寺をひとつ建てています」

「へえ――」

「東長密寺という寺です」

「――――」

「ですが、この東長密寺というのは、伝説にその名があるばかりで、実際には、どれだけの大きさの寺なのか、どこにあったのかということさえもまるで知られておりません――」

「理由があるんだろう?」

「ええ。空海は、裏密を封じてしまうために、その東長密寺を建てたのです。裏密を引き継ぎながらなお、それを外には洩らさず受け継いでゆくことのみが仕事という寺が、この東長密寺なのです。しかし、何故、東長密寺の建てられた場所がわからないのか――」

「――――」

「答はひとつです。実は、そのような寺は、建てたという表現こそしていますが、実際に建てられてはいなかったのです。それが真相なのですよ――」

「どういうことだい」

「空海は、人間を、その寺に見たて、ある血筋の者のみに、代々、裏密を伝えてゆくという方法をとったのです。東長密寺というのは、実は寺の名ではなく、我々の血筋を指す言葉なのです」

「――」

「私の表向きの姓は田中ですが、高野山での記録上は、東長密寺という姓になっているはずです。東長密寺の蛇骨――それが私です」

「おもしろい話だな、それはよ」

「その東長密寺には、基本的には本尊というものがないのですが、そのかわりとして、黄金の勃起仏が利用されているのです」

「あるのか、勃起仏が――」

「はい」

「こういう座っているやつか――」

「いいえ、違います。釈尊が、全裸の女性と交わっている様《さま》を像にしたもので、我々は、それを、釈迦交合勃起仏と呼んでいます」

「逸話、とか、さっき言っていたな?」

「ええ。その釈迦交合勃起仏と共に、東長密寺に伝えられている逸話を、私は、これからお話ししようと思っているのです」

蛇骨は、また、言葉を切って、平八郎と真由美を見た。

3

「これは、これまでの仏教の常識からすれば、奇怪な、と言ってもいい伝説です。もっとも、それだからこそ、こうして裏密の中に封じられてきたのだと言えるかもしれません」

そう言って、蛇骨は話し始めた。

「仏陀――つまり、釈尊に子供がいたということは、御存知ですね？　ヤショダラ姫との間に生まれた、ラーフラという名の息子です。ところが、実は、仏陀には、もうひとり、子供があったのだと、その伝説は伝えています。いえ、もしかすると、独りではなく、かなりの数の息子や娘がいたことを、その伝説はほのめかしています。これは、私が、その伝説を信じているという意味ではありません。信じていないという意味でもありません。そのような話が、裏密の東長密寺には伝わっているという、事実があるという意味です――」

蛇骨が、そのあたりまで話した時、すでに、窓の外には、はっきりとした夜明けの徴候があらわれていた。

　ほんのりと、白い光が、閉めたカーテンに差していた。

　部屋の灯《あか》りが、黄色っぽく見えてくるような、明りであった。

「その、ラーフラではない子供の名は、アジャールタといいます。仏陀が、黒人の女と交わって、その女に生ませた黒人の子供です。その当時で、アジャールタは三十二歳。仏陀の教団《サンガ》に、沙門《しゃもん》のひとりとして、入っていました——」

　そこまで言った蛇骨が、ふいに唇をつぐんだ。

　鋭い視線を平八郎に放ってから、にっ、と微笑した。

　蛇骨の、白い、細い右手の指が、すっと懐に潜り込んだ。

　その手が、そろりと引き出された。

　白い指先が、細い、銀光を放つ金属をつまんでいた。あの、長い針の尻であった。

　引き出された針の先が、きらりと鋭い光を放った。

「てめえ……」

　押し殺した、低い声で平八郎が言った。

「はい」

　静かに、蛇骨がうなずいた。

「な……」

何かを言いかけた真由美の唇を、蛇骨の左掌が塞いだ。

強い力ではなく、柔らかな力である。

〝しゃべるな〟

そういう意味のこもった力であった。

「わかりますか」

蛇骨が、やっと聴こえるほどの、低い声で囁いた。

囁くその声までが、ひどく艶かしい。

「ああ」

平八郎が答えた。

テーブルの上の黄金の勃起仏に手を伸ばし、それをつかんだ。上着の内ポケットに、それを押し込んだ。

蛇骨が、音もたてずに、立ちあがった。

ゆるい足取りで、窓に近づいてゆく。

続いて、平八郎も立ちあがった。

右手に、ソファーの背もたれの部分にかけてあった、レースのカバーを握っている。

それを、真由美が、緊張した顔で眺めている。

蛇骨が窓の横に立った。

窓の端だ。

窓には、カーテンが閉まっている。

そのカーテンに、部屋の灯りで、自分の影が映らないようにという配慮らしかった。

その時には、反対側の端に、平八郎が立っている。

平八郎は、立ちあがる時に右手に持った、ソファーのカバーを、右拳に堅く巻きつけていた。

平八郎と蛇骨の手が、カーテンの裾《すそ》を握った。

ふたりが、同時に、それをおもいきり左右に引き開けた。

窓ガラスに、ふたりの男の顔が張りついていた。

まさか、いきなりカーテンが開けられるとは思ってもいなかったのであろう。

一方は、眼を丸く開き、一方は口をぽかんと開けて、その顔に驚きの表情を造っていた。

蛇骨の右手と、平八郎の右手が同時に動いていた。

「この馬鹿っ!」

声を出したのは平八郎だけである。

ガラスの砕ける音が響いた。

カバーを巻きつけた平八郎の右拳が、ガラスを砕き、ガラスの片《かけら》と共に、その口を開けた男の顔面に叩き込まれていた。

蛇骨の側にいた男は、顔面を両手でおおい、

「ひいっ」

声をあげて、大きく顔をのけぞらせていた。

顔を押さえた手の指の間から、針がはえていた。

その男の顔のあった位置の窓ガラスに、小さな穴が開き、その穴を中心にして、四方に木の根に似た細い亀裂が走っていた。

蛇骨の放った針が、窓のガラスを突き抜け、覗《のぞ》いていた男の左眼の瞳に、その切先を潜り込ませたのであった。

「獄門会か、てめえらっ！」

平八郎が吠えた。

窓を引き開けた。

ふたりの男が、顔を押さえ、狭い庭を走って逃げてゆく。

通りへ出た。

そこに、一台の乗用車が止まっていた。

追うまでもなかった。

ふたりが、その乗用車に駆け寄ると、乗用車のドアが開くのが見えた。

ふたりが乗り込むと、すぐに車が発進した。

「ふん」

と、平八郎が、去ってゆく車をひと睨みし、部屋の中へ視線をもどした。

真由美が、立ちあがって、平八郎を見ていた。

その横に、白い僧衣を着た蛇骨が立っていた。

真由美の眼には、怯《おび》えの色が揺れている。

「聴かれたか？」

平八郎が言った。

蛇骨が、小さく首を振った。

「聴かれたとしても、ほんの少しでしょう」

「ちっ。奴等、始めからこの家を見張ってやがったな」

「そんなところでしょう。そこへ、我々が帰ってきて話を始めたので、気になって近づいてきたというところですね——」

平八郎は、ふたりに歩み寄りながら、服の上から、内ポケットの勃起仏を押さえた。

勃起仏は、ポケットにおさまりきらずに、ポケットから頭を出していた。

「しかし、ちょうどいいところでした」

蛇骨が言った。

「ちょうどいい？」

「少し、しゃべり過ぎたかと思っていたのですよ。あまり、出過ぎた真似をするとしかられますから——」

「しかられる？　誰にだ？」

「楽翁尼《らくおうに》さまにね」

「何者だい、そいつは？」

「東長密寺の責任者、とでも申しましょうか——」

「——」

「九州へいらっしゃいませんか。おふたりとも——」

蛇骨が、平八郎と真由美に、交互に視線を送って言った。

「何のためにだ」

「先ほどの話の続きをするためですよ。あの話の続きは、楽翁尼さまから、直接お聞きになった方がいいでしょう」

「ほほう」

「あなたのお持ちになっているその勃起仏には、楽翁尼さまも、たいへん興味を示されると思います。おそらく、私が話そうとしていたことも、ご自身の口から説明して下さるでしょう。そうすれば、私もしかられずにすみます」

「しかし、九州へか——」

「私も、一度、九州へもどって、今回の事件のことを、まず楽翁尼さまに御報告申しあげねばなりません」

「――――」

「それに、真由美さんも、ここにいるよりは安全かと思います。いっそ、できることなら仕事をキャンセルして、しばらく我々の所におられた方がいいかもしれません。小沢さんの入院先は、まだ知られてはいないでしょうが、九州から人を呼んで、その身辺を守らせることも可能です――」

「――――」

「九州から病院に連絡を入れて、早めに小沢さんの口がきけるようになっていたら、その時にもどってくればいいでしょう」

「うむ」

蛇骨のもったいぶったやり方は平八郎には不満だったが、話の続きを知りたいという気持もあった。

この蛇骨という男が、いったいどのような立場から、今回の事件にからもうとしているのか、それも知りたかった。それに、空海の残したという、裏密にも興味があった。

そこで、空中浮遊のやり方を盗んでやろうという気持もないではない。

空中に浮かべるというそれだけで、たくさん女をくどくことができそうだった。

「行くかい、あんた？」

平八郎は、真由美を見て、言った。

真由美が、美しい顎を引いてうなずいた。

「行くぜ」

平八郎は、蛇骨に向かって言った。

「小沢の口がきけるようになったら、またもどってくる——」

小沢の話を聴くためである。

平八郎の中に、熱いものが沸きあがっている。

何か、どえらいものの中に、とうとう自分が巻き込まれたという実感である。

その実感の背後には、目のくらむような、山ほどの黄金の山が見えている。

事件がどえらければどえらいほど、その背後に隠れている銭のケタも大きい。

平八郎は、そう思っている。

いや、確信している。

何しろ、自分の上着のポケットには、重い黄金の塊《かたま》りがおさまっているのだ。その重みが、肩にかかっている。

その重さの実感が、平八郎をわくわくさせている。

しこたま銭をもうけてやる。

その決心がある。

獄門会にも、この蛇骨にも、あの黒人にも渡さない。

気が遠くなるほどの銭を手に入れてやる。

銭さえあれば、女はよりどりみどりだ。

この真由美でも例外ではない。

眼の前にいくらでも札束を積みあげてやる。うんとうなずいて、自分から股を開くまで、札束を積みあげてやる。

あとは、マメさだ。

札束を積みあげ、誠心誠意、頼むのだ。

やらせてくれと頼むのだ。

先っぽだけでもいいからと、心からお願いするのである。

現金と誠意——このふたつで股を開かない女はこの世にいない。

そう思う。

それから、七子には、とびきり上等の服を買ってやる。

七子が、座りしょんべんを洩らしそうなほど、高価な宝石を、手足二十本の指の全部にはめてやる。

最高級のホテルで、最高級の飯を食って、最高級の部屋で、七子とやるのだ。

たっぷりとやる。

中味の濃いのを五回でもいいし、ひたすら十回ほどやりまくってもいい。

平八郎は、七子が可愛くてしようがない。

七子が喜ぶ顔が眼に浮かぶ。

「平ちゃん、七子は嬉しいよう」

そういって力いっぱいしがみついてくる七子の顔が想像できる。

——しかし。

と、平八郎は思う。

七子と真由美と、ふたりが嫉妬深い性格であったらどうするか。

うむ。

黄金をめぐる様々な想いが、結局たどりついたのがそこであった。

——困った。

平八郎は、真由美と蛇骨に、顔を見られているのにも気がつかず、その困った表情を正直に顔に浮かべていた。

第五章　化人

1

鳴海容三《なるみようぞう》は、重い表情で、腕を組んでいた。

鳴海の腰を下ろした黒い革のソファーが、大きく沈んでいる。

鳴海は、百キロを越える肉体を持っているのである。

しかし、身長が高いわけではない。

身長は、人並みの百七十センチである。

それなのに、ソファーが大きく沈んでいるのは、鳴海の肉体が肥満しているという、それだけの理由による。

鳴海容三——。

五十三歳。

獄門会の首領《ドン》である。

額が、頭頂近くまで禿げあがっている。

そのつるりとした額が、ぬめりとした光沢を放っていた。

たっぷりとポマードを塗った髪を、頭の地肌に張りつけるようにして、オールバックにしている。

眼の周囲にも、唇の周囲にも、肉があまっていた。

ふくらんで垂れた頬肉が、その口の中まで塞いでいるように見える。顎の下には、顔面で止まらなかった肉が、重く垂れてそこに集まっている。

眼の表情だけが、鋭く、こわい。

鳴海の向かい側に、三人の男が座っていた。

ひとりは、身体つきのがっしりした日本人である。

鼻の下に髭を伸ばした、三十代半ばくらいの男だった。

その男が、鳴海から向かって一番右側に座っている。

その男の横に座っているふたりは、黒人であった。ふたりとも、身体に布を巻きつけている。

男の、すぐ左横に座っている黒人は、老人であった。

小柄である。

長い銀髪を、ぼうぼうと伸ばしている。髭《ひげ》までが、白い。

眼も、鼻も、口も、その皺の中に埋まっている。黄色い眼が、炯々《けいけい》とした光を放って、鳴海を見ていた。

老人であるのはわかるとして、ではいくつであるのかというと、年齢の見当がつかなかった。

その表情からは、その老人が今何を考えているのか、つかみようがない。

ンガジである。

ンガジの横に座っている黒人は、ンガジに比べて、どこかに特徴があるわけではない。

日本人よりも、やや背が高いかと思えるくらいである。

眼が大きくて、鼻が潰《つぶ》れているといったくらいの印象しかない。

その黒人は、両手を膝の上に置いて、どこか遠くを見るような眼つきで、鳴海を見ていた。

ザジ——というのが、その黒人の名前である。

その三人と、鳴海との間に、大理石のテーブルがあり、磨き込まれたその上に、ふたつの黄金の仏像が載っていた。

勃起仏であった。

ひとつは、ンガジが、小沢の別荘から奪ってきたものである。

横になった仏陀の像——黄金の涅槃勃起仏《ねはんぼっきぶつ》である。

もうひとつは、黄金の立像であった。

仏陀が、二本の足で立ち、左腕を伸ばして、人差し指で天を指している像だ。右手は、自分の股間に伸ばされ、そこから大きく頭を持ちあげている、巨大な男根の根元を握っている。

その仏像の顔は、まだ幼い。

涅槃仏と同じように、螺髪《らほつ》も白毫《びゃくごう》もあるが、まだ幼児の顔をしている。

釈迦《しゃか》——つまり、ゴータマ・シッダールタがこの世に生を受けた瞬間に、誰の手も借りずに立ちあがり、天と地とを指差して、

〝天上天下唯我独尊〟

と言ったという、仏伝のひとつを、像にしたものらしい。

しかし、一方の手が、地を差しているのではなく、己れの怒張した股間を握っているというのが、異様であった。

そのふたつの黄金の勃起仏に、鳴海は視線を向けてから、日本人の男に眼を向けた。

「しかし、ムンボパを、別荘に連れて行ったのはまずかったな」

口の中に、頬肉がいっぱい詰まっている声であった。

「だが、ンガジがそちらに向かったことまでは知らなかったからな」

男が、平然と言った。

獄門会の鳴海を前にして、少しももの怖《お》じしていない。

豪勢な部屋であった。

絨緞《じゅうたん》はパキスタン製の、目の細かい高級品である。

一流ホテルの、最高級の部屋でも、お目にかかれないものだ。

部屋の隅に立ててある西洋の甲冑《かっちゅう》も、本物である。

本物ばかりが集まった部屋であった。

こういう本物ばかりが集まると、部屋全体に、不思議な圧力が生じてくる。そういったことにはうとい人間でさえ、気がつかずにはいられない迫力が、部屋の雰囲気の中に溶けているのである。

ましてや、その部屋が、関東に大きな勢力を持つ、獄門会の会長の部屋で、しかも正面にその会長自身がいるとなれば、おおかたの人間は、びびる。

腰が引けてしまうのだ。

しかし、この日本人の男には、それがなかった。

「ムンボパを車に乗せて、帰る途中で電話を入れたら、北島と村田から連絡が入っていて、別荘に向かうということを訊いたんだよ。車にもどって、ムンボパにそのことを話したら、別荘に行けと——」

「こちらで、いいようにやるからと、言ったはずだ」

　鳴海が言った。

「聴いたよ。それをムンボパに話したら、そのいいように、を誤解したんだ。いや、むしろ、ちゃんと理解したと言うべきかな。どうしてもゆくと言ってきかなかった――」

「それを、とめるのが、おまえの役目じゃなかったのか」

「おれだって、あのムンボパに殺されても、もんくは言えない立場の人間なんだ。ムンボパが、三人目の小沢を殺した後は、こっちの生命の心配をしなきゃならねえ。その順序がいつかわるかというそこまで考えて、あの男とつきあってるんだ――」

　男が言った時、これまで黙っていたンガジが口を開いた。

「おまえは頭がいい――」

　男に向かって言った。

　にいっと、黄色い歯をむいて、微笑した。

「ムンボパが三人を殺したあと、自分が殺される前に、ムンボパを殺そうというつもりなのだろうが。そのために、わし等を呼んだのだろう――」

　もとより、正確ではない、訛《なまり》だらけの日本語で言った。

　だが、男はンガジには答えず、鳴海に言った。

「ムンボパは、いつも本気だ。黄金仏のある所へ小沢を向かわせるために、脅すだけでいいと言っていたのに、小沢を殺そうとした。あの、おかしな男がいなかったら、小沢は殺されていたろうよ――」

「そのおかしな男、何という名であったかな？」

鳴海が訊いた。

「地虫平八郎とかいう名だ」

鳴海が、ポケットから、一枚の名刺を取り出して、テーブルの上に置いた。

「日刊東京タイムスの記者らしい――」

テーブルの上に乗った名刺は、平八郎が、小沢の家を訪問した際に、置いていったものであった。

四人が向きあった応接セットの横手にドアがあり、その前に、スーツを着た男が立って、凝《じ》っと四人に視線を注いでいる。冷たい視線の男であった。人を殺したことがある人間が、いかにもそうなりそうな眼つきであった。

名刺を置いた男は、その名刺に眼をやって、また口を開いた。

「この男の顔を、ムンボパを屋根に乗せた車の中から見た時には、驚いたよ。あの佐川が死んだ時、すぐそのそばに立っていたのが、この地虫という男だ。皆が逃げたのに、この男だけが、佐川のそばから逃げなかった――」

「うむ」

「おれが電話して呼び出したら、佐川め、のこのこ出てきたまではよかったんだが――」

「脅したか――」

「アフリカでのことを娘に言ってやるってね。出てくる時に、仏像を持ってくるように念を押して、佐川も承知したはずだったんだが――」

「持っていなかったのだろうが」

「駆け寄って、佐川の懐をさぐったんだが、なかった」

「地虫平八郎という男に、その時すでに仏像が渡っていたのだろうな」

「さっきの報告では、佐川の家に、奇妙な坊主と一緒にいたとか――」

「一ノ瀬と、川端がやられた。一ノ瀬は眼だ。川端を殴ったのが、今の地虫という男らしい。川端の話では、殴られる寸前に、地虫という男の上着の内ポケットに、黄金の仏像が入っているのが見えたということだ」

鳴海が、肉を詰まらせた声で言い、テーブルの上の仏像に眼をやった。

「その仏像ごと、三人の姿が見えなくなっている。佐川の娘と、その地虫平八郎。それから奇妙な坊主だ――」

「ンガジの話では、その坊主、宙を飛んだらしいな――」

「うむ。実際に、ンガジの宙に浮く様を見ておらねば、とても信じられぬところだ」

鳴海が、薄気味悪そうな眼で、眼の前のふたりの黒人を見た。

「結局、ムンボパはもどっては来ぬか──」

鳴海がつぶやいた。

「ンガジの姿を見てしまってはな。いずれ見つかるだろうが、今度は、おれの生命の心配をせねばならん。おれにはあんたのようにボディガードがいるわけではないしな」

ンガジの横の男が言う。

鳴海が、ドアの所に立っている男に視線を向けた。

「あれは、わしの飼うておるボディガードでな。かなり、空手を使う。その空手で、人を殺し、この世界に入った男だ。立っているだけで、こわいものが届いてくるが、おまえが呼んだそのふたりにも、独特のムードがあるな」

鳴海は眼の前に座っている日本人の男に言い、テーブルの上の黄金の勃起仏に手を伸ばした。

──と。

その勃起仏が、伸ばした手のさらに先へ、すっと逃げた。

向かい側に座っていた黒人のザジが手を伸ばし、指先に鳴海が手にとろうとした黄金仏をつかんで、引いたのであった。

一瞬、ぞくりとするものが、鳴海の背を疾り抜けた。

その仏像からは、一番遠くにいるはずのザジの身体は、ほとんど動かなかった。

普通の人間なら、浅く腰をあげ、上体を前に倒さねば、届く距離ではない。その距離を、ザジの手が、気配も見せずに動いたのだ。

「これは、我らの、ものだ――」

ザジが言った。

その左手の指に、まだ仏像を握っている。

おそろしく長い左腕であった。

左腕だけではない。

よく見れば、まだ膝の上に乗っている右腕も異様に長かった。

鳴海とて、ザジの腕の長さは知っていたが、ザジが、常にその長さが目立たぬようふるまっていたので、これほどとは気づかなかったのである。

関節までがはずれて伸びたのではないか？

この男なら、普通に立っただけで、かがまずに床を手で触れることができそうであった。

黄金仏を握っているザジの指先の爪が、指の関節ひとつ分は、たっぷりと長いことに、鳴海は、その時に初めて気がついた。

黒い、不気味な爪であった。

その爪を見、ザジを見、鳴海は、低い声で問うた。

「今、何と言うた？」

「これは、おまえのものではない」

ザジが、奇妙なイントネーションの日本語で言った。

「おぬしたちに、どのような力があろうが、ここでは、誰も、ガゴルの五老鬼ザジに命令はできぬ」

鳴海が言い終えないうちに、ドアの前に立っていた男が動いていた。

ザジの斜め後方に立った。

その眼がすっと細められた。

鳴海は、もう一方の仏像に、ゆっくりと手を伸ばそうとした。

その仏像が、また、すうっと、伸ばした鳴海の指の先から逃げた。

ザジが、右手でその仏像を引いたのであった。

「ぬうっ」

鳴海が、さらに手を伸ばした時、しゃっ、と音をたてて、鳴海の手首の上を何かが通過した。

「痛うっ」

鳴海が、右手を引いていた。

鳴海の右手首の上に、浅く傷がついていた。

「貴様っ」

後方の男が、動こうとした瞬間に、その男の前を、しゅっ、と音をたてて何かが通過した。

ぱくりと、男の右頬の肉が、深く横に裂けていた。

その裂け目に、ピンク色の肉がのぞき、たちまちそのピンク色が真紅に染まってゆく。裂け目に溜まった血が、男の頬を伝った。

鳴海の右手首を傷つけたのも、男の頬に傷をつけたのも、ザジである。

ザジの右手が動いて、爪がそこに傷をつけたのだ。

男の顎から、血が床に滴った。

「やってもよろしいですか」

男が言った。

「梶《かじ》——」

鳴海がつぶやいた。

「やれと言えば、ここがどういう場所か、私がこの黒いのに教えます」

鳴海に、梶と呼ばれた男が、押し殺した声で言った。

「やりたいのか——」

「やれと言って下さい」

梶が、血をぬぐおうともせずに言った。

鳴海は、向かい側に座っている男に視線を送り、

「どうする？」

低い声で問うた。

「どうにでも――」

男が言った。

「しかし、やらせるなら、もう、この絨緞は使えないものと覚悟を決めた方がいいでしょうな」

「梶は、本気でやるぞ」

「ザジも、本気でやるでしょうよ――」

鳴海と、男とが、しばらく互いの眼を見つめあった。

「やれ」

低い声で、鳴海は言った。

言った途端に、梶の右足が、床を蹴っていた。

梶の足が、凄まじいスピードで、座っているザジの頭部を、真横から襲っていた。

鉛をしこんだ靴であった。

それでこめかみを蹴られれば、そこの骨が陥没する。

しかし、その蹴りは、空を切っていた。

今までそこにあったザジの頭部が、その空間から消えていたのである。

次に見た影像を、鳴海は、二度と忘れないだろう。事実、その後に続いて見ることになった光景は、一生、鳴海の眼の中に焼きつけられることになった。

鳴海が見たのは、地に沈んだザジの動きであった。

ザジの身体が、絨緞の上に、べったりと腹這《はらば》いになっていた。

次に鳴海が見たのは、巨大な蜘蛛が、床を這い、ふわりと浮きあがって、梶に飛びつく光景であった。

梶の身体が、仰向けに倒れた。

その上に重なったザジの両手の二本の指が、梶の口の中に潜り込んでいた。

右手の人差し指と中指、左手の人差し指と中指——その四本の指が、二本ずつのペアとなって、梶の口の中に潜り込んでいたのだ。

ザジが、左右の手を、無造作に左右に引いた。

いやな音が響いた。

〝びりっ〟

とも、

〝ぶつり〟

とも、鳴海の耳には聴こえた。

梶の唇が裂ける音であった。

上唇が、まず、真ん中から鼻の下まで裂けていた。

下唇は、真ん中ではなく、やや右寄りの場所であった。

そこが、唇と顎との真ん中あたりまで裂けていた。

「いいいいっ！」

はらわたを引きずり出されるような声が、梶の唇から洩れた。

〝い〟

の発音しかできないように、唇のかたちがなっているためだが、それは、梶の自尊心、誇り、その他あらゆる精神的な支えが、根こそぎ失われてゆく悲鳴であった。

〝みきっ〟

〝びりっ〟

〝めちゃっ〟

〝ぬちゃっ〟

耳をおおいたくなるような音があがった。

唇を中心にして、顔面から、肉がひきはがされ、むかれてゆく音であった。ミカンの皮でもむくように、ザジが、梶の頬肉をむいたのだ。

唇と歯茎との肉の合わせ目を、鋭い爪で断ちきり、指を潜り込ませ、肉に爪をたてて骨からひきむいたのだ。

右手でむいたものを、ザジが放り捨てる。

左手でむいたものを、ザジが放り捨てる。

そのうちの一片が、湿った音をたてて壁に貼りついた。

そのうちの一片が、大理石のテーブルの上に落ちてきた。

強烈な光景であった。

あまりの凄まじさに、鳴海の背が凍りついていた。

梶のあげている悲鳴が、たちまち湿ったものに変わる。

気管に、血が入り、肺にまで流れ込んでいるのだ。

それでも、梶は悲鳴をあげ続けているのである。

ドアを開けて、拳銃を手にした男がふたり、部屋に飛び込んできた。

そのふたりも、そこに呆然と立ち尽くした。

あまりのものを眼にして、血を見るのには慣れている彼等も、一瞬、感覚が麻痺してしまったのだ。

凄惨な光景であった。

梶の顎の骨が露出していた。

頬の骨も露出していた。

指で潰した熟れたトマトの中に、白い陶器の片《かけら》が入っているようであった。

歯並びが丸見えになっていた。

その歯の間から、赤いしぶきが飛ぶ。

その時、ンガジが低くザジに声をかけた。

ようやく、ザジが動きを止めた。

ほとんど表情を変えずに、ぬうっと立ちあがった。

「会長——」

銃を持って入ってきた男のひとりが、鳴海に声をかけた。

「よい」

鳴海が言った。

「わしが、やらせたのだ」

答えた鳴海の声が、微かに震えを帯びていた。

恐怖とか、驚きとかいうものではない。

どこかに喜悦の響きを潜《ひそ》ませた声であった。

眼に、それまでとはちがう別の光が宿っている。

「さっき言ったのは、取り消すよ」

と、男が言った。

「言ったこと?」

「ザジも本気になると言ったことさ——」

「——」

「まだ本気じゃなかった」

男は、言って唇を吊りあげた。

床では、梶が、まだ呻きながらのたうっている。

自分の赤い両手で、ぬるぬると顔を撫でまわして、声にならない声をあげた。

拳銃を手にして突っ立ったままの男たちふたりに、鳴海が声をかけた。

「連れて行け——」

ふたりの男は、拳銃を、上着の内側のホルスターに押し込んで、梶を、半分引きずるようにして、外に連れ出した。

「梶は、もう、二度とつかえぬな——」

鳴海が言った。

生命は助かっても、もはやただそれだけの存在である。生きているだけの人間など、極道の社会でなくとも、必要としない。

「おもしろいものを見たわ」

鳴海が言った。

肉のだぶついた顔に、朱が差している。

「これは、癖になりそうだな——」

つぶやいて、鳴海は男を見た。

「むこうには、この手の人間が、まだいるぜ」

男が言った。

「ほほう」

「特種な血が混ざり合ったらしくて、いろいろなやつがね。特に、ガゴルというのは、凄い——」

「ガゴル？」

「この者たちを束ねているものだよ」

「ふひ」

身の内にこみあげた、ぞくりとするものを押さえきれなかったように、鳴海が声をあげた。

「わしもな、ひとりならば、こやつらに負けず、剣呑な人間を知っておる。おもしろい。その者と、こやつらが、どのような面をつき合わせるか、見てみとうなってきたわ」

ふひ、とまた声をあげて、鳴海は笑った。

笑い終えてから、真顔になった。

男を見る。

「地虫平八郎であったか、その男——」

「ああ」

男が答えた。

「うちの人間を、何人かつけてやる。その男を捜し出せ——」

2

「ね、おかしな電話なんだけど——」

あがったばかりのゲラに眼を通していた工藤典夫に、横手の机から、声がかかった。

加山文江《かやまふみえ》だった。

文江は、送話口を左手でふさぎ、奇妙な顔で、工藤を見ていた。

「そちらに、地虫平八郎というのがいるだろうって——」

文江が言った。

「地虫？」

「時々、名前も言わずに電話をかけてくる、あの人でしょう？」

「そうだ」

「いませんけど、知っている人間ならいますって答えたんだけど――」

文江が、声をひそめている。

送話口を手で塞いではいても、先方へ声が届いてしまうのを警戒しているらしい。

さきほど、工藤のデスクの直通電話が鳴り、文江が受話器をとったのだ。

たいていの時は、文江が受話器をとる。

文江で用事がすんでしまう場合がかなり多いからである。

その電話は、どうやら文江では用事がすまなかったらしい。

何か横でごたついていたのは知っていたが、地虫平八郎の名前が出てくるのでは、工藤が出なくてはだめだろう。

工藤は、文江から受話器を右手に受け取って、耳にあてた。

眼では、まだ、左手にもったゲラの活字を追っている。

「もしもし、工藤ですが――」

工藤は言った。

「工藤さん？」

と、男の声が工藤の耳に響いてきた。

低くて、堅い声であった。

「はい」

「地虫平八郎さんじゃないのかい」

初対面の相手にしゃべる口調ではなかった。

こわもてを意識した、若い男の声だった。

「工藤ですが――」

「そちらに地虫平八郎さんはいないのかい」

「おりません」

「いない？」

「ええ」

「地虫平八郎さんの名刺をいただいてるんだがね」

「名刺？」

「そこに、ちゃんと日刊東京タイムスと入ってるんだけどね」

男の声が、耳をざらりと撫でる。

糞！

と、工藤は思った。

すぐに見当がついた。

あの平八郎が、自分の名前の肩に、〝日刊東京タイムス〟の社名を入れた名刺を勝手に造り、それで何かやらかしたのだ。

極道筋を相手に、厄介なトラブルをおこしたに違いない。

工藤の頭に、先日の、亜里沙《ありさ》でのことが浮かんだ。

黒人の槍で突き殺された佐川の件で、工藤は、平八郎とそこであっている。

そのおり、工藤は、奇妙な仏像の絵を平八郎からあずかり、その絵について何か知っている人間を捜してくれと頼まれている。

工藤は、それを引き受けた。

かわりに、おもしろいものが出てきたら、その記事を他へ持ち込む前にうちに声をかけてくれと、平八郎に答えている。

——まずかったか。

と、工藤は思った。

トラブルがあった場合、名刺のことを平八郎に言っても、その亜里沙での工藤の言葉を持ち出して、これは日刊東京タイムスから依頼された仕事だ、だから名刺に日刊東京タイムスと入れたのだとひらきなおるに違いない。

極道筋とのトラブルとあっては、場合によっては、始末書ではすまない。

滅棒ものか、自分の首にまでことがおよぶかもしれない。

それだけのことが、たちまち工藤の脳裡を走り抜けた。

「地虫平八郎は、うちの人間ではありません」

工藤は言った。

「そこの者《もん》じゃないのか――」

「時々、うちの仕事をしたりしていますが、あくまでもフリーの立場の人間です」

「連絡はつくのかい？」

「え、まあ――」

言いかけて、工藤は口をつぐんだ。

勝手に平八郎の連絡場所を告げるわけにはいかなかった。

それに、平八郎とは、亜里沙以来、連絡をとれていない。

二度ほど連絡をしたが、留守であった。

九州の方に、例の仏像について知っている人間がいるというのを、調べた折である。つてを通じて、『日本秘教史』を書いた井本良平に連絡がとれたのだ。

その井本が、九州へ連絡をとった。

そうしたら、昨日、いきなり、蛇骨と名告る男が、工藤をたずねて日刊東京タイムスまでやってきたのである。

蛇骨とは、亜里沙で話をした。

蛇骨は、井本の手元に渡っていたはずの、平八郎の書いた絵のコピーを持っていた。

平八郎の描いたオリジナルを蛇骨に渡すと、蛇骨は、ぜひとも平八郎に会いたいという。

それではと、あちこちに電話を入れたのだが、平八郎はつかまらず、ようやく佐川の家で、平八郎の居場所がわかった。

佐川の娘の真由美が出、これから、山中湖まで出かけて、平八郎と会うのだという。

では自分もと蛇骨が言って出かけてゆき、蛇骨とはそれきりになっている。

蛇骨が、どういう人間なのか、それもわからないままであった。

——九州。

福岡の、ある山あいに屋敷があって、そこに住んでいるのだと、そのくらいを、井本から耳にしているだけである。

平八郎と蛇骨が会えたのかどうか、その後どうなってどこにいるのか、工藤にはわからない。

「連絡はつけられると思いますが、あちこち忙しく飛びまわってまして、すぐに連絡がとれるかどうか——」

「連絡は、こちらがとるよ。連絡場所だけ、教えてくれればいい」

男の声が言った。

「どういう御用件でしょうか——」

「連絡場所は?」

男は、工藤の声が、聴こえぬように言った。

「そちらのお名前と、御用件をうかがわせていただけませんか——」

「本人に話があるんだ」

「そちらのお名前か、連絡先を教えていただければ、本人に連絡がつき次第、そちらに連絡するよう伝えますが——」

工藤が言った。

電話の相手が沈黙した。

しばらく工藤は、受話器を耳に押しあてていた。

ふいに、電話が切れた。

3

昼になって、工藤は、昼飯を食いに外に出た。

空が晴れていて、通りには陽光がそそいでいた。

もう陽差しが暑くなりかけている。

シャツの上に、上着を引っかけてきたのだが、もう、上着はいらないくらいであった。

亜里沙でランチを食べるつもりだったのが、その陽差しにあたった途端《とたん》に、気持がかわっていた。

少し先まで歩けば、腰の効いた美味《うま》い蕎麦を喰わせる店がある。
そこへ行くことに決めた。
ズボンのポケットに左手を突っ込んで歩き出した。
歩道には、色々な人種が歩いていた。
オフィス街ではなく、どちらかと言えば商店街に近い街の一画である。
雑居ビルが多く、サラリーマンやＯＬだけでなく、商店に買いものに来た人間たちが、
周囲にはあふれていた。
——と。
「工藤さんだろ——」
後方から声をかけられた。
聴き覚えのある声であった。
午前中に、電話で平八郎のことを訊ねてきた男の声である。
その声を耳にした途端に、身の危険を感じていた。
振り返りもせずに、走り出した。
走り出した途端に、すぐ前方を歩いていた男のひとりがふり返った。
工藤の行く先を塞いだ。
「待てよ」

その男が言った。
サングラスをかけた男であった。
かまわず、その男の横をすり抜けようとした。
その途端に、大きく、工藤は前につんのめっていた。
足が、何かにつまずいたのだ。
両手を前に出して、歩道に顔がぶつかるのをふせぎ、工藤は歩道の上に転がった。
サングラスの男に、足をかけられたのだ。
「なんだ、あぶねえな」
そのサングラスの男が、友人のような声をかけ、近づいてきた。
起きあがった工藤の左腕を、男の右手が握った。
凄い力であった。
——痛。
工藤は顔をしかめた。
「逃げるなよ。話をしたいだけなんだからな」
後方から来た男が、工藤の横に立った。
電話の男だった。
「話？」

「ああ」

「ここで聴くよ」

「いや、どこか別の場所がいいな」

電話の男が言って、工藤の右腕に、自分の左腕をからめてきた。工藤の手首を握って、それをひねってきた。

手首の関節を極《き》められていた。

「その方が、ゆっくりと話ができるってもんだしな」

工藤は、ふたりの男に両側を挟まれたまま車道に向かって歩かされた。

後方から徐行してきていた一台の乗用車が停まった。

「何をする」

工藤は言った。

しかし、ふたりの男は無言だった。

停まった車の後部座席に、無理に押し込まれた。

手首を極められていて、ほとんど抵抗ができない。

乗せられてすぐに、車が発進した。

4

頭上で、ざわざわと、風が鳴っていた。

タクシーを降りてから、まだいくらも歩かないうちに、周囲は森になっていた。

山の中の道である。

木の根や岩が、道の場所を選ばず盛りあがり、下を見ずに歩くと、そこに爪先をひっかけてしまう。

生えているのは、照葉樹が多かった。

楠や椨《たぶ》の樹の巨木が、天に枝を伸ばしている。

原生林であった。

風が、ひんやりと冷たい。

「凄いのね」

後方を歩いていた真由美が、前を歩いている平八郎に声をかける。

「こんな森がまだあるのね」

真由美は、やや興奮しているらしい。

関東平野の雑木林や、植林された杉林を見慣れた眼には、ここの光景が、やや異様に見えるらしい。

古代そのままの黒い森だ。

幹は黒く、葉は濃い緑である。

大気は湿っていて、植物の香が、ねっとりと溶けている。獣臭にも似た植物の匂いに、人の肉の中に眠っている獣が、ふいに眼を醒《さ》ましそうであった。

陽は、中天を過ぎていた。

平八郎は、はきなれた、常人よりはふたまわりはでかい皮靴で、木の根や岩を踏んでゆく。

シャツの上に、前を開けた上着をひっかけているだけなのだが、薄く、背に汗が浮いていた。

上着の袖を、肘までめくりあげて、時おり周囲の景観に視線を向けては、黙々と歩いてゆく。

街を歩くよりも、心なしか、足どりが生々としている。

「けっ、こんな山の中に人が住んでやがるのかよ」

後方から、声をかけてきた真由美に答えたというわけでもないが、平八郎は、乱暴に吐き捨てた。

しかし、歩くというのを、特別にいやがっている風ではない。

妙な精気を、その長身の肉体にまつわりつかせている。

平八郎の前を歩いている蛇骨の足どりは、変化がない。

街の中を歩くのと同じ歩調で、足を前に出してゆく。

木の根や岩をよけようという歩調の乱れも歩幅の乱れもない。平地とまったく同じ感覚である。

す、す、と足が前に出てゆく。

素足に、白い布製の靴をはいている。あみあげではなく、カンフーシューズと呼ばれているものに似ているが、それともやや違っている。

平八郎からは、その、蛇骨の足が見えている。

蛇骨が、足を前に踏出す度に、衣がふわりと動いて、後方に残した足のふくらはぎが見えるのである。女のように、白いふくらはぎであった。

それが、へんに艶かしい。

頭上で、梢が揺れる。

その度に、下の黒い道の上に、光の斑《まだら》が揺れる。

その光の斑は、蛇骨の白い僧衣の上にも、平八郎の上にも、真由美の上にも揺れている。

平八郎の足元の光の斑模様の中に、ふいに、光をさえぎって黒い影が出現し、ふっとまた姿を消した。

ざわ。

と、遥か頭上で、枝がざわめいた。

平八郎は、足を止めて、頭上を見あげた。

二十メートルほど上空で、上にかぶさった梢の枝が揺れていた。

風による左右への揺れではなく、上下の揺れであった。

逆光であった。

きらきら光を受けている葉の中に、黒いわだかまりが見えていた。

その黒い影は、身じろぎもしない。

後方の真由美が足を止め、前の蛇骨も足を止めていた。

「なに!?」

「上だ」

真由美が、平八郎に言った。

平八郎が言った。

「え」

「木の上に、人がいる」

つぶやいた平八郎は、動かずに頭上を見あげている。

「来たかよ。蛇骨――」

その黒い影が、上から声をかけてきた。

男の声であった。

「鬼猿《きざる》か」

蛇骨が、その黒い影に声をかける。

「おう」

と上から影が答えた。

「客人をふたりお連れしたと、先に帰って楽翁尼《らくおうに》さまに伝えておいてくれ」

蛇骨が言った。

鬼猿と声をかけられた黒い影は答えなかった。

答えるかわりに、黒い影のいる枝が、ぐうっと下にたわんだ。

その枝が、反動で上に持ちあがってゆく。

ざん
と、音がして、その枝から黒い影が舞った。

三メートルは、宙を飛んだ。

三メートル離れた枝に、その影が飛びついた。その重さで、枝が大きく下にしなう。その枝が持ちあがってゆく反動で、またその影が、宙に飛ぶ。

今度は、たっぷり五メートル近くは宙を飛んでいる。

ざん
ざん
枝から枝へ宙を飛びながら、その音が次第に遠くなってゆく。

「仲間か――」

平八郎が言った。

「そんなところです」

蛇骨が答えた。

また歩き出した。

いくらも歩かないうちに、左手の方角から水音が響いてきた。

谷川があるらしい。

「もう、じきですよ」

蛇骨が言った。

そこから、さらに十分ほど歩いた場所で真由美が声をあげた。

「塀《へい》よ――」

と、低く言った。

前方の森の奥に、森と同じ色をした、土塀が見えていた。

「東長密寺の屋敷です」

蛇骨が言った。

「裏密寺《うらみつでら》と、そのように呼んでいただいてけっこうです。もっとも、普通の寺というのとは違いますが――」

門があった。

その門の前に、蛇骨、平八郎、真由美が立った。

古い、太い木を門柱にした、門であった。

土塀も門も、極めて古い。

塀は、あちこちが崩れ、苔《こけ》がおおい、草や小さな樹までがそこから生えている。

門柱の木には、縦に、何本もの亀裂が走り、風雨にさらされて、木目が太く浮いている。

昔、塗りがあったにしろ、今は完全にそれが禿《は》げ落ちている。

灰色をした門柱であった。

「どうぞ」

そう言って、蛇骨は門をくぐって行った。

5

工藤典夫が白状したのは、まだ、大半の歯が残っているうちであり、まだ、大半の指の爪が残っているうちであった。

工藤が失ったものは、ごくわずかである。

正確に言うなら、上の前歯が二本。下の前歯が一本。

左手の人差し指の爪が一枚。同じく中指の爪が一枚。

量で言うなら、たったそれだけのものだ。

記者としてのほこりは失ったが、それは外見ではわからない。

実質的には、流れた血の量はともかく、三本の歯と二枚の爪を合わせても、数グラムである。

「よく我慢したじゃねえか——」

電話をしてきた男が、血に濡れたカッターの刃を、机の上に置きながら言ったが、それは、本音である。

自分が守ろうとしているものの重さによって、人間の我慢というものはいくらでも変化するものなのだ。

仮に、自分の生命とか、家族の生命がかかっていた場合、工藤の我慢強さというものは、さらに感動的であったはずだ。

たかだか、あの地虫平八郎の連絡場所を教える教えないというそれだけのために、爪の間にカッターの刃先がじんわりと水平に押し込まれてくるのを、我慢しなければならないというのは、誰が考えても理不尽《りふじん》なことであろう。

水平に入ってきたカッターが、いきなり縦になり、さらにその後、ぐりぐりと何度か回転するのは、すでに二枚も同じことをやられればわかっている。

さらには、その爪をめくりとられた後、たっぷり塩を乗せられて、強くそれをすり込まれるとあっては、ギブアップが遅すぎたくらいである。

それでも、三度目が始まる前に、ギブアップができたのは幸運であった。

「三枚やっても駄目だったら、釘でも金づちで打ってやろうと思ってたんだ」

そう言われたからである。

どこに、どれだけの大きさの釘を、どうやって打つのか、工藤がそれを訊ねる気分になれなかったのも、当然のことだ。

工藤は、冷たいコンクリートの上に、転がされていた。

逃げ出せないように足首を縛られていた。

どこかの家の、ガレージといった風な場所である。

工藤は、食事に出た時に捕えられ、眼隠しをされて、ここまで連れてこられたのである。

その部屋――ガレージに似た部屋には、工藤の他に四人の人間がいた。

工藤の爪をくじった男と、もうひとり、中年男がいた。身体つきのがっしりしたその男は、爪をくじった男の後方に立ち、壁に背をあずけて、工藤を眺めていた。

その男の横に、ふたりの黒人が立っている。

小柄な、白髪の老人と、年齢不明の黒人である。

年齢不明の黒人の方は、ひと目見た時から、それとわかる異様な体形をしていた。他は普通のサイズなのに、腕だけが、極端に長いのである。

ただ、腰も曲げずに突っ立っているだけで、下げた手の先が、床に触れているのである。

ンガジと、ザジであった。

もうひとり、さっきまでサングラスの男がいたのだが、工藤が、平八郎の電話番号を言った時、シャッターの横にあるドアから外へ出て行ったきりになっている。

そのドアに近い壁に、事務机が置いてあり、その上に、男が置いたばかりの血に濡れたカッターが乗っているのである。

金属パイプの折り畳み式の椅子があるが、誰もその椅子に座ろうとはしない。

「あんたたちは、どういう人間なんだ」

コンクリートの床の上から、工藤が言った。

極道筋と見える男たちと、彼等とは異質なふたりの黒人の取り合わせは、工藤でなくとも奇妙に映る。

しかし、誰も、答える者はない。

男が、わずかに、工藤を眺めながら、下品な笑みを浮かべただけであった。

その時、ドアが開いて、サングラスの男がもどってきた。

「いたか、瀬川——」

壁に背をあずけていた男が、サングラスの男に言った。

サングラスの男は、首を振った。

「いませんでした。かわりに、おかしな女が出てきまして——」

〝平ちゃんはいないよう〟

とぼけた声で答えたという。

「九州へ行くとだけ、地虫平八郎から電話があったようです」

「九州？」

「はい」

「いつだ？」

「今朝だそうです」

「工藤が白状した蛇骨とかいう坊主が、九州から来たと言ってたっけな」

男が言った。

「ええ、剣《つるぎ》さん――」

カッターでさんざ爪をこじった男が答えた。

答えた時には、いきなり頬を叩かれていた。

「馬鹿が――」

壁に背をあずけていた男が、前に足を踏み出して、その男の顎を叩いたのである。

「松田、他人の前で、おれの名を呼ぶなと言っておいたろうが」

剣《つるぎ》――と声をかけられた男が言った。

それを、下から見あげていた工藤の眼の中に、変化が生まれていた。

「剣？」

工藤が、その男の顔を見あげながら、言った。

「うるせえ」

剣が答えた。

「まさか、あの剣――いや、見覚えがあるぞ。写真で見たんだ。あんた、剣英二《つるぎえいじ》じゃないのかい――」

工藤が、興奮した声で言った。

剣は答えなかった。

「余計《よけい》なことは、言わん方がいい。生命を縮めることになるぜ——」

剣が言った。

「おい」

背後の、黒人に声をかけた。

すっと、黒人のひとりが前に出た。

ンガジであった。

「やれ」

剣がつぶやいた。

「よろしいのかな」

ンガジが、低い声で言った。

その言った唇の中に、白いものが見えた。

その白いものが、じわりと唇を割って動いた。

そこを、見つめた工藤の顔がひきつった。

「な、なにを!?」

声が震えていた。

ンガジの唇から、白いものが、姿を現わした。

それは、〝虫〟であった。

蜘蛛に似ていた。

白い蜘蛛の触手を持つもの——。

小沢が、〝マヌントゥの虫〟と呼んだものだ。

ンガジの唇から這《は》い出てきたそれは、ンガジの唾液か、自ら出す分泌液かで、ぬれぬれと濡れて光っていた。

「ひいっー」

工藤が、たまらずに声をあげていた。

6

その部屋には、囲炉裏《いろり》が切ってあった。

きちんと、太い木材で周囲を囲った囲炉裏である。最近では、農家でも、めったに囲炉裏は見られなくなっているが、その部屋にあるのは、歳月を経た落ちついた造りの囲炉裏であった。

広い座敷であった。

二十畳近くはありそうである。

隣室との境は障子戸だった。その障子戸が締まっているが、それを開ければすぐ隣室で、そこはここと同じくらいの広さがある。その広さが、障子が閉まっていても部屋にとどいてくるのである。

だから、実際以上に、今いる部屋が広く感じられる。

古い屋敷であった。

囲炉裏の周囲を囲っている木も、天井にからんでいる太い梁《はり》も、みごとに黒光りしていた。

長い間、煙でいぶされ、その黒が、人の身体よりも太い木材の中に染み込んでしまっているらしい。

自在鉤《じざいかぎ》の下がった天井に、煙出しがきちんとあるが、そのあたりは石炭で造ったような黒だ。

その囲炉裏を前に、平八郎は、胡座《あぐら》をかいている。

平八郎の隣に、真由美が座っていた。

真由美は、きちんと正座をしていた。

それが様《さま》になっている。

いくらモデルをしているからとはいえ、真由美のような若さの女が、無理なく座っているのを見て、〝へえ〟と、平八郎は思っている。

ここへ座ってから、すでに三十分も経つのに、真由美は正座を続けて、毛ほどもつらそうな素振りを見せない。背筋もきちんと伸びている。

その伸び方が無理なく自然である。

横から視線をやると、よく通った鼻筋と、白い肌に影が差しているのが見え、これはこれでなかなかにそそられる光景である。

結んだ赤い唇の形も、いい。

真由美が、その鼻から吸い込み、また吐き出している呼気を、自分もまた吸っているのだと思うと、どきりと小さく心臓が鳴る。

平八郎と、真由美とは、同じ囲炉裏の辺に座っていた。

平八郎から見て、向かって右側の辺に、あの蛇骨が、やはり正座をして、座っていた。

白い僧衣が、座った蛇骨の周囲にゆるりとほどけている。

平八郎の左側に、庭が見えている。

そちら側の壁一面が障子戸になっていて、その障子戸が、きれいに左右に開け放たれているのである。

障子のむこう側は、黒光りする板の濡《ぬ》れ縁《えん》であり、その濡れ縁の向こうに庭が見えているのだ。

庭、というより、そこに見えているのは、外と同じ森であった。

楠や椨《たぶ》の樹や榛《はん》の樹の巨木が、雑然と生えている。

根の周囲には、下生えがからみ、枯葉がほどよく散っている。

庭と外との違いは、その間に土塀《どべい》があるという、それだけのようであった。

だから、ざわざわと風に鳴る梢の音が、そのままこの部屋の中に入り込んでくる。

聴こえるのは、風の音と、ちんちんと滾《たぎ》る湯の音ばかりである。

それに、時おり、小さく火の粉のはぜる音が混じる。

その音が、しんとした家と森の静寂を、さらに深いものにしているようであった。

囲炉裏の中で燃えているのは、ほどのよい大きさに切った薪《まき》である。あまり大きくはないが、よく乾燥しているらしく、火力は強い。

その炎の上に、自在鉤から黒い鉄瓶《てつびん》が下がっている。

その中で、湯がたぎっているのである。

部屋には、ほんのりと、抹茶の芳香が溶けていた。

ゆるりと座についた蛇骨が、真由美と平八郎に、茶をたてているのである。

もとより、きちんとした席ではない。

何流かはともかく、その正式な作法からはずれているのだろうが、蛇骨の動作はそれを少しも感じさせない。

動きによどみがなく、無造作に見えるのに、それが自然であった。

茶筅《ちゃせん》をあつかう手さばきも、鮮やかであった。

「どうぞ——」

差し出された碗《わん》を右手を伸ばしてつかみ、ぞぶりと音をたてて平八郎は飲み込んだ。

美味いような、美味くないような、不思議な味であった。

抹茶の味は、平八郎にはややこしい。

口に含んでみても、見た目よりは苦《にが》くないし、しかし、ならばどうだというと、そのあたりのところがよくわからない。

よくわからなくてもいいようなものなのだが、ややこしい手続きの後に、馬鹿にされたような量しか茶が出てこないのであっては、気持のやりどころがない。

番茶のように、自分で注いで好きなだけたらふく飲めるのであれば、また違ったものもあるのだろうが、これでは困る。

飲み終えた後で、量のわりに喉のかわきがいえ、舌や口の中に不思議な甘みと香が残るには残るが、ではそれがどうだとなると、どうでもいいような気がしてしまうのである。

ようするに、大袈裟《おおげさ》なのだ。

平八郎は、空にした碗を、とんと木の縁へ置いて、頭を掻いた。

——まだ来ねえのか。

と、思う。

楽翁尼がである。

ここへついて、まず、この囲炉裏の前に、和服を着た中年の女に案内された。

その時には、囲炉裏には火が入り、火には鉄瓶がかかっていた。

簡単な茶の道具がそろえられていて、座蒲団がそこに用意されていた。

そこに座った。

蛇骨だけが座らなかった。

「楽翁尼さまに、報告申しあげてきます」

そう言って、平八郎と真由美に頭を下げた。

「しばらく、そこでお待ちいただけますか」

蛇骨がもどってきたのは、二十分ほどしてからであった。

いいかげん、平八郎の中に不満が頭を持ちあげた頃である。

その頃には、鉄瓶が、湯のたぎる音を響かせていた。

「お待たせいたしました」

平八郎と真由美にそう言って頭を下げ、蛇骨は、空いていた座蒲団の上に座った。

「楽翁尼さま、いつになく興奮の御様子で、すぐにもこちらに参るそうです。それまで、おふたりに茶でもたててさしあげよと——」

そして、蛇骨が茶をたて始めたのである。

しかし、その茶を飲み終えても、まだ楽翁尼は顔を見せなかった。

――おい。

どうなっているのかと、平八郎が声をかけようとした時、

「唐津ですね――」

ふいに、横手から真由美の声がした。

見ると、飲み終えた茶碗を手にして、それを眺めている。

「わかるのか、おめえ――」

平八郎は言った。

平八郎には、茶碗のことはわからない。

どの茶碗が何焼きなのか、その同じ焼きものでも、どちらの方がいいのか、そのあたりのことがわからない。

しかし、さすがに、真由美の言った唐津というのが、茶碗の種類というのか、そのあたりのことを指している名称であるというのはわかる。

「あまりよくはわからないけれど、私、どうやら、たいへんな茶碗でいただいちゃったみたい――」

「孤舟《こしゅう》の作です」

蛇骨が言った。

「有明《ありあけ》孤舟《こしゅう》?」

「はい」

「まあ――」

と、真由美が言った時、横で平八郎が舌を鳴らし始めた。

ちぇ
ちぇ
蛇骨と真由美を見た。

「困ったな、これは――」

どこかとぼけたような声で、平八郎が言った。

「何が困ったのですか」

蛇骨が訊いた。

長い脚で胡座をかき、ひょろりと高い背を前に曲げて、平八郎は、左手の肘を、左脚の、胡座《あぐら》をかいた膝の上に乗せた。

左腕の肘から先を立て、手の上に自分の顎を乗せて、視線を蛇骨と真由美に向けた。

「おれはよ、上品な話をしている綺麗な女を見ると、本気ではめたくなっちまうんだよ――」

ほろりと言ってのけた。

ふたりの会話に茶々《ちゃちゃ》を入れたというよりは、半分以上、本気の口振りであった。

平八郎の眼が、切ない、哀しい色を帯びている。

むろん、平八郎は、本気である。

真由美とやりたい気持が、やりたくてたまらない気持になっている。

上品なことを言ったその同じ唇に、別の言葉を言わせてみたくなってしまうのである。

それも、下品な言葉をである。

自分の肉体に襲ってくる快感について、その唇に言わせてみたかった。自分のそこをどうしてほしいのか、平八郎のそれがどれほど立派であるか、あれもこれもみんなその唇に言わせてみたい。

できることなら、その唇に、自分の堅くなったものを咥《くわ》えさせて、それをたっぷり眺めてみたいと、真底、心の奥からそう思ってしまうのである。

「駄目だろうなあ――」

吐息混じりに言った。

蛇骨が苦笑していた。

「おい」

と、平八郎は、蛇骨を見た。

「いくらなんだ」

蛇骨に向かって言った。

「いくら？」

「唐津でも何でもいいけどよ、おれが今使ったこの茶碗、売ったらいくらになるかということだよ――」

「しかし――」

「おれは、哀しい男でよ。眼で見てわかるのは、女の尻くらいなんだよ。だから、こいつがたいそうな茶碗だって言うんなら、いったいいくらなのかそれを聴きたいんだよ。そういう言い方をしてもらわねえと、わからねえ人間なんだよ、おれは――」

「――」

「言えよ」

「しかし、こういうものについては――」

「けっ、馬鹿。女にだって値段がつくんだぜ。こちとら、自分の裸を見せてなんぼの仕事をしている女のヒモをやってんだぜ。おれはよ、どんな女を眼の前に出されたって、一ヵ月仕込んで、うちの舞台にあがらせて、その女がなんぼの銭になるか言うのに、迷ったりしたこたあねえよ――」

　蛇骨が、また苦笑した。

「では、答え方を変えて申しあげましょう」

　蛇骨が言った。

「わたしが、この茶腕ひとつを、五百万円で売ってこいと言われたとして、まず、売りそこなうということはないでしょう」

「七百万なら――」

「それでもまず」

「売れるか」

「はい」

「――――」

「少々の時間はかかるかもしれませんが、一千万までなら、なんとかさばけると思います」

蛇骨が言い終えると、ひゅう、と平八郎が口笛を吹いた。

「たまげたな、こいつはよ――」

茶碗をまたつかみあげ、平八郎はそれを眺めた。

「――ところで、楽翁尼とかいうのは、どうなってるんだ。いいかげん待つのには飽きてきたんでな――」

「もうそろそろかと思いますが――」

「何をしていやがる」

「久しぶりに、他の土地の男に会うというので――」

蛇骨が、あまり表情を変えずに言った。

「——なんだ」

「たぶん、化粧をしているのだと思います」

「なに!?」

楽翁尼というからには、婆あか、それとも爺いかと、平八郎は思っていた。

翁は、おきな、男の老人のことである。

尼は、あまのことで、女の僧のことである。

老人か、老婆か、どちらにしろ、その人間が化粧をしてから自分の前に姿を現わすというのは、はなはだしく不気味なできごとのように思えた。

「どんなやつなんだ、楽翁尼というのは？」

平八郎が言った。

蛇骨は、小さく微笑しただけであった。

「わたしの口から何か申しあげると、後でしかられることになりそうですから——」

蛇骨が答えた。

平八郎が、その顔に困惑の表情を浮かべた時、障子の陰になった廊下の方向に、みしりと、板の鳴る重い気配があった。

そちらの方向に、蛇骨が眼をやった。

「お見えになったようですね」

つぶやいた。

平八郎がそこへ眼を転ずると、重い気配とともに、そこに、巨大な影が現われた。

最初は、まず、気配であった。

その気配が、障子の陰からぐうっとふくれあがってきたのである。

巨大な重量を持った獣――羆《ひぐま》か何かが、そこに出現したかと思われるような肉の迫力が、まず現われ、その先行した気配の中に、ゆっくりと身体を潜らせるように、その気配の主が姿を現わした。

その出現したものは、楽翁尼に対して、平八郎が想像したどんな姿とも異なっていた。

「――」

声にならない声を、平八郎は呑み込んだ。

それは、白い僧衣を着た、巨大な肉の壁であった。

おそろしく分厚い肉体を持った男が、そこに立っていた。

身長は、百九十センチくらい。

ほとんど平八郎と同じである。

しかし、肉の量が桁違《けたちが》いであった。

二百キロは優に越えているように思われた。

顔が丸かった。

その身体も丸かった。

肉がゆるんでいるとは見えないが、筋肉質ではむろんない。

ぱん、と皮の張った特大の丸いハムのような男であった。

頭をつるりと剃りあげている。

その顔の中で、柔和な、象の眼が笑っていた。

「来ましたか、我王《がおう》――」

蛇骨が言った。

「おう」

太く、響きのある声で、我王と呼ばれた巨漢が答えた。

ゆっくりと、我王が、部屋の中に入ってきた。

その素足の踏んだ畳の周囲が、ぐうっと下方に沈むのがわかる。

その我王は、両手で、水平に半畳の畳を持っていた。

胸の高さにあるその畳の上に、金の縫《ぬ》いとりのある紫の座蒲団が乗っていた。

そして、楽翁尼は、その座蒲団の上に座って、静かに平八郎を見つめて微笑していたのである。

我王が、ゆっくりと、その畳を、平八郎の向かい側の囲炉裏の前に降ろした。

そのまま、楽翁尼を守るように、後方に座った。

「楽翁尼さまです」

蛇骨が、静かに平八郎に言った。

平八郎は、その言葉が耳に入ったのかどうか、眼の前の楽翁尼に視線をむけたままであった。

何かの冗談かと思った。

それだけ、平八郎が眼にしたものは、そういう言葉が適当であるかどうかはともかく、異様なものであった。

座蒲団の上に座しているのは、人形であった。

いや、むろん本物の人形ではなく、人形のような、小さな、少女であった。

外見は、六歳か、七歳くらいにしか見えない。

小学校の低学年である。

その少女が、きちんと和服を着て、そこに正座しているのである。

黒の和服である。

帯も、帯紐《おびひも》も、何もかもが黒い。

無地である。

その黒い膝の上に、真っ白な手がふたつ、乗っている。

染みるような白であった。

顔は、あどけない、幼児のそれであった。

身体の小さい大人ではない。どこから見ても、その身長にふさわしい子供の顔をしているのである。

にもかかわらず、頰には、白粉《おしろい》と、薄紅を塗っているのである。

唇は、紅を差してあるらしく赤い。血のような紅《くれない》だ。

唇を噛んで、その舌をそのまま唇に塗りつけたばかりのようである。

肌の白さは、白粉のためばかりではなく、異様に白い。白すぎて透明に見えるくらいである。血の色が透けて見えるかと思えるほどだ。

その肌の白さの内側に潜んでいるのは、しかし、血の赤ではなく、闇の黒である。

その黒が透けて見えるほどに白い。

鼻は小さく、ぞくりとするほどの切れ長の眼をしていた。

その中に、無数の針先を潜ませているように、黒い瞳がきらきらと光っていた。

その眼が、まっ直に平八郎を見ていた。

癖のない、黒い針をたばねたような髪が、肩まで垂れている。

その髪が、下で、同じ長さできれいに苅《か》りそろえられている。

顔の前に垂れた髪は、眉の高さで、きちんと水平に切られていた。

どこかのウィンドウに飾っておけば、誰しもが人形と間違えてしまうだろう。

「楽翁尼ぢゃ」

と、その人形が、赤い唇を開いた。

白い、小さな歯が覗いた。

幼児の声であったが、しかし、幼児の声ではなかった。

声の質そのものが、幼児のものであるのに、その言葉の抑揚《よくよう》、間《ま》、響きのもつ深み、それ等は明らかに大人のそれであった。

あり得ない感覚の世界に、ふいに投げ込まれてしまったようであった。

「地虫平八郎だ」

平八郎は言った。

「佐川真由美です」

真由美が、平八郎に続いて言った。

人形がうなずく。

「じむしへいはちろう――良い名ぢゃ」

楽翁尼が言った。

蛇骨は、あの微笑を唇に溜めて、平八郎と楽翁尼を見つめていた。

「この蛇骨から、色々と聴かせてもろうた。おぬし、黄金の勃起仏のひとつを、持っているそうな——」

楽翁尼が言った。

顔は、子供のそれなのに、話し方は、大人——というよりは老女のそれである。

まともな神経の持ち主なら、とてもついてゆけない。

「ああ、持ってるよ、お嬢ちゃん——」

平八郎が言った。

その言葉がとどいたらしく、楽翁尼の唇が、すっ、と横に開いた。

ふふ
と、小さく微笑してから、

「それを、見せてはもらえぬか——」

楽翁尼が言った。

「見せてやるだけならな」

平八郎は、言って、上着の内ポケットに手を突っ込んだ。

そこから、そろりと、黄金の塊りを引き出して、囲炉裏の木の縁に置いた。

「おう」

楽翁尼が、声をあげて、それを見つめた。

楽翁尼の眼光が、きらきらと黄金に当って反射しているようであった。

楽翁尼の頰に、紅とは別の朱《あか》みが差した。

「本物です」

蛇骨が言った。

「わかっておるわ。ひと眼見た時からな——」

楽翁尼の声が、興奮した響きを含んでいる。

「これは、まさしく勃起仏——釈迦《しゃか》の覚醒したる時の、座像よ」

小さく身を前に乗り出した。

「我王——」

楽翁尼が、後方の巨漢に声をかけた。

「出しなさい」

楽翁尼が言うと、我王が、自分の懐に手を入れて、赤い布袋を取り出した。

我王が、すっと身体を移動させ、楽翁尼の横に並んで、楽翁尼の乗った畳の上に、その布袋を置いた。

金色の紐で、その袋の口をしめている。

「見せなさい」

楽翁尼が言った。

我王は、その太い指で、器用にその紐を解き始めた。

紐を解き終えて、その中に入っていたものを取り出して、袋の横の畳の上に置いた。

真由美が、息を飲んだ。

平八郎が、ごくりと唾を飲み込む音が、大きく部屋の中に響いた。

それは、黄金の仏像であった。

しかし、平八郎が出したものとは、むろん違うものであった。

それは、小沢が出してきた、あの、横たわっている涅槃勃起仏《ねはんぼっきぶつ》とも違うものであった。

それは、一対の仏像であった。

ふたりの人間が組み合わさってできている仏像である。

一方は、黄金、そして一方は、黒い石でできていた。

座した仏陀が、その膝の上に、黒い女の石像を向かい合わせに抱えているのである。

女は、全裸であった。

歯と、眼をむき、顎をのけぞらせて天を睨んでいる。

その口から突き出ている舌を、上から、仏陀の口が咥えていた。

さらに、仏陀の衣の中から突き出た黄金の陽根が、足を開いて仏陀に股がっている女の股間に、深く潜り込んでいるのであった。

「勃起仏のひとつ、交合仏《こうごうぶつ》が、これよ――」

幼女のあどけない赤い唇から、淫らな言葉が洩《も》れた。

金と黒。

禍々《まがまが》しいまでの、歓喜交合仏であった。

「かのアフリカの地に、仏王国《ぶつおうこく》があるという話、伝説かと思うておったが、はたして事実であったか!?」

楽翁尼が、虚空を睨んでつぶやいた。

――勃起仏編・了

2 裏密編

序章

1

古代そのままの、黒い森の中にその屋敷はあった。
森と同じくらいに、古い屋敷であった。
屋敷を囲んでいる森は、照葉樹である。
楠《くすのき》や椨《たぶ》の樹が多い。
幹は、黒々と太く、葉は、濃い緑であった。
湿った大気の中に、植物の香が、ねっとり溶けている。血の匂いのようであった。
どこか、獣臭に似ていなくもない。
人の肉の中に眠っている獣性が、ふいに頭を持ちあげそうになる臭いであった。
その臭いが、風に乗って、その座敷まで届いてくる。

東長密寺《とうちょうみつじ》――裏密寺《うらみつでら》の座敷である。

寺とは言っても、その屋敷は、寺の風《ふう》をしていない。

本堂があり、本尊があり、裏手に墓があるといったものではない。

地虫平八郎は、その屋敷の座敷のひとつに座していた。

広い座敷であった。

二十畳近くはあるだろうか。その座敷に、地虫平八郎は座している。

座した平八郎の左側が、庭であった。

そこの障子《しょうじ》がきれいに開け放たれていて、その向こうに、黒光りする板の濡《ぬ》れ縁《えん》がある。

その濡れ縁の向こうが庭であった。

すでに、夕刻であった。

庭の向こうにあるはずの土塀が、黒く沈んで闇に溶けている。

その闇の中で、ざわざわと、葉が風に鳴っている。

庭に生《は》えている椨《たぶ》や榛《はん》の巨木が、風に梢《こずえ》を揺らしているのである。

平八郎が座しているのは囲炉裏《いろり》の前であった。

太い木材で、周囲を囲われた囲炉裏である。歳月を経た、落ち着いた造りの囲炉裏だった。

囲炉裏の周囲を囲った木材は、黒光りがしていた。

頭上に走っている太い梁《はり》も、みごとに黒光りがしている。長い間、煙でいぶされ、その黒い色が、人の身体よりも太い木材の中に染み込んでしまっているのである。石炭のような黒であった。

灯《あか》りは、梁からぶら下げられた裸電球がひとつである。

明るくはないが、眼がその光に慣れてしまえば、不自由はない。

梁からぶら下がっているものが、もうひとつ、ある。

自在鉤《じざいかぎ》であった。

その自在鉤の下に、鉄瓶《てつびん》がぶら下げられ、盛んに湯気をあげていた。

その湯気のあがる音が、部屋に静かに響いている。

平八郎は、長身であった。

身長が、百九十二センチある。

体重は九十キロ。

長身のわりには、体重は軽い。

ひょろりとした身体をしている。

両手で掻《か》きまわした直後のような髪をしていた。

三十代初めの顔つきをしている。

美男子ではなかった。

しかし、眼に、妙に人なつこそうな愛敬《あいきょう》があった。

口元には、どこか下品な薄笑いがへばりついている。

平八郎は、黒いよれよれのスーツを着ていた。その袖を、肘《ひじ》までめくりあげている。

その平八郎の右隣りに、髪の長い女が座っていた。

佐川真由美である。

年齢は二十四歳くらいであろうか。

ジーンズを穿《は》いて、上にシャツを着ただけのラフなスタイルであった。

鼻筋が通っていて、形のいい紅い唇をしていた。眼は二重《ふたえ》であった。

正座をしているその背が、すんなり伸びている。

モデルを職業にしているのだが、スタイルがいいだけでなく、正座姿がさまになっている。

シャツの布地を、胸が、下からほどよく押し上げていた。

指の長い自分の手の中に、ちょうどよくおさまりそうな乳房だろうと、平八郎は考えている。その乳房を、自分の指がつかんだ時、指の間から、余った肉が色っぽく盛りあがるさまを何度も頭に思い描いたことがある。

平八郎から見て、囲炉裏の右側の辺に座しているのは、二十代半ばくらいの、白い僧衣をまとった男であった。

洗ったばかりのように、さらさらとした僧衣であった。

その僧は、頭をきれいに剃髪《ていはつ》していた。

肌が、女のように白い。

血を塗ったような紅い唇には、常に笑みを溜めていた。

凝《じ》っと見つめていると、その微笑の中に、不思議な、ひんやりとしたものがあるのがわかる。なおも見つめていると、背の体毛が、一本ずつゆっくり立ちあがってくるような、ぞくりとするものさえ、その微笑の中には含まれていることに気がつく。

蛇骨《じゃこつ》、というのが、その僧の名であった。

囲炉裏の左側の辺に座っているのは、分厚い肉を有した男であった。

白い僧衣を着ているが、その僧衣に包まれている肉の量は、常人の三倍以上はある。身長は、百九十センチくらいであろうか。平八郎よりは、やや、低いが、その肉の量は桁《けた》が違う。

二百キログラムは越えていそうであった。

巨大な重量を持った獣——羆《ひぐま》がそこにうずくまっているような迫力がある。

筋肉質というような肉ではないが、その肉がゆるんでいるといった印象はない。皮の張った、特大のハムのような腕が、僧衣の袖から見えている。

我王《がおう》と呼ばれる、裏密寺の僧である。

そして、平八郎の正面にいるのが、楽翁尼《らくおうに》であった。

楽翁尼が座しているのは、半畳の大きさの畳の上である。

その畳の上に、金糸の縫いとりのある濃い紫の座蒲団が乗っていて、楽翁尼は、その座蒲団の上に正座をしているのだった。

我王が、そこに座したままの楽翁尼を、畳ごと持って、この部屋にやってきたのである。

平八郎の前に座しているのは、まるで、人形であった。

本物の人形ではないが、人形さながらの少女であった。いや、少女というよりは、子供である。

六歳くらいにしか見えない。

あどけない幼児の顔をしている。

楽翁尼の〝翁《おう》〟は、おきな――男の老人、つまり老爺《ろうや》のことである。

〝尼《に》〟は、尼僧――つまり女のことである。

それなのに、楽翁尼は、老爺でも尼僧でもなく、六歳ほどの少女にしか見えない。

黒い和服を着ていた。

帯も、帯紐《おびひも》も、何もかもが無地で黒い。

癖のない髪までもが、黒かった。

肌の色だけが白かった。

蛇骨の肌の白さとは、また別の白さである。蛇骨の肌の白さの内側には、血の赤がある。しかし、楽翁尼の肌の下に透けて見えているのは、闇《やみ》である。夜の黒が、その白い肌の内側にある。

そういう白であった。

楽翁尼は、両手を、膝の上に置いている。

黒い布地の上に乗ったその白い色は、染みるように鮮やかであった。

頬には、白粉と、薄紅を点《さ》してある。

唇は、血のような赤であった。

唇を白い小さな歯で嚙んで、その血をそのまま唇に塗ったようであった。

髪が、きれいに苅《か》りそろえてあるため、どこかのウィンドウに置けば、誰もが人形と間違えてしまうだろう。

鼻は小さく、切れ長の眼をしていた。

黒い瞳の中に、無数の針が、先端をこちらに向けているような光が宿っている。

その眼が、真っ直に平八郎を見ていた。

六歳くらいにしか見えないのに、その少女が周囲にまとわりつかせている雰囲気は大人のそれであった。

ちょうど、平八郎の前の囲炉裏の縁《へり》に、黄金の輝きを持つものが置かれていた。

高さが十五センチくらいの、釈迦《しゃか》の座像である。

純金であった。

一見は、普通の仏像のように見えるが、普通でない部分が、一ヵ所だけあった。

それは、股間であった。

その結跏趺坐《けっかふざ》をした仏像の股間から、みごとな陽根が、天に向かってそそり立っているのである。

右手の平を上に向けて胡座の中心に置き、その上に、やはり手の平を上に向けた左手を重ね、右手の親指と左手の親指とを重ね合わせる——法界定印《ほっかいじょういん》と呼ばれる印を結んだ、その両手で造った輪をくぐり、陽根はその先端をそびやかしているのであった。

釈迦覚醒勃起仏《ぼっきぶつ》——

そう呼ばれる仏陀像であった。

仏像は、もうひとつあった。

それは、楽翁尼の眼の前の、囲炉裏の縁に置かれていた。

黄金の仏像であった。

しかし、平八郎の前に置かれている勃起仏と違うのは、それが、一体ではなく二体からなる仏像であるということである。

黄金でできた仏陀の座像が、前に、黒い石でできた黒い女を抱えて交合している像であった。

歓喜交合仏——

金と黒とが、裸電球の灯りを受けて、禍々《まがまが》しいまでの陰影を、そこに造っていた。

「このふたつはな、まさしく、同じ場所で造られた仏像ぢゃ——」

楽翁尼が言った。

声は、六歳の少女のそれであった。

しかし、その声の抑揚《よくよう》、リズム、唇の開き方は、六歳の少女のそれではない。

老成した、大人——いや、老人のそれであった。

「同じ場所だと？」

平八郎が訊《き》いた。

「アフリカぢゃ、おそらくな」

「本気か」

「本気ぢゃ……」

楽翁尼がつぶやいて、平八郎を見つめた。

「密教——というより、この東長密寺に、昔から伝えられているところによれば、そういうことになる——」

「さっき、アフリカに仏王国があるとか言っていたな」

「言うた」

「そこの、蛇骨も、色々と小難《こむず》かしいことを言っていたよ。仏陀が、黒人の女と交わったのだの、この裏密寺は、空海が、密教の体系の中から、いらないものを封じ込めるために建てたのだのとな——」

平八郎は言った。

〃たとえば、瞑想によって仏に近づく法があるなら、魔王に近づく法もあるということです。密教は、成立する過程で様々なそういう法を捨ててきました。しかし、消し去ってしまったわけではありません。きちんと、人知れず残してきたのです。それが、裏密《うらみつ》なのです〃

佐川真由美の家で、蛇骨はそう言った。

一千年以上も昔、唐へ渡って、密教を日本へ持ち帰ってきた空海が、その裏密を封じるために、東長密寺を建てたのだという。

仏陀は、もともと、シャカ族の王の子として生まれている。後年、出家して沙門《しゃもん》になる前に、ヤショダラという女を妻にめとっている。

その裏密に伝わる、空海が唐から持ち帰った経典の中には、仏陀には、ヤショダラ姫との間に生まれたラーフラという息子の他にも、子供がいたと記されているというのである。

〃その、ラーフラでない子供の名は、アジャールタといいます。仏陀が、黒人の女と交わって、その女に生ませた黒人の子供です〟

と、蛇骨は言った。

日本の仏教の常識からすれば、それは奇怪な伝説であった。

しかし、現在もチベット密教として残っているラマ教の経典の中には、出家の後も、仏陀は様々な女性と交わりを持っていたとの記述がある。

男女の性愛を、覚醒への方法論として有するラマ教ではあるが、そういう記述の中には、さらに、仏陀は、母親であるマーヤとも性の交渉を持ったと記しているものもあるのだ。

平八郎は、蛇骨とかわしたその会話について語ってから、

「どうなんだい、それは――」

楽翁尼に訊いた。

問われた楽翁尼が、蛇骨に視線を向けた。

「珍しく、蛇骨がおしゃべりをしたようぢゃ……」

「恐縮です」

蛇骨が、悪びれた風もなく、頭を下げた。

再び、楽翁尼が視線を平八郎に向けた。

「おまえが今、口にしたことは、本当ぢゃ。そのようなものが、裏密の体系の中に伝えられているということではな――」

「本当なら嬉しいねえ。仏さんも、女好きだというんなら、こちとらの友達《ダチ》じゃねえか――」

相槌《あいづち》を求めるように、平八郎は真由美を見たが、真由美は平八郎のその視線に気づかぬように、楽翁尼に声をかけていた。

「それで、そのことと、この黄金の仏像とはどういう関係があるのですか――」

「釈迦覚醒勃起仏を見せてもろうた礼ぢゃ。さしつかえのないところは、話してしんぜよう」

「よろしければ……」

「わが裏密が秘すべきは、人を魔性のものに変える法ぢゃ。たわいのない仏陀の秘事くらいは、ぬしらに話してもよかろうよ」

そうして、楽翁尼は、話を始めたのであった。

2

ふたりの男が、夜の街を歩いている。

若い男だ。

ふたりとも、身体つきが、がっしりとしている。

何かのスポーツで鍛えられた肉体だというのが、服の上からもわかる。

一方の方が、やや背が高く、一方の方がやや背が低い。しかし、それは、ふたりを比べた場合であって、ふたりとも、一般の基準で言えば、身長のある方である。

酒に酔っているらしい。

会話をするふたりの声の調子からそれがわかる。

しかし、酔って正体がわからなくなっているわけではない。足取りはそれでもふらついてはいないからだ。

話も、それほどでたらめな方向へ急に飛ぶわけではない。

ただ、声が大きかった。

声だけではなく、気も大きくなっているらしかった。

一方が、一方を先輩と呼んでいるところから、どうやら、学生のようであった。

背の高い方が後輩で、背の低い方が先輩であるらしい。

ふたりが歩いてくると、前から歩いてくる人間が、横へ動いて道をあける。それがおもしろいらしく、ふたりは、前から人が歩いてきても、よけようとしない。

街の中は、街灯の灯りの他は、飲み屋の灯りくらいしか見あたらない、そんな時間であった。

新宿——

高層ビルの並ぶ一画に近い、飲み屋の看板が群れている通りであった。

「ヘタな唄ばかり唄いやがって、あの親父——」

先輩が言う。

「マイクを握った手の、小指なんか立ててたっスね」

後輩が言う。

「ああいうのに限って、マイクを離さねえんだからな」

「いいんスよ、ああいうのからはマイクを取りあげたって——」

どうやら、さっきまで飲んでいた場所でおこった、他の客とのトラブルについて、ふたりは話題にしているらしかった。

カラオケのマイクの奪い合いで、このふたりが、他の客からマイクを取りあげたらしい。

「あの親父、マイク取られたら、ひとりでこそこそ出て行っちまったみたいスね」

「いない方がいいんだ」

「まあ〜〜ぼお〜〜ろお〜〜しい〜〜のお〜〜」

後輩が、右手にマイクを握る格好《かっこう》をして、声をあげた。

その右手の小指が立っている。

今、話題になっている男の真似をしているつもりらしかった。

後輩がひとふしうなると、ふたりは、声をあげて笑った。

ひとしきり笑いあってから、ふたりの話題がかわった。

「でも、いるのかよ、本当に――」

先輩が言った。

「いますよ。このまえだって、タカのやつと見に行って来たんスから」

「外で、やっちまってるのかよ」

「やってますよ。最近のアベックは、遠慮《えんりょ》がないスからね」

ふたりは、酔った勢いで、覗《のぞ》きをしに行こうとしているらしかった。

ふたりの足は、新宿公園の方に向いている。

そのふたりの十メートルほど後方から、ひとりの、四十歳くらいのスーツを着た中年の男が、前に身をかがめるようにして歩いていた。

顔を前にふせて、両手を、ズボンのポケットに差し込んでいる。

その男が、ふたりの後をつけているのは明らかであった。

ふたりが、飲み屋を出た時から、同じ距離を保って、ふたりの後方を歩いていたからである。

その男が、ふたりに声をかけたのは、ふたりが新宿公園の中に入ってからだった。

「おい……」

低い、底にこもった声で、男は言った。

ふたりは、ふり返った。

一瞬、ふたりとも、自分たちに声をかけたのが誰であるのかわからないような顔つきをした。しかし、すぐに、その声をかけてきたのが誰であるか理解した。

「さっきのおっさんじゃねえか」

先輩が言った。

「何しに来た」

後輩が言った。

暗い、公園の中であった。

しかし、まったくの闇ではない。

むこうの方に、街灯があった。

頭上でうねる、欅《けやき》のこずえのむこうに、高層ビルの灯りが見えている。

それ等の灯りや、空に映った都会の灯りが、三人のいるその場所まで届いてくるのである。

周囲に立っているのは、欅である。

むこうには桜が生えている。

欅の新緑が、三人の頭上で、静かにうねっていた。

都会の中にあって、植物の香気が、ほのかに夜気の中に溶けている。

「うるさいだと？」

男が言った。

「やめろだと？　おれの唄がヘタだって？」

男が、血走った眼でふたりを睨んでいる。

「さっきのことかよ」

先輩が言った。

「他にも言ったな。ちゃんと聴こえてたぞ。小学校で唄の勉強をしてくればいいだとか、みんながめいわくしてるだとか——」

「言ったよ」

「ふたりで、おれのことを笑ったろう」

男の呼吸が荒くなっていた。

興奮を押し殺してしゃべろうとしているためらしかった。

「おれが、おれの金で飲んで唄ってるんだ。おまえらに、そんなことを言われる筋あいはない」

「こっちだって、自分の金で行ってるんだ。そこで、何曲も、あんなヘタな唄を聴かされるんじゃ、たまらねえな」

「なにいい！」

男の声が、悲鳴のように上すべりした。

「やめとけよ、おっさん。やるってんなら相手してやるけどな、こっちは、空手をやってんだぜ」

「空手ときいておれがびびるとでも思ってるのか——」

男の声が震えた。

男が、上着《スーツ》の内ポケットに手を差し込んで、新聞紙にくるんだものを、取り出した。

取り出した途端《とたん》に、新聞紙がほどけて落ちた。

鈍い光沢《こうたく》を放つ金属が姿を現わした。

刺し身包丁であった。

それを握った手が震えている。

「馬鹿にしやがって！」

男が、包丁を右手に握って走った。

先輩が、横に跳んで、それをかわそうとした。

だが、先にしかけた男の動きの方が速かった。

先輩が、身をかわしきれずに、あわてて、右手で、男の右腕をはらいのけた。

「糞！」

男が、右手に握った包丁を横に振った。

男の手をはらいのけにいった先輩の右腕を、浅く、包丁の刃がえぐっていた。

「痛《ち》いっ」

先輩のシャツの右袖に、たちまち、赤い染みがふくらんでくる。

「か、空手がどうした。馬鹿。かかってこないのかっ」

男が、酒臭い息を吐き散らしながら、包丁を振りまわして、先輩に迫ってくる。

「糞ったれっ」

横から、後輩が、男の胸に蹴りを入れた。

包丁を恐《こわ》がっているから、浅い蹴りであった。

「てめえっ」

男が、ひきつった声をあげて、包丁を横に振った。

こつん、
と、包丁の刃が、後輩の右脚の脛《すね》にぶつかった。

「ひいっ」

後輩は、だらしのない声をあげて、後方に退《さ》がった。

男の攻撃が、一瞬、自分からそれた時、先輩は、男に飛びかかった。

低い蹴りを、男の左膝に横から入れた。

男が、脚を折ってよろめいた。

「この」
男の顔面に、右の拳を叩き込んでいた。
さすがに、その動きはよかった。
大きく、男が後方にのけぞった。
包丁を取り落としていた。
次が左のパンチであった。
めりっ、
と、音をたてて、左の拳が、男の鼻頭にめり込んだ。
男の鼻の軟骨が潰《つぶ》れていた。
血が、そこからふき出した。
かまわずに、先輩《ヽヽ》は、その男を殴り続けた。
男が倒れた。
仰向けになった男の口に、
「うきゃあっ」
高い声をあげ、頬をひきつらせて、先輩《ヽヽ》が靴の踵《かかと》を打ち下ろした。
男の歯が、大量に折れていた。
「この馬鹿っ」

後輩が、やはり靴の踵で男の胸を踏み抜いた。

あばらの折れる音がした。

男の顔面が、血で赤く染まっていた。

その血まで、酒の臭いがこもっていそうだった。

「や、やめてくれ、もう……」

男は、胸をかかえ、背を丸めて、地面を這《は》った。

その横腹を、さらに蹴る。

「ゆるして、ゆるしてくれ――」

男が言う。

「けっ」

「包丁なんか先に出しやがったくせに」

前にまわって、先輩が、強烈な蹴りを、男の顔面に入れた。

男が、動かなくなった。

夜気の中に、濃い血の臭いが溶けていた。

ふたりが、男に加えていた攻撃をやめたのは、男が動きを止めてからであった。

ふたりは、肩で大きく息をしていた。

見物人がいたことに、ふたりが気づいたのは、数度、大きな呼吸を繰り返してからだった。

その男は、横手の桜の樹の下に立って、ふたりと、倒れた男を見つめていた。

右手に、一升瓶《いっしょうびん》をぶら下げていた。

三分の二ほど、瓶の中身が無くなっている。

汚ない格好《かっこう》をしていた。

浮浪者のようであった。

新宿駅の地下で眠っているような連中のひとりに見えた。

髪が長い。

しかし、肩よりも下に垂れたその髪は、もう、だいぶ長い間洗ってないことが歴然《れきぜん》としていた。それも、十日や半月ではなさそうであった。

ズボンもシャツも、すでに地《じ》の色が何であるかわからないほど、汗や汚れにまみれていた。

大柄《おおがら》でも、小柄《こがら》でもない。

百七十六センチくらいは身長がありそうだった。

「なんだ、てめえ」

後輩が、凄《すご》んだ声をあげた。

「見物だよ」

その男がつぶやいた。

「見物？」

「おもしろそうなんで、見物させてもらってたんだ」

「向こうへ行け、もう終ったんだ」

「終った？」

「そうだ」

「まだ、生きてるぜ——」

浮浪者が言った。

「なに!?」

先輩にも、後輩にも、その浮浪者の言葉の意味が、呑み込めないようすであった。

「そいつが、まだ、生きてるよと言ってるのさ」

浮浪者が言った。

それで、ようやく、ふたりは、浮浪者の言葉の意味を理解したらしかった。

男が、まだ生きているから、終ってないとその浮浪者は言っているようであった。

「馬鹿か、きさま」

先輩が言った。

「馬鹿だよ」

浮浪者が笑った。

「おれたちを馬鹿にしてるのか」

「そう」

「なんだと……」

後輩が、半分引きずりかけていた足を、前に踏み出した。

「やるか、てめえ」

「いいけどね。やるとなると、おれは、終りまでやっちまうよ」

浮浪者は言った。

妙な落ち着きが、その浮浪者にはある。

「もう一度言ってみろ」

後輩が、浮浪者の胸ぐらをつかんだ。

浮浪者の顎《あご》がのけぞった。長い髪が横に動いた。

額《ひたい》のそこ——髪の生え際《ぎわ》に、皮膚がひきつれたような傷があった。

「だからさ。おれは、やるとなったらきっちりやっちゃうよって言ったんだよ」

「やってみやがれ」

後輩が言った時、にいっ、と、浮浪者の唇が左右に引かれた。

笑った。

不気味な微笑であった。

「言ったね」

浮浪者が言った。

「あんた、今、やってみろと言ったね」

「なに!?」

後輩が言った時には、浮浪者が右手に握っていた一升瓶が、真上に振りあげられていた。

「な——」

後輩が、それに気づいた時、それが、真上から下に打ち下ろされた。

一升瓶が、後輩の脳天にあたって、こなごなに砕け散った。

「おべっ」

たちまち、後輩の髪の毛の中から、すだれのように、血が顔面に這《は》い出てきた。

「こ、こ、こ、こ——」

声をあげている後輩の顔面に、浮浪者が、手に残った一升瓶の割れ口を真っ直に突きたてた。

ねじった。

複雑な形状に、肉が削りとられていた。

浮浪者が、真下から、右足を跳ねあげた。

それが、後輩の股間に潜り込んでいた。

「あぎゃっ!」

後輩は声をあげて、そこにぶっ倒れた。

眼球が裏返《うらがえ》って白眼をむいていた。

「なにをしやがる!」

先輩が、ようやく、その浮浪者へ飛びかかっていた。

ローキックを放ってきた。

浮浪者が、前に踏み込んで蹴りをかわし、先輩の左耳を、まだ手に握っていた一升瓶の小さくなった割れ口でえぐった。

左耳がとれていた。

とれた左耳が、浮浪者が手にしている瓶の割れ口の上に載《の》っていた。

「えぐぐっ……」

先輩が呻《うめ》いた。

「もっと、ゆっくり動きなさい」

浮浪者が、囁《ささや》くように、言った。

先輩は、眼を大きく開いて、浮浪者の手元を見つめていた。

浮浪者が右手に握った一升瓶の割れ口の上に載っているもの——それが耳だというのは

わかる。

しかし、それが誰の耳であるのか——

先輩には、それがわからないらしかった。

しかし、それが異様な光景であることは理解しているらしい。

頭では、それが誰の耳かわからなくとも、眼がわかっている。しかし、それを頭が理解することをこばんでいるのである。

先輩の身体だけが動いた。

先輩が、夢中で、また蹴りを放ってきた。

その蹴りを、あっさり浮浪者がかわした。

のろい、蹴りであった。

さっき、男に放った蹴りに比べて、半分近いスピードになっている。

浮浪者の動きが速いというわけではなかった。先輩の蹴りの速度が極端に落ちているのである。

その蹴りを、後方に退がって、あっさり浮浪者がかわした。

退がった浮浪者が、次には、足を前に踏み出していた。

踏み込んだのは、二歩であった。

二歩踏み込んで、先輩の横に立った。

先輩の顔が恐怖にひきつっていた。

――この男は、どうしてこんなに速く動けるのか？

そういう眼つきで浮浪者を見た。

先輩には、自分の動きが遅くなったことがわかってはいないらしい。

悲鳴をあげようと、先輩が口を開きかけた。

その先輩の後頭部を、浮浪者の左手が押さえた。

どうして、この男は、こんなことをするのか？

先輩の眼が、そういう表情で浮浪者を見た。

その意味が、先輩にはすぐにわかった。

悲鳴をあげようとして開いた先輩の口の中に、一升瓶の割れ口が、いきなり突っ込まれていた。

歯を折って、それが口の中に侵入した。

逃げられなかった。

後頭部を左手で押さえられているからである。

こじられていた。

湿った悲鳴と共に、一升瓶の割れ口が、外へ出た。

さっきまで耳の載っていたそこに、今度は、桃色の肉片が載っていた。

その肉片は、ぴくぴくと動いていた。
先輩の舌であった。
先輩の股間に、蹴りが叩き込まれた。
先輩が、前のめりに倒れた。
その後頭部に、足が踏み下ろされた。
濡れ雑巾《ぞうきん》にくるんだ枯れ枝を折るような音が、浮浪者の足の下でした。
先輩の首の骨が折れたのだ。
先輩の身体が、跳ねるように痙攣《けいれん》した。
先輩の肉体が、この世で最後の動きをしているのである。
すぐに、先輩は動かなくなった。
後輩の上に、浮浪者はかがみ込んだ。
その気配に気づいて、後輩が薄目を開いた。
「不運だね、気がつくなんて」
浮浪者が微笑した。
「約束だからね」
浮浪者の右手が伸びた。
後輩は、悲鳴をあげようとした。

その悲鳴はあがらなかった。

浮浪者が、後輩の喉を左手でつかんでいたからである。

その手が無造作に握られた。

肉の潰《つぶ》れる音がした。

浮浪者は、きれいに、一升瓶の割れ口の指紋を、後輩の服でぬぐってから立ちあがった。

立ちあがった浮浪者が、横手の欅《けやき》の幹の陰に視線を向けた。

そこに、アベックが立っていた。

女が、声をあげた。

男にしがみついた。

ふたりが、動かずにいたのはほんの数瞬であった。

男と女は、一緒に走って逃げ出した。

浮浪者は、ふたりを追わなかった。

歩き出そうとして、浮浪者は、その動きを止めた。

歩き出そうとした方向から、ふたりのスーツを着た男たちが、歩いてくるのが見えたからである。

ふたりの男は、すぐに、浮浪者の姿を眼にとめたようであった。

歩いてくると、ふたりの男は、浮浪者の前で立ち止まった。

「玄馬《げんば》さま――」

と、一方の男が言った。

「こちらでしたか」

もう一方の男が、地面に倒れている三人の男を見回しながら言った。

「うむ」

と、玄馬と呼ばれた浮浪者がうなずいた。

「こちらを、最近はねぐらにしているとのお話でしたので、こちらにうかがったのですが、これは？」

「たいしたことじゃないんだ。今夜から、ここでは眠ることができなくなったけどね」

無造作に玄馬は言った。

「始末は、我々がしておきます。それよりも、急いでおいでいただきたいのですが――」

「急用ができたのかな」

「鳴海《なるみ》容三《ようぞう》先生が、玄馬さまにお会いしたがっておられます」

「獄門会の？」

「はい」

「そうか――」

玄馬は、三人の男たちを見まわし、

「また、しばらく、鳴海とつきあうか。こんなことをしてしまったしな。半年くらいは社会人をやってみるかよ」

そうつぶやいていた。

第一章　秘　仏

1

めずらしく、寝つかれなかった。

興奮しているのである。

地虫平八郎は、闇の中で、眼を開いたまま、小さく息を吸い込み、小さく息を吐き出すという呼吸を繰り返していた。

それで酸素が足りなくなり、時おり大きく息を吸い込む呼吸をすることになる。自分の胸の裡《うち》に点《とも》った興奮の炎を押し殺そうと、小さい呼吸をするのだが、それではすぐに苦しくなって大きい呼吸をしてしまうのだった。

襖《ふすま》一枚隔《へだ》てたむこうで、佐川真由美が眠っているのかと思うと、さらに闇の中で眼が開いてくるのである。

開ききった瞳孔から、闇が流れ込んできそうであった。

肉が熱い。

若い女の肉体が、闇の中であえかな呼吸を繰り返しているのかと思うと、自然に、股間が立ちあがってくるのである。

あの、柔らかで弾力のありそうな肉体を、思うさま、自由にしてみたいという欲望が、激しくこみあげてくるのである。

耳を澄ますと、真由美のその寝息が聴こえてきそうであった。

庭で、虫が鳴いている。

春から初夏にかけて、草や藪《やぶ》の中で鳴く虫の声である。

平八郎は、闇の中で、眼を天井に向ける。

くろぐろとした闇が、自分の上にのしかかっている。真上の闇の中に、さらに黒い、太い梁《はり》が、何本も疾《はし》っている。

ほんのわずかの日数のあいだに、いったいどれだけのことがあったろうか。

もう、一ヵ月か二ヵ月が過ぎ去っているような気がするが、実際には、まだ、六日しか経っていないのである。

六日前——

五月の連休の時、平八郎は、新宿でこの事件に巻き込まれたのであった。

昼。

歩行者天国の路上でのことであった。

そこで、平八郎は、目の前で、佐川義昭《さがわよしあき》が、黒人に殺されるのを目撃したのである。

凶器は、槍であった。

前から走ってきた中年の男の胸から、ふいに、槍の穂先が生えてきたのである。後方から追ってきた黒人が投げた槍に、背から胸まで貫《つらぬ》かれたのであった。

それが、佐川であった。

佐川は、死ぬ寸前に、平八郎に紙包みを手渡した。

その中に入っていたのが、黄金の仏像——勃起仏《ぼっきぶつ》であった。

その黄金の仏像と共に紙に包まれていたものが、もうひとつ、あった。それは、一枚の布であった。白い、綿のシャツの一部らしい布だ。

その布に、絵が描かれていた。

地図である。

川らしい線が描かれ、そのところどころに、動物の絵が描かれていた。

平八郎は、それを、勝手に宝のあり場所を記した地図であると思い込んだ。

平八郎が、殺された男が佐川義昭という名の人間であることを知ったのは、翌日の新聞記事に目を通してからであった。

平八郎は、日刊東京タイムスの工藤典夫《くどうのりお》と連絡をとり、工藤からさらに佐川についての情報を手に入れた。

佐川は、動物学者であった。

ゴリラの研究をやっていた。

それが、急に、マヌントゥに興味を持ち、アフリカのナラザニアへ出かけたのだという。

マヌントゥとは、アフリカ版の雪男《イエティ》のようなものだと、工藤は、平八郎に説明した。

ゴリラを追っかけているうちに、佐川は、ナラザニアで、現地の人間からそのマヌントゥの話を耳にして、その未知の動物へのめり込んでいったのだという。

二年ほど前、佐川は、そのマヌントゥの調査のために、アフリカのナラザニアへ出かけている。

メンバーは八人。

日本人隊員が五人、現地の案内人が一人。

他はポーターである。

日本人の隊員五名については、次の通りである。

佐川義昭（大学教授）。

皆川達男《みながわたつお》（助手）。

加倉周一《かくらしゅういち》（カメラマン）。

剣《つるぎ》英二《えいじ》(ハンター)。

小沢秀夫《おざわひでお》(バントゥ語通訳)。

しかし、この五人は、途中で行方不明となった。

消息を絶ってから八ヵ月後——およそ一年後に、ようやく日本に帰国してきたのは、佐川義昭、皆川達男、小沢秀夫の三人だけであった。

一行は、ジャングルの中でまよい、八ヵ月近くもナラザニアのジャングルと山岳地帯をさまよったあげくに、ようやく助かったのだという。

その迷っている時に、カメラマンの加倉周一と、ハンターの剣英二が死に、案内人はジャングルの中でいなくなり、ようやく三人が、生きて人の住む村までたどりついたのだという。

剣英二は、毒蛇に咬《か》まれて死亡。加倉周一は、マヌントゥ調査中に本隊と離れ、そのまま行方不明。その時、加倉周一が身につけていたのはハンティングナイフとカメラのみ。

それで、加倉周一の生存は絶望的ということになっているのである。

それは、アフリカでのことである。

佐川の次に、皆川達男が、その妻と共に自宅で殺されている。

皆川は、刃物で胸を刺されて死んだのだが、妻の由子《よしこ》の方は、首を締められて殺されている。

アフリカから、生きてもどってきた三人のうち、ふたりが死に、そのうちのひとりの男の妻が死んでいる。事故ではなく、殺人である。

次は、通訳の小沢秀夫であろうと、平八郎は考えた。

小沢に会いにゆく前に、平八郎は、佐川の娘の真由美に会いにゆくことにした。

佐川の家の前で、平八郎は真由美の帰りを待った。

真由美が、帰ってきたのは、夜半であった。

平八郎が声をかけるよりも先に、真由美を襲った男たちがいた。獄門会と呼ばれる、極道筋の人間たちである。

その男たちの手から、平八郎は、真由美を守った。

平八郎は、中国拳法を学んでいる。

ひとつやふたつではない。

たくさんの流派を学んでいる。

そのうちの一番得意なのが、蟷螂拳《とうろうけん》と太極拳である。

蟷螂拳を使って、獄門会の人間ふたりを倒した。

平八郎は、佐川義昭の書斎《しょさい》で、一冊の本を発見した。

『日本秘教史』　井本良平著

日本各地の、人に知られずに伝えられている秘教について記された本である。

その中に、

〝勃起仏〟

という言葉が出てくる箇所があり、そこに、赤いサインペンで線がひかれていた。

その本を、平八郎は佐川の家から持ち帰った。

〝勃起仏〟の言葉が出てくるのは、「左道密教」という章の中であった。

〝福岡県の田中家には、勃起した陽物を持つ、釈迦牟尼仏《しゃかむにぶつ》の像がある。この勃起仏は、木彫りで、高さが十五センチくらいの座像である。かなり古いものだが、いつの時代のものかは不明である。田中家に昔から伝えられているが、田中家でも、それがどういう意味のものであるかわからないという。昔、今は滅びてしまったが、そういう仏像を信仰していた宗派があったのかもしれない〟

そういう記述が本の中にあり、その〝勃起仏〟の所に、赤い線がひいてあったのである。

その線を引いたのは、佐川義昭本人以外には考えられない。

平八郎は、工藤と連絡をとり、井本良平と連絡がつくようにしてもらうことを頼んだ。

そして、平八郎は、小沢秀夫に会いに出かけたのであった。

小沢の家で、話をしている最中に、不思議なリズムを持った、低い太鼓の音が聴こえてきた。

タム
トム
オム
オム

闇の底で鳴る心臓のような音であった。

小沢は怯《おび》えた。

その時、小沢を襲ってきた者があった。

長身の黒人、ムンボパであった。

佐川を殺したのと同じ人間である。

平八郎は、なんとか小沢を守ったが、突然にやってきた車の屋根に飛び乗って、ムンボパは逃げていた。

怯えきった小沢は、隠していることをみんな話すと、平八郎に言った。

しかし、それはここでは話すことはできない、話すのなら佐川の別荘で話すと。

佐川の別荘は、山中湖にあった。

平八郎は、小沢と共に、山中湖へ向かった。

小沢が、ボディガードとして雇った村田と北島という男が一緒だった。

小沢が、佐川の別荘の金庫から取り出したのが、釈迦涅槃勃起仏《しゃかねはんぼっきぶつ》であった。

体側の右を下にし、自分の右腕を枕にして横たわっている仏陀の像だ。

黄金でできていた。

そこへ、北島と村田がやってきた。

北島と村田は、獄門会の人間であった。

小沢が、新聞広告で、ボディガードを募集したのをよいことに、それを利用して、小沢の身辺にボディガードとして入り込んだのである。

ふたりは、平八郎が、どんなに痛めつけても、たち向かってきた。

マヌントゥの虫を飲まされていたため、どんなに痛みがあろうが、傷を負っていようが、平気で動くのだ。

ガゴルの五老鬼のひとりである、ンガジという老人が、そのふたりを、マヌントゥの虫であやつっていたのである。

平八郎に倒された村田と北島の唇から這い出てきたのは、幼児の手ほどはある、白い蜘《く》蛛《も》に似た虫であった。

蛇骨と、平八郎が、一匹ずつその虫を殺すと、呻き声をあげて、村田と北島は死んだ。

まるで、それまで感じていなかった傷の痛みが、ふいに肉体に襲いかかってきて、そのショックで死んだように見えた。

　その時、すでに、涅槃勃起仏は、宙に浮くことのできる黒人の老人、ンガジの手に渡っていた。

　ンガジと平八郎が闘っている最中に、蛇骨《じゃこつ》という名の僧がやってきた。

　真由美も一緒であった。

　蛇骨は、九州の福岡からやってきた。

『日本秘教史』にある九州の田中家から派遣《はけん》された僧であった。

　蛇骨は、真言《マントラ》を唱え、ンガジと同様に宙に浮くことができた。

　蛇骨とンガジの闘いは、凄まじいものであった。

　その最中に、ムンボパがやってきたのである。

　庭で行なわれていた闘いを、別荘の二階から見つめていた小沢は、ムンボパから攻撃され、背に剣を突きたてられて倒れた。

　その時、ムンボパは、宙に浮いていたンガジの姿を、別荘の二階から眼にとめていた。

　ンガジを見たその途端《とたん》に、ムンボパは、窓辺から姿を消していた。

　宙に残っていたンガジも、その時、平八郎と蛇骨が、一瞬、ムンボパに気をとられたのを良いことに、樹の枝の反動を利用し、涅槃勃起仏を手にして逃げ去った。

別荘の二階に、傷ついた小沢が倒れていた。

平八郎と真由美は、小沢を抱き起こした。

そこで、小沢は、とんでもないことを言い出したのであった。

〝加倉周一は、まだ生きている〟

と。

少なくとも、自分たちがマラサンガ王国を出る時には生きていたと、小沢は言った。

加倉周一は、真由美の恋人だった男である。

真由美が、さらに加倉の消息を訊ねようとした時に、小沢は意識を失ってしまったのだ。

小沢は、今、御殿場《ごてんば》の病院にいる。

平八郎がヒモをやっているストリッパーの七子《ななこ》が踊っているヌード劇場〝あやめ劇場〟のオーナーである、出雲忠典《いずもただのり》が紹介してくれた病院である。

そこで、銀次が、小沢の面倒《めんどう》を見ている。

銀次は、出雲忠典の息子である出雲あやめの通っている大学——湘南大学の近くで、あやめと共に、〝モーテルあやめ〟に住んでいる。

それは、忠典が、息子のあやめのために建てたモーテルであった。

神奈川県の秦野《はだの》市にあるそのモーテルから、特別に、もと掏摸《すり》の松尾銀次が、小沢のために来てくれたのである。

平八郎たちは、小沢をひとまず銀次にまかせ、佐川の家に行った。

そこで、平八郎は、蛇骨と真由美が、どうして山中湖の別荘までやって来たのかを知らされた。

工藤が、勃起仏のことをさぐるために、井本良平に連絡をとり、井本良平が九州の田中家——つまり裏密寺《うらみつでら》である東長密寺《とうちょうみつじ》に連絡をとり、蛇骨が、逆のコースをたどって、佐川真由美をさぐりあてたのである。

真由美は、平八郎から、小沢と共に佐川の別荘にゆくとの連絡を受け、自分も出かけてゆこうとしている時に、蛇骨の訪問を受けた。

それで、蛇骨と共に、山中湖までやってきたのである。

佐川の家で、話をしている最中に、また、三人は、獄門会の人間に襲われた。

〝九州の裏密寺へ来ないか〟

そう言って、平八郎と真由美を誘ったのは、蛇骨である。

小沢が話ができるようになるまでには、二日から三日はかかるだろうと医者には言われている。

その間だけでもと、平八郎と真由美は、九州へゆく決心をしたのである。

真由美の決心は早かった。

その時、佐川義昭の初七日を二日後に控えていたが、特別に親戚《しんせき》があるわけではない。

この世にただふたりだけの親娘であったのだ。

早朝に、初七日はひとりで済《す》ませるとの連絡を、数人の知人宅へ電話で入れ、九州へ向かったのであった。

そして、今、平八郎は、闇の中で、眼を冴えざえと光らせているのである。

平八郎の胸の内には、様々な想いが去来していた。

昨夜、自分を襲ってきた村田と北島のことを思い出した。

村田と北島は、死んでいる。

自分が殺してしまったとの思いもある。

相手は、化物であった。

いくら痛めつけても、立ちあがってむかってきた。

あそこまでやらねば、こちらが殺されていたのである。

違う言い方をすれば、彼等は自分で死んだのだ。

平八郎がやったのは、彼等の体内から出てきた、マヌントゥの虫を殺しただけだ。

平八郎が一匹を、蛇骨が一匹を殺した。

その途端《とたん》に、ふたりが苦しみ出して死んだのである。

殺したとは言っても、間接的である。

しかし、その前に、あのふたりをいためつけたのは自分であるから、やはり自分が殺したことになるのかと、平八郎は考えている。

どう考えても、気分のいいものではない。

極道は嫌いであった。

極道の数が少なくなるのは気分がいいが、自分が殺して数を減らそうと思っているわけではない。

しかし、あそこまでやらねば、自分が殺されていたのだ。

すでに、連中は、三人を殺している。

佐川義昭。

皆川達男。

皆川由子。

獄門会と、ムンボパはつるんでいるに違いない。

そして、獄門会と、あのンガジは仲間のように見えた。

しかし、ムンボパとンガジは？

あの時、佐川の別荘で、ムンボパが逃げ出したのは、明らかにンガジを見たからである。

ンガジがそこにいるのが、ムンボパには不思議そうであった。

あの時、ムンボパは、はっきりンガジから逃げたのである。

黒人どうしのくせに、仲間ではないのか？

との思いがある。

あいつらが、よってたかって、アフリカ帰りの人間を殺し、彼等が持っている勃起仏を手に入れようとしているのである。

考えるととりとめがない。

別荘から東京へもどる時に、獄門会へ電話を入れた。

別荘に転がっている死体をかたづけておけと、平八郎は、名を告げずに言ってやった。

おそらく、あのふたつの死体は、獄門会の人間が始末したことであろう。

彼等だって、事件が公《おおやけ》になるのは恐《おそ》れているはずである。

警察へ泣きつくこともないはずであった。

極道の人間がそういうことをしたら、それだけで飯の喰いあげになる。もうひとつ、勃起仏の件に、警察を巻き込みたくないに決っている。

秘密に死体の処理はすませたはずだ。それともなければ、病死あつかいにでもしたのだろう。

新聞に、そういう記事が載ってないことから、それがわかる。

逆に、獄門会の人間も、小沢がまだ生きていることを知るだろう。

小沢が死んだという記事が新聞に出ていないからである。

しかし、小沢がどこにいるかまではわからないはずであった。

それに、御殿場には、鬼猿《きざる》が行っている。

福岡空港発の最終のフライトで東京へゆき、そこから車で御殿場へむかったはずであった。

銀次には、そのことを、電話で連絡をしてある。

電話の様子では、まだ、小沢の意識はもどってはいないという。

倒れる時に、頭をどこかにぶつけているとのことであった。ムンボパに抵抗《ていこう》して、頭を壁か床にぶつけたことは充分に考えられた。

それにしても――

と、平八郎は思う。

とてつもない話であった。

眠る前に、楽翁尼が話した言葉が、まだ、脳裏に残っているのである。

2

「これはな、今より千百八十年以上も昔、真言密教とわが裏密の開祖である空海――御大師さまが、唐より持ち帰ってきた、秘事ぢゃ……」

楽翁尼が、赤い、小さな唇で言った。

「高野山と、わが裏密に、御大師さま直筆《じきひつ》の『秘聞帳《ひもんちょう》』というものがある。めったな人間は、読むことも許されぬものぢゃ。その『秘聞帳』の一部に、この仏陀の秘事が記されている。また、先ほど話した、アフリカの仏王国のこともその『秘聞帳』には、記されておる。仏陀の秘事と、その仏王国のことは、結局はひとつことの話なのぢゃ……」

楽翁尼は、夢見るような瞳になって、平八郎を眺めた。

「その『秘聞帳』はな、代々、金剛《こんごう》部密教の正嫡者のみ、見ることのできる書でな、御大師様が、唐の都長安の青竜寺において、恵果和尚《けいかおしょう》さまより、灌頂《かんじょう》のおりにたまわったものよ。その時に、長安で御大師さまが書き写《うつ》されたものが、わが裏密にはあるのぢゃ。『秘聞帳』は、もう一部、高野山にある。高野山にあるのは、御大師さまが、この地で、唐で書かれたものを、また書き写されたものなのぢゃ――」

「それで？」

平八郎は訊いた。

そして、楽翁尼は語り始めたのであった。

3

仏陀――ゴータマ・シッダールタは、紀元前五六六年（南伝による）、カピラヴァストゥを都とするシャカ族の王の息子として、この世に誕生した。

その地は、現在のネパールのルンピニー地方であると言われている。

その土地から、ここが仏陀の生誕の地であるとの、アショカ王の建てた碑《ひ》が発見されたからである。

シッダールタは、若くしてヤショダラと結婚し、ラーフラという息子まで造っている。

シッダールタが沙門《しゃもん》となって出家したのは、二十九歳の時であったと言われている。

諸国を歩き、苦行したがそれでも悟りを得られず、結局六年後の三十五歳の時に、菩提《ぼだい》樹《じゅ》の下で瞑想して悟りを得た。

シャカ族の王の息子、シッダールタが、その瞬間に、仏陀となったのである。

その時より、四十五年間、仏陀は悟りに至るための教えを説いてまわり、八十歳で、クシナガラの沙羅双樹《さらそうじゅ》の根元で入滅《にゅうめつ》し、涅槃《ねはん》に入った。

仏教の思想は、根本的には、空《くう》の思想である。

『般若心経』における〝色即是空《しきそくぜくう》〟という言葉に、仏教の全ては集約される。

〝色即是空〟

この世に存在するあらゆるものは、実体がないものであると言いきり、その後に、〝空即是色〟と対になる言葉をかえす。

それは、たとえ実体のないものであってもこの世に存在する時には実体を通して表現されるのだと言っているのである。

どういうことか。

プラトン流に言うならば、ものには、物質とイデアの両方の側面があるということである。

たとえば――

ここに、ひとつの、木製の椅子があるとする。

それは、いつまでも、この世に椅子として存在し続けることはないと、『般若心経』の言葉は言っているのである。

一年後には、壊れるかもしれない。

一年では壊れないにしても、十年、百年、千年後には、壊れてそれは椅子ではなくなり、ただの木である存在になってしまうかもしれない。もしかすると、燃えて、木ですらなくなっているかもしれない。

仮に、もし、千年椅子であったとしても、一億年というレベルの時間の中でみれば、その木材は、必ず椅子であることをやめているはずである。

椅子という存在も、木という存在も、仮の存在である。

そして、それは、椅子だけではなく、この世のあらゆるものがそのような存在であり、この世のあらゆるものが、そういう宇宙の法によって支配されているのであるというのが、

〝色即是空〟

の意味なのだ。

人も、生命も、山も、星も、その法のうちに存在するただの泡である。

では——

椅子とは何なのであろうか。

その時、人が見ることができるのは、ただの木材にすぎない。その木材が、たまたまあるかたちに組みあわされて、椅子というものを造っているのである。

厳密にいうならば、椅子という物体はそこには存在しないことになる。そこに存在するのは、あるかたちに組み合わされた木という物体だけだ。

しかし、そこにあるのは、まぎれもなく、我々が椅子と呼んでいるものである。

しかも、その椅子は、必ずしも、木である必要はない。

石であっても、鉄であってもいいものである。

つまり、そこには、物質というものに左右されない椅子というものの本質——イデアがあることになる。

木や鉄や石は、その椅子という本質《イデア》をこの世に存在させるためのものであるということになる。

つまり、椅子というものの本質は、実体のないものでありながら、しかもなお、椅子を存在させるためには、木や、石や、鉄という実体がどうしても必要となる。

それは、やはり、椅子であろうが、生命であろうが、星であろうが、同じなのである。

これが、

〝空即是色〟

の意味である。

それは、もう少し日本人に理解しやすい表現で言えば、

〝諸行無常《しょぎょうむじょう》〟

ということになる。

この宇宙に存在するあらゆるものは、常ではない——つまり、永遠にこの世に存在し続けるものはないと言っているのである。

これはつまり、宇宙には絶対的なものは存在しないと言っているのである。

これは、近代物理学の核をなす理論である〝相対性原理〟とつながるものである。

〝相対性原理〟を、最も短い数式で表現すると、

〝$E=mc^2$〟

である。

これはつまり、物質という実体は、エネルギーという物質的な実体のないものと等価であるという式のことで、その根本の部分において、〝色即是空〟という仏教の理と重なっ

てくるものである。

シッダールタは、人類で、初めて、その宇宙の理に瞑想によってたどりついた人間である。

そういう理の宗教であるはずの仏教が、何故、様々な民間信仰と結びつき、左道密教のようなものを生み出していったのか。

チベットのラマ教においては、男女の交合によって悟りに至るための法がある。人が、人であるという属性を捨てずに、むしろ、その業《ごう》を有した人間のまま成仏《じょうぶつ》するという即《そく》身成仏《しんじょうぶつ》こそが、密教の本質である。

この密教もまた、仏教のひとつの形態であるのだ。

どうして、そのような、左道系の仏教が生まれたのか。

それが、高野《こうや》と裏密の『秘聞帳』には記されているのである。

『秘聞帳』によると、ゴータマ仏陀は、無数の女人と、交合をしたことがあるという。

時には、仏陀の方から積極的に、女を抱いて大楽《だいらく》を教えたと『秘聞帳』は記している。

大楽――

煩悩《ぼんのう》すらもひとつの菩薩《ぼさつ》の境地であるとするところから生まれる、大宇宙との合一感覚が、この大楽である。

男女二根の交りを否定せず、むしろその欲望を肯定し、なお、その欲望すらもひとつの菩薩《ぼさつ》の境地であるとする。

密教において、最も重要な経典のひとつに、『理趣経《りしゅきょう》』がある。

その中で、男女の交りや欲望を肯定しているところから、長い間、一般人の眼には触れぬように隠されてきた、秘経である。

その『理趣経』においては、〝妙適《みょうてき》〟もまた、菩薩の境地であるとされる。

妙適——

サンスクリット語では、スラタのことである。

妙適《スラタ》——すなわち、男と女が交わることによって得られる快感のことである。

妙適清浄句是菩薩位《みょうてきせいじょうのくこれぼさつのくらいなり》
と、その経の中にある。

さらには、
欲箭清浄句是菩薩位《よくせんせいじょうのくこれぼさつのくらいなり》
ともある。

〝欲箭《よくせん》〟

つまり、男が女を見た時、また、女が男を見た時、その心の裡《うち》に欲望の矢が疾《はし》ること――それが欲箭である。

その欲箭《よくせん》もまた、清らかな菩薩の境地であると、『理趣経』では言っているのである。

『理趣経』では、そのように、男女の間に生まれる様々な欲望、快感について、十七項目にわたって記し、それはどれも皆、〝清らかな菩薩の境地〟であるとしている。

人間の煩悩《ぼんのう》――性欲を肯定する思想は、もともとインドには古代から存在していたものである。

その思想を、ゴータマがどのように仏教の体系の中に取り入れていったかはわからないが、少なくとも、後年、『理趣経』のような経典が生まれるべき土壌が、仏教の中には初めから存在していたであろうことは、疑いない。

そこについて、金剛頂系の密教の中に受けつがれてきた『秘聞帳』は、記しているのであった。

そうして、仏陀が交合した女たちの中に、ナラザーニャという黒人の女がいたという。

仏陀が、そのナラザーニャという黒人の女と交わって生まれた子がいた。

それが、アジャールタという男の子であった。

シッダールタが、四十八歳の時の子であると、『秘聞帳』は記している。

仏陀の教団《サンガ》の中でも、アジャールタは特別視された。

母の血をひいて、肌が黒かったからである。

本来、階級《ジャーティ》や色《ヴァルナ》での差別がないはずの教団においても、アジャールタは差別をされたのである。

有名なデーヴァダッタの叛逆があったのは、シッダールタが七十三歳、アジャールタが二十五歳の時であった。

デーヴァダッタは、釈尊の侍者であるアーナンダとは兄弟である。

つまり、デーヴァダッタと釈尊シッダールタ――ふたりの年齢差は三十三歳であった。

デーヴァダッタが、四十歳の時に叛乱はおこった。

シッダールタ――釈尊が造りあげた仏教の教団《サンガ》は、ここにおいて、ふたつに分かれて対立することになる。

その真相について、『秘聞帳』は、その対立は、実は釈尊とデーヴァダッタの対立ではなく、デーヴァダッタとアーナンダの対立であったと記している。

教団の中で、互いに重要な位置にいた兄弟の争いが、教団の争いに発展したのである。

その原因は、釈尊の男色であった。

釈尊は、デーヴァダッタとアーナンダと、その両方と男色の関係にあったというのである。

ふたりの兄弟が、互いに、釈尊を得ようとして、争ったことが、表面的には、デーヴァダッタの叛乱となって表われたのである。

釈尊をアーナンダに奪われ、その恨みで、デーヴァダッタが、釈尊を殺そうとしたとも、『秘聞帳』は記している。

また、一説には、デーヴァダッタが、実は女であったとの記述も、『秘聞帳』には残っている。

その時に、デーヴァダッタについたのが、アジャールタであった。

何故、アジャールタが、父である釈尊に叛乱をくわだてたデーヴァダッタについたのか、その理由については、『秘聞帳』には記していない。

また、アジャールタの母、ナラザーニャのような黒人の女性が、当時どのようにしてインドまでやってきたのか、そのことについても、『秘聞帳』は記していない。

ただ、アジャールタの他にも、教団の中には、釈尊の子供たちが何人もいたらしく、釈尊の子供たちも、互いに分かれて対立し合ったと、『秘聞帳』には記されている。

叛乱は、デーヴァダッタの死によって終った。

デーヴァダッタは、マガダ国のアジャセ王子と謀《はか》り、釈尊を殺そうとするが、そのあらゆる試みは失敗に終る。

デーヴァダッタは、ついに、自らの爪に毒を塗り、それで釈尊を殺そうとして釈尊に近づくのだが、結局、デーヴァダッタはその爪で自らの身体を傷つけてしまい、死に至るのである。

その後、アジャールタは、数人の黒人僧と共に、インドの地を去ったと言われている。

釈尊は、その前日にアジャールタを呼び、

「おまえのなしたことは、わたしが許すとか許さぬとかいうものではない。それが罪であるのなら、いずれは、その罪がおまえを裁くはずである――」

そう言った。

「わたしは、あなたの欲望によってこの世に生まれたものです。欲望が清らかなものであるのなら、欲望によって生まれたわたしもまた清らかなものであるはずです。そのわたしがなぜ、肌の色のために、つまはじきにされなくてはならなかったのでしょう」

アジャールタは、そう言ってはらはらと涙を流した。

「わたしは、あなたに叛逆はいたしましたが、あなたを愛する気持はかわりません。あなたの教えにそむこうとするものでもありません。しかし、わたしは、もう、この地にはいられない人間です。この上はこの地を去り、別の地に至って、あなたの発見された法のことを、民に広めたいと思います。それを許していただけますか」

「アジャールタよ。それならば、おまえは西へゆくべきである」

「西へ?」

「わたしの真理の教えは、わたしの死後、東へ向かって広まるであろう。しかし、西へ向かっては、わたしの教えが広まることはあるまい。そのようにわたしは考えている。だから、おまえは、西へゆき、その地で、わたしの教えを広めるがよい。西方には、おまえのような肌の色をした者たちが、無数に暮らす地があるはずだ。そこで、おまえがわたしの教えを広め、そこに仏国土を造るというのも、ひとつの運命であろう――」

「わかりました」

アジャールタは、そう答えて、西へ向かって旅《たび》だったという。

そのことは、長い間、釈尊の死後も、教団からはほとんど忘れ去られていた。

そのことが、再び教団の内部で問題になったのは、釈尊の死後、二百三十年あまり経ってからであった。

その時、インドを支配していたのは、マウルヤ王朝のアショカ王であった。

アショカ王は、シッダールタが説いた教え、仏教を保護し、仏陀の生涯における記念すべき地に、碑を建てた王である。

仏陀生誕の地カピラヴァストゥ、正覚《しょうがく》を得たブッダガヤ、最初の説法の地サールナート等に、獅子頭の石柱を建てている。

そのアショカ王の時代に、十二人の黒人がアショカ王を訪ねてきたと、『秘聞帳』は記している。

その十二人は、自分たちは、仏教の法の教えに生きる者であり、かつて、この地に生まれた人間により、その法を伝えられたものであると、訛《なま》りはあるが、あきらかなマガダ国の言葉で語り、さめざめと涙を流したという。

その十二人が、アショカ王に献上《けんじょう》したのが、ひとつの黄金の仏像であった。

4

「それが、わが裏密に伝えられている、この歓喜交合仏ぢゃと言われている……」

と、楽翁尼は言った。

「見てみよ――」

楽翁尼は、平八郎に、その交合仏を手に取って見るように勧《すす》めた。

平八郎は、それを手に取った。

そのまま、その黄金の塊《かたま》りを抱えて、逃げ出したい気分になったが、平八郎はそれを抑えた。

「どうぢゃ」

楽翁尼が問うた。

「ぬしが持っている勃起仏と比べてどうぢゃ?」

言われて、平八郎は気づいた。

はっきり言えば、像の彫《ほ》り方、スタイルが違うのである。

平八郎の勃起仏より、この交合仏の方が彫り方が雑であった。

白毫《びゃくごう》もなく、螺髪《らほつ》もない。

よく見れば、ただ、裸の男が、黒い石でできた裸の女を抱いているという、それだけの像である。

仏陀であるという先入観で見れば、そうかと思うが、しかし、ただの、男女の交合の像であると思えば、そうも思える。

ふたつが似ているのは、黄金であることだ。もうひとつには、股間の男根が、一方が女陰の中に入り込んでいるという違いはあるが、勃起していることである。

他は、違う。

しかし、よくふたつを見れば、妙に似ているところがある。絵であれば筆づかいが似ているようなところが、ふたつの像にはあった。

「よく見れば、色々と違うところがあるように見えるがね。しかし、どこか、妙に似ているところもあるような気がするんだが――」

「わしが見たところでは、そのふたつは、同じ人間の手によって彫られたものであろうよ――」

楽翁尼が言った。

「どういうことなのかね」

平八郎は言った。

「まあ、それについては、ひとまずおいておくとしよう。できるのは推測《すいそく》だけであろうから な。『秘聞帳』の話を続けようではないか——」

「わかった」

すでに、しんしんと森の夜は更けている。

裸電球の灯《あか》りを、その黒い瞳に映して、幼女の肉体を有した楽翁尼は、細く澄んだ声で、また、語り出した。

5

その十二人の黒人は、自分たちはマラサンガ王国からやってきた者であると、アショカ王に伝えた。

そのマラサンガ王国は、この地より遥か西方の地に築かれた王国で、ひとりの仏王によって総《す》べられているという。

マラサンガ王国をおこしたのは、初代マラサンガ王アジャールタであると。

そして、その十二人の黒人が言ったことが、マウルヤ王朝の仏教教団に伝わり、初めて、過去の事件について、彼等は思いおこしたのであった。

かの釈尊の血が、遥か西方の地で、王の血として脈々とまだ流れていることを、彼等は知ったのであった。

しかし――

十二人の教徒がもたらした像は、異様であった。

股間から大きく勃起したものが、黒い石でできた女の女陰を、下から貫いているのである。

この時、すでに、仏教は、はっきりと左道的なものとは切り離されており、仏陀存命当時はまだいくらかは許されていた僧の肉食も、教団《サンガ》においてはこの時には禁止されていた。

当時、男女の交合による成仏――そういうタントラ的な仏教は、教団《サンガ》の本流からはずれた場所で様々な土着の信仰と結びつき、雪山《ヒマラヤ》の麓に住む民族や、単独の修行者たちの間に広まりかけていた。

十二人の黒人教徒は、六年を、マウルヤ国の仏教教団の中ですごし、帰途についた。

その時に、十二体の黄金の仏を彫って、マラサンガ王国に持ち帰ったという。

アショカ王は、その後、仏教の伝道者を、シリア、マケドニア、エジプト等に派遣したが、その地で仏教が実を結ぶことはなかった。

その伝道者を派遣したおり、かの、西方の黒い異人の住む仏王国マラサンガを捜す一団も、マウルヤ国を出発していると、『秘聞帳』は記す。

仏跡に建てる獅子頭柱の先端部分を持っての出発であったとされている。

かの西方の仏王国に、その記念の碑を建てるのが、アショカ王の意志であったが、そうやって出かけて行った人間たちがどうなったのかは、正史にも、『秘聞帳』にも残ってはいない。

ただ、出た、とのみある。

その『秘聞帳』は、主として、仏教の経典として書かれなかった秘事について記されたものが、骨格となってできあがっている。

聖書における、外典のような位置を占めるが、外典と違う点は、『秘聞帳』の中身が、ずっと歴史から秘され続けてきたことである。

その『秘聞帳』は、書き写されることで伝えられてきたが、伝えられるその当人のみが、書き写すことを許されているだけであった。

その都度、『秘聞帳』を書き写した者が、その最後に署名を入れることになっており、その時には、これまでにその『秘聞帳』を書き写してきた人間の署名を書き写し、その後に自分の名を書くことになっているのだという。

『秘聞帳』は、書き写されるその都度に、発展し、あらたに書き加えられて項目が増え、今では膨大な量になっている。

裏密の『秘聞帳』にある署名は、金剛智《こんごうち》から始まって、不空、恵果、空海の名で終っている。

この署名の習慣が、金剛智から始まったものなのか、もっと以前からあったものなのか、それは、すでに知ることのできないことであった。

そして、その『秘聞帳』と共に、いくつかのものもまた、代々、密教の正統な継承者には伝えられてきたのである。

そのひとつが、黄金の交合仏であった。

裏密というのは、そうしてみると、仏教の裏面史の、膨大な体系ともいえることになる――。

6

「これが、まあ、ぬし等に話をしてよいことの、一部ぢゃ――」

楽翁尼の赤い、小さな唇が、そうつぶやいた。

その時の唇の動きを、平八郎はまだ覚えている。

身体つきは幼女のくせに、大人の色香を持った唇であった。

思わず、吸いついてしまいたくなる。

闇の中で、平八郎は、固くなった股間を握った。

何か、とんでもないことを、耳にしたような気がしている。

仏教関係の学者が耳にしたら、狂喜するか、鼻であしらうかのどちらかであろう。

そのような話であったことはわかる。

とてつもない話だ。

しかし、それが、どうとてつもないのか、どう凄いのか、それがここひとつ、平八郎にはわからない。

平八郎にわかるのは、金のことと、女のことである。

さっき、耳にしたことが、金に代えたらいったいどれだけのものになるのか、それを考えようとした。

五千万?

一億?

二億?

それとも、もっと安いのだろうか。

二十万か三十万の話なのであろうか。

さっき耳にした話を、どうやって金におきかえたらいいのか、平八郎には見当がつかなかった。
わかっているのは、胸に抱いている黄金の重みである。
これならばわかる。
そして、隣室で眠っているはずの真由美。
いい女だった。
さっきのような智識をしこんで、女がくどけるだろうかと平八郎は考えた。
あの話で、何回やらせてくれるのだろう。
いや、そんな女はいまい。
仏教学者で、女であれば別だ。
仏教学者でなくたっていい。
仏教に興味のある若い女がいれば、その女に、さっきの話をして、口説く。
それならば可能性がありそうである。
しかし、仏教に興味を持つような女で、若い女がいるだろうか。
いたとしても、美人であろうか。
とにかく、やらせてくれるのだろうか。
七子のことを、平八郎は思った。
七子の乳房のこと。

よく弾む白い尻のこと。
股間が、ますます堅くなってくる。
〝七子ォ……〟
平八郎は、切ない声をあげた。
七子のよく締まるあそこのことを思い出したからであった。
思い出したら、たまらなく、やりたくなった。
七子のあそこに、この堅くなったものを入れて……
それとも、あの楽翁尼の、あの、小さな赤い唇に咥《くわ》えさせてもいい。
かっと、頭に血が昇った。
握った手を動かした。
快感が、たちまち育ってくる。
爆発しそうになる。
しかし――
平八郎が思ったのは、隣りの真由美のことであった。
なにも、自分でやることはないのだ。
隣りには、とびきりいい女が眠っているのである。
真由美の蒲団《ふとん》に潜り込んで、あの乳房を両手で握るのだ。

案外、真由美は、自分のことを待っているかもしれない。

なにしろ、自分は、真由美の生命の恩人なのだ。

憎かろうはずがない。

そうでなければ、何故、のこのここんな場所までやってきたのか?

真由美は、抵抗しないかもしれない。

そういう考えが頭の中に生まれたら、もうだめであった。

平八郎は、そっと、自分の上にかかっている蒲団をはいだ。

とにかく、気づかれずに、真由美の蒲団にまず潜り込んでしまうことだ。

そうすればいい。

もし、真由美が拒否したら、無理にやるわけにはいかない。

そのかわりに、真由美は手ではしてくれるかもしれない。

させてくれないのなら、それでもいいから、せめて、手でしてくれと、真由美に頼むのだ。そのくらいであれば、真由美はいやとは言うまい。

勝手にそう思った。

平八郎は、四つん這《ば》いになって、冷たい畳の上を、両手と膝で這った。

着ているのは、白い浴衣である。

懐《ふところ》に、黄金の勃起仏を入れてある。

これを脱げば、すぐに裸になれる。下に着ているのは、パンツひとつである。
真由美も、同じような格好で眠っているに違いない。
そう考えると、ぞくぞくしてきた。
平八郎は、襖《ふすま》に額を寄せた。
ゆっくりと、襖を横に開いていた。

第二章　仏陀《ブードゥー》

1

朝の陽光が、その部屋に満ちていた。
豪勢な部屋であった。
床には、パキスタン製の絨緞《じゅうたん》が敷かれ、部屋の壁に寄せて、西洋の甲冑《かっちゅう》も立っている。
部屋の中央に近い場所に、革製の応接セットが置いてある。
その、黒い革のソファに、鳴海容三は、深ぶかと腰を沈めていた。
身長百七十センチ——
五十三歳。
獄門会の首領《ドン》である。
肥満した肉体を持った男であった。

おそらく、体重で百キロは越えているであろう。

額《ひたい》が頭頂近くまで禿《は》げあがっている。ぬめりとした光沢を持った頭であった。

たっぷりポマードを塗った髪を、オールバックにしている。

頭頂部より後方に生えた髪は、バックというよりは下に撫《な》で下ろしてあり、耳の上部の髪は、そのまま後方へ撫でつけている。

眼の周囲や、唇の周囲の肉が、余ってたるんでいる。頰の肉が、外側だけでなく、口の中まで、ふくらんで塞《ふさ》いでいるように見えた。

和服を着ていた。

テーブルを挟《はさ》んで、容三は、ふたりの男とむき合っていた。

ひとりは、身体つきのがっしりした、妙な媚《こび》をその眼と唇に溜めた男であった。

四十歳に、手が届いたかどうかというくらいの年齢であろう。

剣英二《つるぎ》である。

剣英二の隣りに、もうひとりの男が座っていた。

年齢は、三十五、六歳というところだろうか。

すっきりと背が伸びている。

黒い、折り目のきちんと入っているスーツの上下を着ていた。

赤木玄馬《あかぎげんば》という名の男である。

癖のない長い髪をしていた。

その髪が、背に垂れている。

艶やかな色をしたその髪は、頭頂で、左右にきっちりと分けられている。

その髪の分け目と額との境近くに、刃物でえぐられたような傷があった。

古い傷であった。

昏《くら》い双眸《そうぼう》をした男であった。

その昏い双眸の奥に、毒を塗った針のような光が溜っている。

鼻が高く、薄い唇が、堅く閉じられていた。

昏いが、しかし、不思議な気品のようなものが、その男の身体の周囲を包んでいた。

「よく来たな、玄馬……」

鳴海が言った。

「おもしろいことが、ありそうだと言われてね」

「少し違うぞ、玄馬」

「――――」

「ありそうではなく、おもしろいことがあるのだ」

「これに、関係があるのですか?」

玄馬は、心もち顔を持ちあげて、部屋の大気の臭いを嗅いだようであった。

「これ？」

「この臭いのことです」

「どんな臭いがする？」

「血の臭いですよ」

そう言った玄馬にむかって、だぶついた唇の周囲の肉を使って、鳴海が微笑した。

「昨日な、ここで怪我をした者がいるのだ」

「誰が怪我を――」

「梶だ」

「梶？」

「うむ」

「ある男に、この部屋で倒されたのだ」

「倒された？　梶がですか」

「素手でな」

「素手なら、なかなか腕がたつ男のはずです」

「相手が悪かった。顔の肉を、頭蓋骨が見えるまで、毟《むし》りとられたのだ」

「誰なんです、その相手は」

「ザジ」

「ザジ？」

「知らんのも、無理はない。アフリカの黒人だからな」

「黒人？」

「説明する前に、おまえに見せておきたいものがある」

鳴海は、そう言って、テーブルの上に視線を向けた。

そこに、大きな茶封筒があった。

「その中に写真が入っている。まず、それに眼を通してもらおうか」

玄馬が、その封筒の中から、四ツ切の写真を取り出した。

「これは……」

玄馬は、その写真に眼をやって、低い声をあげた。

カラー写真であった。

写真は、二枚あった。

その二枚に、それぞれ、黄金色を放つものが写っていた。

一枚には、横になった黄金の釈迦《しゃか》如来像が写っていた。

その像の股間からは、衣を割って、大きな陽根がそびえ立っていた。

釈迦涅槃《ねはん》勃起仏である。

もう一枚には、釈迦の立像が写っていた。

釈迦が、二本足で立ち、左腕を伸ばして、人差し指で天を差している図であった。

その立像の釈迦の股間からも、逞《たくま》しい陽根が天にむかって屹立《きつりつ》していた。像の右手は、その陽根をしっかりと握っていた。

釈迦生誕勃起仏であった。

涅槃勃起仏は、ンガジが、佐川の別荘から奪ってきたものであった。

「何ですかこれは？」

「黄金でできた仏像だよ。それは、ほぼ実物大に写っている」

玄馬は、眼を細めて、その写真に見入った。

「ひとつは、小沢という男が持っていたものだ。もうひとつは、皆川という男がもっていたものだ――」

「――――」

鳴海の声が届いているのかどうか、玄馬は、その写真の黄金仏を見つめ続けていた。

「まあ、その仏像の件に関わって、梶がひどい目に会わされたということになるのだがね」

「実物は？」

玄馬が訊《き》いた。

「さっき話の出た、ザジという男と、ンガジという男が持っている」

「ザジとンガジ？」

「アフリカからやってきた黒人の男だよ。その仏像を取りもどすためにね」

「ほう……」

「そのザジとンガジだがね、なかなか剣呑《けんのん》なところのある男たちなのだ。それで、わたしは、きみに来てもらったのだが、実は、用件は、まだ、他にもあるのだ」

「なんでしょう」

「なあ、玄馬。おまえ、その黄金の仏像の等身大のものがあると言ったらどうする？」

「等身大？」

「だから、その同じ姿形をした仏像で、我々人間と同じ大きさのものがあるということだよ」

「――――」

「しかも、十二体あるらしい」

「どこにあるのですか」

「わからん」

「わからない？」

「アフリカの、ナラザニアのジャングルの中ということはわかっている」

「ジャングル……」

「そうだ。しかし、それだけではないぞ。その黄金の仏像十二体があるのは、黄金でできた〝宮《きゅう》〟の内部なのだよ」

「――――」

「黄金宮の中に、等身大の黄金仏十二体がある。すごい光景だとは思わないかね」

「それは、本当の話なのですか」

「ああ。見た者がいるのさ。その、見た者の言うことを信用するならばね」

「誰が見たのですか？」

「今、きみに紹介した男だよ。きみの横に座っている剣英二くんが、それを見たのだよ――」

玄馬の視線が、それまで黙っていた、剣英二にむけられた。

「見たのか、それを？」

玄馬が訊いた。

「見たよ」

低く、剣英二が言った。

「どうだね。玄馬、その黄金を全て、この獄門会が手に入れるという案は――」

鳴海が言った。

玄馬が、唇を、小さく動かして、微笑した。

「おもしろい話というのは、そのことだったのかい……」

独り言のようにつぶやいた。

玄馬の口調がかわっていた。

「そこの剣英二くんから、話を聴くといい。この件に関しては、彼が一番深くかかわっているからね」

鳴海は、剣を見た。

「きみとは、五年くらいのつきあいになるのかね？」

「ええ」

「狩猟を彼に教えてもらったのが縁《えん》でね、何かおもしろい話がある時は、こうして、この男は、わたしの所へ来てくれるのだよ」

鳴海は、今度は玄馬を見た。

「そのかわりに、わたしは、この男に、アラスカの荒野でも、アフリカのサバンナでも、絶対にできないようなゲームを、紹介してやったりしてるんだがね」

「見当はつきますよ」

玄馬は、ちらりと剣に視線を向けた。

「人間《マン》ハンティングさ」

鳴海は言った。

「我々の業界では、始末しなくちゃいけない人間が時々出るんだよ。外部にも、内部にもね。そういう人間を捕えた時にはね、剣くんに進呈することにしているのさ。ほら、人の来ない山や、無人島がいくつもあるからね、そういう所へ、捕えた人間を放して、狩るのさ。わたしも、時々、参加するがね。しとめた獲物を、ハンティングナイフで、それはみごとに剣くんは捌《さば》くんだよ。コンクリート詰にして、海に沈めるよりずっといい……」

鳴海は、楽しそうに、剣と玄馬を眺めた。

「ちょうどいい機会だから、もう一度、ここで、玄馬にアフリカでのことを話してもらえるかね、剣くん――」

「はい」

剣は言った。

そして、剣は、話し始めたのであった。

「おれがね、知り合いから、佐川義昭を紹介されたのは、二年前さ――」

剣は、玄馬に向かって言った。

「マヌントゥというのを捜しに、ナラザニアのジャングルの中に入ってゆかなくちゃならないんで、食料の確保《かくほ》と安全のために、ハンターを捜してるっていうんでね」

「マヌントゥとは何だ?」

「アフリカ版の雪男《イエティ》みたいなもんさ。佐川義昭は、ナラザニアのジャングルに、以前入った時に、原地の人間から、そのマヌントゥの話を耳にしたらしいのさ。ゴリラにも人間にも似ているが、ゴリラでも人間でもない、ちょうど、その中間くらいの生き物が、ナラザニアのジャングルにいるんだってね。話だけじゃなくて、佐川自身も、そのわけのわからないマヌントゥをジャングルで見たらしいんだよ。ゴリラでも人間でもないやつをね――」

「――――」

「それで、原地の人間に訊いたら、それはマヌントゥであると――」

「佐川は、それを、発表したのかい?」

「いいや」

「何故だ?」

「だから、やつは、学者だからね。写真もない、ジャングルでちょっと見ただけの生き物について、公《おおやけ》の場所では話せないさ」

「あんたは、どうしてそれを知っている?」

「だから、アフリカに行く前に、佐川が話をしてくれたのさ。ジャングルの中でキャンプをしている時にも、よく、その話をしていたよ――」

「どんな話だ」

「だから、ゴリラを追っかけている最中に、偶然に見たんだとさ。ゴリラよりは小さく、人間よりは大きく、身体中に毛を生やした生き物をね――」

「他の猿か何かを見間違えたのではないのか？」

「佐川は、違うと言ってたね。まあ、アフリカのジャングルには、オランウータンはいないがね、ちょっと、歩いている姿を見れば、ゴリラか、オランウータンか、人か、そういうものの区別くらいは、誰だってつくよ。仮に、おれくらいの経験を積んでいるハンターが、森の中である動物を見たとして、その動物が、これまでそのハンターが見たどんな動物とも違うとはっきり断言するなら、おれはそれを信じるね。たぶんとか、もしかしたらでなく、経験を積んだ人間が、はっきり何かを断言したのなら、その断言には敬意をはらうよ――」

「なるほど」

「佐川はね、そのマヌントゥを、ミッシングリンクだと考えてたみたいだね」

剣は言った。

ミッシングリンク――直訳すれば、〝失われた環《わ》〟の意である。

生物学の用語で、生物の系統を鎖の環に見たてた場合、その環の欠けた部分に想定される未発見の化石生物をさす言葉である。

始祖鳥やアウストラロピテクスの化石は、そのひとつの例である。

「つまりね、類人猿と原生人類との間をつなぐ生物の化石ではなく、生きた見本であると、佐川は考えてたようなのさ」

剣は、そう言って、舌で唇を舐《な》めた。

ヒト属の最古の生物であるホモ・ハビリスの化石は、アフリカの東部で発見されている。

およそ、百万年から二百万年前の化石である。

現在では、アフリカが、最初の人類誕生の地であると考えられている。

「まあ、おれは、そんなことは、どっちでもよかったね。仕事をして、銭を稼げればそれでよかったのさ。それに、もし、そのマヌントゥが出てきたら、とにかく、おれは撃っちまうつもりだった。もし、マヌントゥが、佐川の言う通りのものなら、おれの名前は、歴史に残るからね。そのくらいの期待はあったのさ——」

「それで、マヌントゥはいたのか」

玄馬が言うと、剣は、玄馬を眺めてから、

「いたよ」

うなずいた。

「マヌントゥを見たんだ。おれたちはね。それで、それが、原因で、おれたちはマラサンガ王国へ迷い込むことになっちまったんだけどね——」

「マラサンガ王国だと？」

「ああ。今、おたくが見た、あの写真の仏像を拝んでる連中の王国だよ——」

剣は言った。

2

赤道に近いジャングルの中は、植物の汁で造った、蒸し風呂のようであった。
風がなければ湯に浸《つか》っているような状態だった。
ジャングルの中の最後の村を出てから、五日後であった。
昼だ。
気根を垂らした、巨大な樹の下で、全員が休んでいた。
そこにいたのは、八人の男たちであった。
佐川義昭。
剣英二。
皆川達男。
小沢秀夫。
加倉周一。
そして、現地の案内人がひとりと、ポーターとしてやとった現地の人間が二人である。
午後だ。

大樹の陰に入って、水筒の水を飲んでいた。

その時、すでに、ナラザニアに入って一ヵ月近くが過ぎていた。

原地の人間は、マヌントゥを捜しにゆくというのを耳にして、誰もが尻ごみした。

「あれは森の精霊だ」

と、土地の人間は言った。

だから、

「捜したり、追ったりするものではない」

と。

そういう人間たちに、大金を握らせ、やっと、案内人とポーターを雇ったのであった。

ジャングルを切り開いて造った村に住む人々は、皆、一様に、マヌントゥに対して畏怖《いふ》の念を抱いていた。

そういう連中と、一緒に、マヌントゥを捜しながらの一ヵ月であった。

誰もが、疲労していた。

大樹の陰で休んでいる時も、口数が少なかった。

その時——

マヌントゥの姿を見たのであった。

最初に見つけたのは、カメラマンの加倉周一であった。

「佐川さん――」

低くつぶやいて、加倉は、下に置いていたカメラを左手で拾いあげていた。

「あ、あれ――」

そう言った時には、すでに加倉はカメラを構えていた。

そのレンズの向いた方向に、全員が眼を向けた。

そのレンズの先――濃い緑の葉が密生する中に、茶褐《ちゃかっしょく》色の毛に全身をおおわれた生き物が、半身を見せて、八人を眺めていた。

「おう……」

佐川がつぶやくまでに、三度、シャッターが押されていた。

「マヌントゥ！」

佐川が、声をあげた時に、銃声が響いた。

剣が、ライフルを構えてそれをぶっ放したのである。

マヌントゥをねらったのだ。

しかし、弾は、マヌントゥには当らなかった。

剣が、ライフルを構えるのと同時に、案内人が、ライフルの銃身を叩《たた》いて、弾を横にそらせていたのである。

マヌントゥの姿が、消えていた。

「馬鹿!」

叫んだのは、剣であった。

叫ぶなり、ライフルの台尻で、案内人を叩いていた。

「邪魔《じゃま》するな。おまえが手を出さなければ当ってたんだ!」

また、台尻で殴ろうとした。

それを、佐川が止《と》めた。

「馬鹿はきみだ。彼等が、畏怖というかたちにしろ、信仰している存在を、彼等の眼の前で殺していいと思ってるのか」

「うるせえっ」

剣も興奮していた。

「追う」

剣が、ザックを背にして担いでいた。

加倉も、佐川も、皆川もそのつもりだった。

しかし——

「彼等は、もういやだと言っています」

通訳の小沢が言った。

「マヌントゥの後を追うなら、皆、死ぬ。だから行かない、そう言っています」

小沢は、三人の現地の男たちの言葉を通訳した。

金は、すでに、前金で払っていた。

そのことを佐川が言うと、案内人は、黙って、払った金の半分をポケットから出してきた。

「マヌントゥを銃で撃つ人間たちに協力はできない」

そう、案内人は言った。

結局、さらに金を渡して、三日、その場所で、案内人に待つように約束をさせた。

そして、日本人五人が、三日分の食料を持って、マヌントゥの後を追ったのであった。

ジャングルの中を進みながら、近くの樹に、鉈《なた》で目印の切れ目を造りながら、剣を先頭にして、マヌントゥの消えた方向に向かって進んだ。

その方向に、微《かす》かな、獣道《けものみち》のような踏み跡があったからである。

しかし、結局、マヌントゥは見つからなかった。

それだけではない。

一日進んで、そこにキャンプをし、もどろうとしたその途中で、迷ってしまったのである。

ジャングルの持つ、再生力の強さを、過小評価したためであった。

自分たちの踏み跡が、たった一日で、わからなくなっていたのである。

さらに、もうひとつの原因があった。

目印として、樹に入れたはずの鉈の切れ目が、とんでもない方向に向かって、無数に入れられていたのである。

何者かが、五人を迷わせようと、故意に、その刻み目を入れたのであった。

3

平八郎は、森の中に立っていた。

黒い、広葉樹の森だ。

緑の色が濃い。

大気の色まで、緑に染まっているようであった。

巨大な、楠《くすのき》の前であった。

平八郎の頭上で、無数の葉が静かに揺れている。葉が、小さく揺れるたびに、緑色の匂いが大気の中に溶け出してゆくのがわかる。

その大気を、平八郎は、ゆっくりと吸い込み、ゆっくりと吐き出す。

どんなにゆっくりそれをやろうとしても、つい、呼吸が速くなってしまう。

昨夜のことを思い出すからだ。

糞。

髪は、指で掻きまわしたようになっている。

癖のある髪であった。

シャツの一番上のボタンをはずし、ネクタイを、おもいきりだらしなくゆるめている。

かなりリラックスした状態であるはずなのだが、心の中はざわついていた。

――あの馬鹿。

腰のあたりに、欲望がわだかまっている。

肚《はら》がたっている。

この欲望をどうしてくれるのか。

あの蛇骨の白い尻に、責任をとらせてやろうかと思う。

心も身体も、思うようにコントロールができない。

頭に来ているからだ。

昨夜だ。

隣の部屋との境目にある襖《ふすま》を開けて、そこで眠っている真由美に夜這いをかけたのである。

襖の向こうは、濃い闇であった。

寝息が聴こえていた。

安らかそうな寝息であった。

色っぽい。

風情《ふぜい》がある。

七子のような、天真爛漫《てんしんらんまん》な女が、欲望に素直になっている姿もいいが、真由美のような女が、闇の中で、静かに寝息をたてている気配というのも、欲望を刺激する。

股間は、もうとっくに立ちあがっていた。

そっと真由美の蒲団《ふとん》に潜り込んで、真由美に声をかける。

軽い抵抗はあるかもしれない。

しかし、すでに、蒲団の中で身体を密着させていれば、意外に抵抗は少ないはずであった。

見知らぬ男が、いるのではない。

平八郎は生命の恩人である。

かたちばかりの抵抗はあっても、最終的にはさせてくれるかもしれない。

真由美ちゃんの意志は、尊重しなければいけない。

強姦はいけない。

誠心誠意、やらせてほしいと頼むのだ。

最悪であっても、おっぱいくらいは触らせてもらいたいと思う。

そのくらいの権利は自分にはある。

四つん這いになって、にじり寄った。

畳の上に、黒い影のように盛りあがっているものがある。

蒲団だ。

その蒲団の中に、真由美がいるのである。

寝息がはっきりと聴こえてくる。

蒲団に手が届いた。

そのまま掛け蒲団をそっとめくりあげて中に潜り込めばいいのである。

その前に、真由美の寝顔を見たくなった。

真の闇ではない。

窓の障子に映った外の月灯《あか》りが、部屋の闇に染込んできている。

闇に慣れた眼であれば、なんとか、鼻のかたちや唇のかたちは見てとれる。

上体を移動させて、上から真由美の顔を覗《のぞ》き込んだ。

その途端《とたん》に、ぎょっとなった。

仰向けになって眠っているはずの真由美が、両眼を開いて平八郎を見上げていたからである。

黒い、濡れた瞳であった。

しかし、それは、真由美の瞳ではなかった。

「何か御用ですか、地虫さん……」

そいつが言った。

平八郎には、すぐに、その声の主が誰であるかわかった。

「蛇骨――」

平八郎は、その男の名を呼んだ。

「蛇骨、てめえが、どうして――」

「真由美さんがね、部屋をかわりたいとおっしゃるので、わたしが代りにここで寝ることにしたのですが――」

微笑して、蛇骨はいった。

その時のことが、頭から離れない。

糞。

と、思う。

知っていたのだ――と思う。

蛇骨は、おれが、あそこを突っ張らかせて、畳の上を四つん這いになって進んでゆくのを知っていたのだ。

知っているのなら、何故、襖《ふすま》を開けた時に、そう言わなかったのか。

おちょくられた。

平八郎はそう思っている。

おれを馬鹿にしたのだ。

寝たふりをしながら、みっともない格好《かっこう》で近づいてゆくおれを、腹の中で笑いものにしていたのだ。

糞。

森の中で、歯を軋《きし》らせる。

勝負してやる——

あの蛇骨とである。

拳で、あの蛇骨の歯を全部叩き折ってやる。

しかし、あの蛇骨は、宙に浮くことができる。

地上での喧嘩《けんか》であれば、蛇骨には負けない。

中国拳法をやっているのである。

蟷螂拳《とうろうけん》で、いつでもぶちのめしてやれる。

しかし、蛇骨が宙に浮いたら、手も足も出ない。その他にも、どうやら、蛇骨は奇妙な術を使う。

そういう術を、蛇骨が使ってきたら、どうすればいいか。

平八郎は、陳式の太極拳もできるし、発勁《はっけい》もできる。

気を練り、その気を体内に溜めて、その気で相手を打つことだってできる。

気をうまく相手にあてれば、相手はふっ飛ばされる。

問題は、その気を練り始めてから、外へ向かって打ち出すまでに、自分は時間がかかりすぎることである。

太極拳のゆったりした動作を五分近くやれば、充分な気を体内に蓄積できるが、それでは時間がかかりすぎて実戦向きではない。

相手が動かないでいるのなら、その間に気を練って、気を溜め、それを相手にぶつけることはできるが、動かない相手なら、拳でぶん殴るほうが手っ取り早い。

それに、気よりももっと有効な武器を、平八郎は知っている。

それは、相手のきんたまを蹴ることである。

相手の眼の中へ指を入れることである。

後方から、相手の頭をバットで叩き潰《つぶ》すことである。

日本刀で、肩口から首を切り落とすことである。

拳銃の先を相手の口の中に突っ込んで引き鉄を引くことである。

しかし、蛇骨が相手では、そうはいかない。

拳銃はないし、それを、蛇骨の口の中に突っ込んで引き鉄を引くわけにはいかない。ようは、あの男を、ぶちのめすことができればいいのだ。

それには、蛇骨の術に負けない術を使うことである。

術かどうかはわからないが、蛇骨の術とやり合う時に使えるもので自分が持っているものは、やはり気しかない。

しかし、その気を練るのに五分はかけられない。

根性を込めて、必死でがんばれば、三十秒くらいで、その気を練ることは可能である。

しかし、闘いの最中に、それだけの時間をかけていては、相手にぶちのめされて、ついでになけなしの銭の入ったサイフまで持っていかれてしまう。三十秒というのは、それだけのことをしてもまだ充分に時間がある。

仮に、生命がかかっているとすれば、二十秒か、十五秒くらいで気を練ることはできるかもしれないが、その十五秒間、闘いとは別の動きをしなければならない。

その十五秒の間に、自分は相手にやられてしまう。

気を練るための動きと、闘いのための動きがぴったり同じであればいいのだが、実戦ではそんなことはあり得ない。

もしくは、闘いながら、自然に気を練ることができればいいのだが、それが、平八郎にはできないのである。

こんなことなら、もっと気を勉強しておけばよかったと、平八郎は思う。

平八郎が、中国武術と気を学んだのは、台湾でのことである。

教えてくれたのは、雷《リー》という老人であった。

五年前、平八郎は、台湾へ四泊五日で旅行に出かけたことがあった。

〝あやめ劇場〟の踊り子や、照明係りや、銀次、出雲忠典が一緒だった。

〝あやめ劇場〟の社員旅行のようなものであった。

七子と一緒に、その時、平八郎も台湾へ出かけたのである。

雷《リー》老人と平八郎が会ったのは、台北から南へ百八十キロ余りの所にある、台中市《タイチュンスー》であった。

三泊目の晩であった。

ホテルから、平八郎は、独りで夜の街へ出た。

七子に内緒で女を買うためである。

そこで、平八郎は雷《リー》老人と出会うことになったのである。

4

そこは、細い路地の奥の、安い木造アパートの部屋であった。

ベッドがひとつと、キッチンがあるだけであった。

夜である。

冷房《れいぼう》はない。

灯りを消して、窓を開け放したまま、その女とやった。

半分プロ、半分は素人の女である。

夜の街を歩いていたら、その女に声をかけられたのだ。

陽に焼けた肌をした、肉付きのいい女だった。

年齢は二十歳前後——

その女が、平八郎に声をかけてきたのだった。

「女のひと捜してるの？」

その女が、日本語でそう訊いてきた。

中国訛りのある、たどたどしい日本語だった。

「ああ」

と、平八郎は答え、その女を見た。

ジーンズを穿《は》いてTシャツを着た女だった。

日本で言うなら、女子大生にしか見えない。

「だけど、おれが捜してるのは、ただの女じゃない」

「ＳＥＸをしてくれる女のひとでしょう」

「まあね」

「わたしが、そういう女のひとを紹介してあげられるわよ」

「いい女じゃないとだめだぜ」

「いい女よ、もちろん」

「金のかかる女はだめだ」

「この先で、そういう女のひとを捜すより、安いわ」

「若い女の子かい」

「もちろんよ」

女はうなずいた。

「日本語がうまいんだな」

平八郎は言った。

もう少し歩けば、色っぽい女たちのいる通りに出る。

日本人や、外国人を専門に相手にしている女たちが、そこにたっぷりそろっているはずであった。

そこへ向かう途中であった。

そこそこに人通りの多い通りであった。

酒家《チョウチャ》の灯りが、ちらほらと見える。

酒家《チョウチャ》というのは、キャバレーとレストランを一緒にしたような店で、台湾独特の社交場である。

ぴったりとした旗袍《チーパオ》を身につけたホステスが、食事や酒のサービスをする。

ほとんどのホステスが、日本語ができる。

そういう酒家《チョウチャ》の灯りの下に、その女が立っていて、平八郎に声をかけてきたのである。

日本人である平八郎が、特に急ぐ風でもなく街を歩いていれば、何が目的であるかすぐにわかる。

欲情している平八郎の顔は、見間違えようがない。

本屋や、郵便局を捜している目と、そういう平八郎の目つきとは、誰が見ても、はっきりそうと区別がつく。

だから声をかけてきたのである。

「ところで、あんたの知ってる女の子は、本当に魅力的なのかい」

「充分に魅力的だと思うわ」

「あんたぐらいに?」

「わたしぐらいにね」

「てことはつまり――」

平八郎は、にっと笑った。

「――あんたが相手をしてくれるってわけかい」

「そういうことになるわね」

話がまとまった。

それで、連れて来られたのが、そのアパートの部屋だったのである。

本職ではなく、アルバイトだと、その女は言った。

共同のシャワールームで、シャワーを浴び、それからベッドインをした。

女は、平八郎の長大なものを見た時、驚きの声をあげた。

「この前のアメリカ人のより大きい……」

平八郎の自尊心をくすぐる言葉であった。

平八郎はいい気分になった。

「でかいだけじゃない。こいつは、働きものなんだ」

平八郎は、自分のそれを握って、ベッドの上に仰向けになった。

ベッドに染み込んでいる女の体臭が近くなった。

それほどいやな匂いではなかった。

平八郎が、何も言わないうちに、裸になっていた女が、それに唇をかぶせてきた。

舌の使い方のうまい女だった。

女に、自分のものを咥えさせたまま、平八郎は女のむきをかえさせた。

仰向けになったまま、平八郎は、自分の顔をまたいだ女のそこへ、舌を伸ばした。

たちまち、女は声をあげはじめた。

商売の女ほど事務的でなく、素人の女のようなわずらわしさもなかった。

三時間で、たて続けに、四回、やった。

女の口に一回、あとの三回は、そのまま女の中に注いだ。

平八郎が、三時間のうちにいったのは四回であったが、女は、その四倍くらいは達しているはずであった。

女は、平八郎にまたがって、大きく腰を揺らしながら、

「凄い凄い――」

と日本語で言い、達する瞬間には、台湾語で絶頂の声を放った。

二階の部屋であった。

窓から入り込んでくる灯りが、ふたりの汗を乾かす間もなく、やりっ放しの三時間であった。

トラブルが起こったのは、その後であった。

金を払おうとした時に、サイフが無かったのである。

金を、サイフごと、女の仲間に盗られたのだと平八郎は思った。

シャワーを浴びる時に、服をシャワールームの外に脱いだままにしておいたのだ。

その時に、どこかに隠れていた女の仲間が、サイフを抜きとったのだ。

ホテルを出る時には、きちんとサイフを持って出ている。

女に声をかけられる五分ほど前に、ホテルから乗ってきたタクシーの運転手に、そのサイフから金を払っている。

そのサイフを、女にはめられて——いや、女にはめてる最中に、女の仲間に盗まれたに違いなかった。

「てめえ、おれのサイフをどうしやがった」

平八郎は、女に向かってそう言った。

「あたしが盗んだと思ってるの？」

「おめえじゃない。おめえの仲間がだ」

「あなたこそ、あたしにただ乗りしていくつもりだったんじゃないの」

「ただ乗りするつもりなら、こんな路地の奥にわざわざやって来はしねえよ。自分から金が無いなんて言い出さずに、とんずらしているさ」

「あたしだって、お金を盗むんなら、わざわざ自分の部屋に男のひとを連れ込んだりはしないわ」

言い合いになった。

言い合っているうちに、ふたりの男が出てきた。

眼つきの鋭い男たちであった。

平八郎より身長は低いが、暴力が専門といった面構《つらがま》えの男たちであった。

家の外へ連れ出された。

暗い路地の奥であった。

上の、他のアパートの部屋の灯りが、その路地にさしている。

人の汗や生活の匂いがこもった路地であった。

「あんたが何と言おうと、あんたは、うちの女を抱いたんだ。その分の金は置いていってもらおう」

男のひとりが言った。

頭に来ていたのである。

「その銭がねえんだよ」

「じゃ、パスポートを置いていってもらおうか。ホテルへ帰って、知り合いから銭をかりて、ここまで持ってくれれば、パスポートは返してやる」

男が言う。

もうひとりの男は、黙ったままだ。

そちらの男は、日本語ができないらしい。

その男は、黙ったまま、ナイフを引き抜いた。

尖《とが》った、暗い眼をした男だった。

頭に血が昇っても、決して顔色には出さないタイプの男だ。

そのナイフの、金属の光を見た途端に、平八郎は疾《はし》っていた。

首筋の毛が、逆立っていた。

逃げたのではない。

頭に来ていたのである。

ナイフを出した、その暗い眼をした男目がけて走ったのである。

「あきゃっ！」

正面から、男の股間を右足で蹴りにいった。

男は、後方に下がって、平八郎の足目がけて、ナイフを振ってきた。

そのナイフを握った手首を、平八郎の、右足の靴の爪先《つまさき》が真下から蹴りあげていた。

偶然ではない。

ねらったのだ。

男の股間に入らなかった足の軌道を、途中で修正したのである。

夢中であった。

爪先が、きれいに男の手首にぶちあたり、ナイフが宙に飛んだ時には、自分でも信じられなかった。

男が、ナイフを拾いにいった。

「させるか、馬鹿！」

落ちたナイフに跳びつこうとした男の顔を、横から、おもいきり蹴っていた。

下を向いた男の顔と、地面との間に平八郎の足が滑り込んで、男の顔面を下から上に蹴りあげていた。

もうひとりの男が、後方から飛びかかってきたのは、その時であった。

後頭部に、風圧のようなものを感じた。

あわてて頭を下げた。

下げた頭のすぐ上を、何かが真横に疾り抜けた。

疾り抜けてゆく時に、それが、数本の髪の毛をひきちぎっていった。

「糞」

下の男を踏みつけて、向こう側に逃げた。

振り返った。

振り返ったその頭部に向かって、何かが打ち下ろされてくるところだった。

脳天を、そいつが砕く寸前に、平八郎は、身体を後方にひいて、それをかわしていた。

鼻先に、焦目《こげめ》を造りそうな速さで、それが下に打ち下ろされた。

それで初めて、平八郎は、それが何であるかわかったのである。

ヌンチャクであった。

後方へ退《さ》がった平八郎を追って、もうひとりの日本語のわかる男が手にしたヌンチャクを振ってきた。

連続攻撃であった。

平八郎は、やっと、それをかわした。

「これ、そのくらいにしておけ――」

その時、路地のどこかから声がかかった。

老人の声であった。

中国語である。

平八郎にその言葉の意味はわからない。

その声に、男が、一瞬動きを止めたのは、平八郎にはわかった。

しかし、その隙を、平八郎はのがさなかった。

「馬鹿たれがっ」

男の懐《ふところ》に飛び込んでいた。

近くに入り込んだ平八郎の喉を、男はヌンチャクで突こうとした。

しかし、それよりも平八郎の掌底の方が早かった。

斜め下から平八郎の掌底が、男の顎を上に突きあげていた。

男が大きくのけぞり、男の上の歯と下の歯ががつんとぶつかりあった。

歯の二、三本は折れたはずであった。

男は、そのまま、後方に倒れて動かなくなった。

「けっ」

唾を吐き捨てて、平八郎は、老人と女を睨んだ。

女が、すがるような視線を老人に送った。

「どうしたのだ?」

老人が訊いた。

「その日本人が、あたしを抱いて、お金を払わずに帰ろうとしたのよ」

日本語である。

「へえ、それはいけないね」

老人が言う。

老人の言葉がなめらかな日本語になっていた。

「てめえらこそ、おれの銭を盗みやがったんじゃねえのか」

平八郎が言った。

「本当かね」

老人が、女に問うた。

「盗ってないわよ。この日本人が、何か勘違《かんちが》いしているだけよ」
女が答えた。
平八郎にわかるように、わざわざ日本語で会話がされているようであった。
「ふうん」
老人がうなずいた。
狭い路地であった。
平八郎の後方には、見物人が集まっている。後方に逃げ場はない。
逃げるとしたら、老人のいる方向である。
——糞。
平八郎は決心をした。
決心をした途端《とたん》に疾《はし》り出していた。
すぐ眼の前に、老人の姿が迫る。
平八郎は、横へ逃げなかった。
真上に逃げた。
大きく宙に跳躍していた。
強烈なジャンプ力であった。
平八郎の身体が、軽々と宙に舞っていた。

誰の眼にも、平八郎の身体が、老人の頭上を跳び越えたものと見えた。

しかし、そうではなかった。

平八郎が宙に跳んだ時、老人もまた、宙に跳んでいたのである。

平八郎と、同じ高さの空間であった。

しかも、老人の頭上を跳び越えようと、前にジャンプした平八郎とは違って、平八郎に顔を向けていた老人は、後方にむかってジャンプしたのである。

平八郎が宙にいる間、同じ距離の空間に、老人の顔があった。

平八郎が着地した時も、老人との距離は縮まっていなかった。

「ほう……」

着地して向き合った時、老人が賛嘆の声をあげた。

平八郎の跳躍力に、驚いているらしかった。

「馬鹿！」

老人のその顔を、平八郎は、いきなり蹴りにいった。

あっさり、老人は、その攻撃をかわしていた。

老人の左側から襲った平八郎の右脚を、左手で、ぽん、と軽く老人が叩いた。

左手で、平八郎の攻撃を受けて、そのまま、老人は身体を宙に浮かせていた。

ほとんど、衝撃はなかった。

まるで、風船のように、老人の身体は、平八郎の攻撃に押されて、宙を横へ移動しただけであった。

「荒削りじゃな」

老人がつぶやいた。

その時には、平八郎は、攻撃の足をもどし、老人も地に降り立っていた。

「荒削りじゃが、おもしろい……」

老人がつぶやくのが聴こえた。

その老人に向かって、平八郎は、全身でぶつかってゆこうとした。

しかし、右脚が、踏んばれなかった。

右膝が曲がって、平八郎の身体が傾いた。

今、老人に叩かれた右脚に力が入らないのである。

「な、なんだ!?」

自分の右脚はどうなってしまったのか。

平八郎は、わけがわからない。

眼の前の老人がやったのだ。

「無理じゃな。すぐには、その右脚は使えぬわい」

老人が言った。

楽しそうに老人は笑っていた。

平八郎の頭に、怒りがふきあげた。

右脚が動かなくては、逃げられない。

逃げられなくては、この路地で、殺されてしまうかもしれない。

この路地へ、自分が入り込んだことは誰も知らない。

出雲忠典も、七子も知らない。

自分がここで殺されても、誰もそのことを知ることはない。路地の人間たちが協力し合えば、死体さえ見つからないようにできるだろう。

死んでたまるか。

「糞！」

怒りが沸いた。

とにかく、眼の前の老人を倒さなくては話にならない。

不気味な老人であった。

小さな身体をしていて、柔和《にゅうわ》そうな顔をしている。それなのに、どこか、近寄り難いものがあるのである。

頭の上から差してくる、アパートの部屋の灯りを受けて、老人の白髪が、闇に浮きあがっていた。

路地に出てきた人間も、ふたりの男も、平八郎をこの路地に連れ込んだ女も、平八郎と老人を、遠くから眺めているだけだ。

平八郎のあつかいを、すっかり老人にまかせてしまったように見える。

眼の前の老人は、明らかに、何らかの武術を学んだ人間であった。

空手ではない。中国拳法——

しかし、平八郎の知っている中国拳法は、映画や、TVの中で見たものだけである。

動物や虫の名前がついた拳法があるのは知っている。こともあろうに、その動物や虫の真似《まね》をして、相手に勝つ武術である。

酔ったふりをして、相手を倒す拳法もあった。

酔拳というような名前であったか。

平八郎が、実際に見たことのある中国拳法は、太極拳だけである。

老人が、公園で練習しているのを、何度か眺めたことがある。

ゆっくりした動きであった。

武術というよりは、踊りか健康体操にしか見えない。あれで、本当に人が倒せるのかと思う。

しかし、平八郎が太極拳について知っているのはそのくらいである。

太極拳は、中国の北派系の武術を代表する流派で、陳式と楊式の二派があることすら知らない。

日本で見られるのは、陳式から分かれて生じた楊式の太極拳である。

太極拳が生まれたのは、河南省の陳家溝であると言われている。

明の時代に、そこで陳王延という人物が始めた武術であり、陳家に代々伝えられてきた。

それが、陳式の太極拳である。

その陳式の太極拳を、陳家溝で学び、独自の工夫をしたのが、楊露禅であり、この楊露禅が伝えたのが、楊式の太極拳ということになる。

むろん、そんなことが、平八郎にわかるはずもない。

発勁《はっけい》と呼ばれる、体内の力を、瞬時に、一点より外に向かって打ち出す法があることは、夢にすら思ったことはない。

〝形だけが残っており、今は、半分踊りと化してしまったかつての武術〟

平八郎は、中国拳法をそのように考えている。

すでに、実戦に使えるようなものではないと思っていた。

空手の方が、ずっと実戦的であると。

だから、平八郎は、空手を学んだことがある。

喧嘩のためである。

それも、フルコンタクト系の、相手の肉体に直接打撃を加えてもいい空手を学んだ。顔面にパンチを入れてもいい試合ルールを取り入れている流派であった。

それを、五年、やった。

平八郎の長いリーチを持った拳は、おもしろいように、ぽんぽんと相手にあたり、自流派内の大会では、優勝したこともある。

そこをやめたのは、女が原因であった。

その流派の先輩の女と、できてしまったのである。

それが原因で、道場でその先輩とスパーリングをやり、相手の顎の骨を砕いてしまったのである。

ついでに、倒れた相手の胸を、おもいきり踏み抜いて、肋骨《あばらぼね》を三本折ってしまった。

そんなスパーリングをやってしまった原因を問われ、女のことが、道場全体に知られてしまったのであった。

それでやめた。

日刊東京タイムスの工藤とは、その時の道場生仲間である。

空手の実力ということでは、そこそこに自信がある。

健康体操と化した中国拳法など、めではないと思っている。

しかし、眼の前に立っているこの老人の奇妙な技に、自分はいいようにあしらわれている。

　ここで死んだら、さっき、あの女とやったSEXが、最後のSEXになる。しかもそのSEXのために死ぬことになるのだ。

　死ぬわけにはいかない。

　死んだらどうなるか。

　平八郎にとって、死ぬことはSEXができなくなることだ。それはたまらなかった。

　可愛い七子を、悦《よろこ》ばせてやることもできなくなる。

　柔らかくて、よく締めつけてくる七子のあそこに、股間のものを入れて気持良くなることができなくなるのである。

　二度とできない――

　そう思った時に、股間のあたりが急に熱くなった。

　熱い塊りが、下腹に生じていた。真赤に焼けた鉄球が、そこに出現したようであった。

　それが、急速に、大きく成長してゆく。

　成長して、身体の底から、上にせりあがってくる。

　胃、心臓、喉――

　それは、欲望のようなものであった。

　それは、恐怖のようなものであった。

　そのどちらでもあり、しかし、それでいてそのどちらでもないもの。

名づけようのない力の塊り。

それが、せりあがってきて、脳天に突き抜けようとしていた。

死にたくなかった。

もっと、女とひたすらにやりたかった。死ぬほど女とやりまくって、そのあげくにやり死ぬのならいいが、こんなところでなぶり殺しにされるわけにはいかない。

老人を睨んだ。

「おい、そう尖《とが》るな」

老人が言った。

その時には、喉のあたりにつかえていたものが、喉を突き破っていた。

「む!?」

平八郎を眺めていた老人が、小さく声をあげた。

その時、その熱い塊りは、平八郎の喉を裂いて、脳天へ突き抜けていた。

「この爺いがっ!」

叫んだ。

強烈なエネルギーが、自分の肉体をつかえながら通り抜け、どこかに向かってほとばしったような気がした。

眼の前の老人が、初めて、構《かま》えていた。

両手を前に突き出し、腰を落としていた。

「ぬうっ」

その老人を、眼に見えない爆風のようなものが叩きつけた。

老人の白髪が、ふいの風に煽《あお》られたように、ざあっと後方に向かって立ちあがっていた。

何なのか？

と思った。

今、自分の肉体に突き抜けたものは何なのか？

しかし、それについて考えている時間はなかった。

チャンスだった。

その爆風が終わらぬうちに、平八郎は老人に向かって疾《はし》った。

老人が、どこで受けてもいい。

腕でブロックしようがどうしようが、そのブロックごと、老人の身体を宙にふっ飛ばしてやるつもりだった。

ふっ飛ばして、逃げる。

もし、老人がそれをかわして横へ逃げれば、そのまま老人の横を駆け抜ける。

疾った。

しかし、老人は、平八郎が迫っても逃げなかった。

た。


回し蹴り――

それを、老人に向かって放とうとした瞬間、老人が腰をさらに深く沈めていた。

前に突き出した両手の平を平八郎に向け、それを、平八郎に向けて、突き出してきた。

その瞬間、何かの塊りに似たものが、老人の身体から、平八郎に向かってぶつかってきた。

強烈な力が、平八郎の前面に、叩きつけてきた。

顔面に、皮膚に、肉に、内臓に、骨に、脳に、直接、その何かがぶつかってきたのだ。

「ぬがっ」

平八郎は声をあげていた。

老人から送り込まれてきた力にぶつかって、自分の身体が、大きく後方に飛ばされるのがわかった。

そのまま、暗黒の中に意識が落ちた。

気がついた。

気がついて眼を開いたら、すぐ、自分の顔の上に、七子の顔があった。

心配そうな表情で自分を見降ろしていた七子の顔がほころんだ。

「平ちゃん……」

七子が言った。

「七子……」

視線を動かして、七子を見、周囲を見回した。

ホテルの部屋であった。

「どうしたんだ、おれは？」

「雷祥雲《リースーウン》というお爺さんが、タクシーでホテルまで連れてきてくれたのよ。道で倒れていたって——」

「なに!?」

「平ちゃんのポケットに、このホテルの鍵が入っていたんで、それで、このホテルがわかったんだって——」

「そうか……」

「いったいどうしちゃったのよう」

七子は、まだ、心配そうな顔で平八郎を見ていた。

「サイフは、タクシーの運転手がもってくるし、その次は平ちゃんで、七子は、もうわけがわかんないよう」

「サイフ？」

「平ちゃん、外へ出る時にホテルからタクシーに乗ったでしょう。そのタクシーにサイフを忘れていったのよ。それに運転手さんが気がついて、ホテルまで届けにきてくれたのよ

「――」

「そういうことだったのか――」

平八郎はつぶやいた。

パスポートも、ポケットにきちんと入っていた。

「何があったのよう」

七子が、泣きそうな顔で平八郎を見ている。

「なんでもない」

平八郎はそう言って、いきなり、手を伸ばして七子の胸をつかんだ。

「どうしたの？」

「いいおっぱいだな」

軽く揉んだ。

そのまま、七子をベッドの中へ引き込んだ。

「朝まで眠らせねえぞ」

そう言って、むき出しにした七子のおっぱいの先端を、唇に含んだ。

平八郎は、嘘をつかなかった。

ふたりが眠ったのは、陽が昇ってからであった。

眼を覚ましたのは、昼であった。

シャワーを浴び、食事を済ませてから、

「ちょっと出かけてくる」

平八郎は、独りで外へ出た。

きちんとサイフを持って、タクシーに乗った。

他の仲間は、マイクロバスで市内を観光しているはずであった。

四時に、ホテルへもどり、次の宿泊地へ向かう予定であった。

女に連れ込まれた路地へ入って行った。

見覚えのあるアパートの、よく軋《きし》る木の階段を登り、女の部屋のドアをノックした。

女が出てきた。

「よう──」

平八郎は、照れたように微笑した。

「昨夜は悪かったな。サイフは、おれがタクシーの中に忘れてたんだよ。かんべんしてくれ──」

「あんた……」

「昨日の分だ」

平八郎は、女の手に金を握らせた。

「多いわ」

女が、手の中の金に眼をやって言った。

たっぷりあった。

男たちの歯の治療代も含んだつもりだった。

平八郎にしては、涙の出るほどつらい金であった。

「わびを入れにきたんだ。多いのは、そのわびの分だ。気にしないでとっておいてくれ」

「いただくわ」

女が言った。

「ところで、ひとつ、聴かせてもらいたいことがあるんだよ」

「なに？」

「昨夜の爺さんのことだよ。何と言ったかな？」

「雷祥雲《リースーウン》？」

「そうだ。あの爺さんに会いたいんだけどね。今、いるかい？」

「たぶんいると思うわ。でも、どういう用なの？」

女は、まだ、警戒を解いていない声で言った。

平八郎が、昨夜のしかえしに来たのかどうかを決めかねているらしい。

「おれを、ホテルまで運んでくれたのは、あの爺さんなんだろう？」

「そうよ。もめ事を大きくしても、誰も得をしないからって……」

「けっ」

平八郎は、床を睨んでから、また顔をあげた。

「なあ、会わせてくれよ」

「だから、どういう用なの?」

「わからねえんだよ、自分でもな」

平八郎は言った。

本音だった。

死ぬの殺されるのと、初めての外国での喧嘩に、すっかり舞いあがってしまっていた自分に比べて、やけに落ち着いていたあの老人が、妙に気になっているのである。

老人にだけではない。

老人の使っていた技にも興味がある。

おれに触れずに、あの爺いはおれを倒した——

最後にくらったあの技が、まだ頭にこびりついているのである。

「とにかく、会わせてくれ」

「まさか、昨日の続きをやるつもりじゃないんでしょうね」

「そうかもしれねえ」

真顔《まがお》で、平八郎は言った。

その顔を、しばらく見つめてから、

「いいわ」

女は言った。

「ついていらっしゃい」

サンダルを履《は》いて、女は部屋を出てきた。

階段を降りて、外に出た。

「どこにゆくんだ?」

「この先よ」

女は路地の奥に歩いてゆく。

家と家との間のごみごみした路地を奥までつめ、右へ曲がると、そこに、空地があった。

草の生えた、地面のある空地であった。

その中央に、昨夜の老人が立っていた。

立っているだけではなく、よく見ると、老人の身体は、ゆっくりと動いていた。

陳式太極拳、老架《ろうか》式——

もともと、それほど速い動きではないのだが、さらにスピードが落とされて、その動きが演じられているのである。

一見したところでは、動いてないようにさえ見える。

大気の中に存在する見えない球体を、身体全体を使って包み込んでゆこうとするような動きであった。

見ていると、いつの間にか、その見えない球体と老人の肉体とが、一体化してしまったような気さえする。

ふいに、動いた。

老人の身体が、宙に跳ねあがった。

大気が裂けるような音がした。

閃光《せんこう》に似た動きだ。

老人の爪先が地に触れた途端《とたん》に、老人の動きは、もとの、ゆっくりとしたものにもどった。

微《かす》かな旋律が、ゆっくり、蜘蛛の糸のように細くなって、いつの間にか大気に溶けて消えてゆくように、老人の動きは止まっていた。

いつ、その動きを終えたのか、平八郎にはわからなかった。

「おまえさんかい……」

老人は言った。

「謝りに来たんだよ。金は、盗られたんじゃねえ。おれが、タクシーの中に忘れてたんだ」

「そいつはよかったね」

老人は、数歩、平八郎に歩み寄ってきた。

「あんた、何者なんだい？」

平八郎が訊いた。

「わたしかね。ただの爺いだよ」

「昨日、おかしな技を使ってたじゃねえか」

「おかしな？」

「おれを、手も触れずにふっ飛ばしたあれのことだよ」

「あれなら、おまえさんも使ったよ」

「おれが？」

「ははあ、やっぱり、おまえさん本人は気づいてないのかね。おもしろい男だ。わたしも、あんたがあれをやったのにはびっくりしたよ——」

「あれというのは何なんだ」

「気《い》だよ」

「気《い》？」

「気《い》だ」

「何だ、その気《い》というのは？」

「どこにでもあるものだ。この空気の中にも、あんたやわたしの身体の中にもね」

「その気というのを、どうすれば使えるようになる?」

「修行すれば、誰でも使えるようになる」

「おれでもか?」

「ああ」

老人はうなずいた。

平八郎は、老人を見つめた。

柔らかな眼が、平八郎を見ていた。

いきなり、平八郎は、そこに土下座していた。

「頼む」

両手を地に突いた。

「おれに、その気を教えてくれ。頼む——」

額を土に擦りつけていた。

5

森の中で、眼を閉じながら、平八郎は、その時のことを思い出していた。

その時、平八郎は、日本に帰らなかった。

日本に帰らずに、雷祥雲《リースーウン》のところで、およそ三ヵ月、弟子入りをして、気と中国拳法を学んだ。

日本へ帰ってから、三月後にまたやってきて一ヵ月。

それからは、年に何度か、台湾の雷祥雲《リースーウン》の元へかようようになった。

学んでみれば、こんなに、と思うほど、中国武術の内部には、実用が含まれていた。

過去――

一九四九年に、共産党との闘いに敗れた中国の国民政府は、台湾に渡った。

そして、その台湾で、〝中華民国〟を名のっているのである。

一九四九年のそのおり、台湾に渡ったのは、国民政府だけではなかった。

大量の国民が、大量の文化と共に、中国大陸から、台湾に渡ってきたのである。

そのおりに、無数の武術家もまた、その技術と共に、台湾に渡ってきたのであった。

あの広い中国大陸には、おびただしい流派の中国武術が存在する。それが、結局、台湾という小さな島に集まったことになる。

本来は、めったに出会うことのなかった北派系の拳法と、南派系の拳法が、台湾において出会うことになったのである。

こうして、実戦的な中国武術が、わずかながら、台湾という土地に残ることになったのであった。

雷祥雲《リースーウン》もまた、そのようにして、実戦的な中国武術の技術を持って、台湾に渡ってきた武術家のひとりであった。

それを学ぶために、平八郎は台湾に通ったのだ。

それが三年続いた。

平八郎が学んだのは、主として、陳式太極拳と、蟷螂拳《とうろうけん》である。

そして、気《い》のあやつり方である。

三年学び、平八郎も、気《い》で相手を打つことができるようになった。

問題は、その気《い》を溜めてから打つまでに時間がかかることである。

太極拳のあのリズムで、ゆっくりとした動作を五分ほど続けないと、気《い》を溜めて打つことができないのである。

およそ、実戦むきでない。

早かったのは、最初に雷《リー》老人に会った時に、放った、その時一回だけであった。

喧嘩に強くなりたい一心で、雷《リー》のところへ通ったのだが、結局、強い気《い》を、ほんの一瞬で打ち出すことはできなかった。

それで、いつの間にか、平八郎は、台湾へ通わなくなったのである。

しかし、そのことを、今、平八郎は後悔していた。

もし、あのまま、気の技術を学び続けていれば、蛇骨の術と対等にはりあえるだけの気を、早く打てるようになっていたかもしれないのである。

しかし、そのことを、今、ここで考えても始まらない。

今の技術で、なんとか、あの蛇骨の面《つら》を張り倒すことを工夫せねばならないのだ。

なんとか、自分も、身体を宙に浮かせることができないものかと、平八郎は考えていた。

そうなれば、蛇骨とはりあうことができる。

ついでに、宙に浮けるとなれば、女にももてるに違いない。

宙に浮くのを見せてやれば、女がいくらでも寄ってくるに違いないと思う。

ついでに、女にも宙に浮く方法を教え込んで、宙で女とやるのだ。

想像もつかない体位でＳＥＸができる。

宙に浮くのを見せてやれば、七子はぶったまげるに違いない。

座りしょんべんを洩《も》らすかもしれない。

「平ちゃん、格好いいよう」

そういって、おれにしがみついてくる。

しがみついてきた七子を、抱いてやる時のことを考えていると、たちまち股間が持ちあがってくる。

いや、こんなことを考えていてはいけない。

〝浮け〟
と思う。
〝浮け〟
〝浮け〟
しかし、念ずるだけでは、身体は浮かなかった。
何か、特別な技術があるに違いなかった。
浮くのも、気を使うのだろうか？
気ならば、時間さえかければ造ることができる。
しかし、その溜めた気をどうするのか？
これまで、何度も気を造って体内に溜めたことはあるが、身体は浮きはしなかった。
溜めた気を、下に向かって放てばいいのだろうか。
しかし、その方法では、もし、浮くにしてもほんの一瞬である。
自分の両足でジャンプする方が、まだ、エネルギーの効率がいいに違いない。
どうせ、エネルギーを使うなら、女のために使った方がいい。
しかし、どうして、すぐに、女のことを考えてしまうのか？
〝どんなに素質があったとしても、まず、三年はこのことのためだけに必要でしょう〟
と、蛇骨は、平八郎に言った。

どうしたら宙に浮けるのかと、平八郎が蛇骨に問うた時、蛇骨は平八郎にそう言った。

宙に浮くために真言《マントラ》を唱えるのは、精神を集中するためであると。

〝慣れれば真言《マントラ》をその都度《つど》唱えなくともいい〟

とも言った。

〝一週間もすれば、ンガジの唱えた呪文《マントラ》でも私なら空中浮遊ができるようになるでしょう〟

つまり、精神を集中できれば、どのような真言《マントラ》でもいいことになる。

蛇骨の話では、どうやら、空中浮遊にも、気《い》はかかわってくるらしい。

その気《い》をどうコントロールするかを、真言《マントラ》で決めるのだと、蛇骨は言った。

ある真言《マントラ》の時には、こういう気《い》の使い方をするのだと、ひとつの真言《マントラ》にひとつずつ気《い》の使い方を合わせてゆけば、精神も身体もその特定の真言《マントラ》に慣れてしまい、特別な意識的な作業なしに、その真言《マントラ》を唱えるだけで、気《い》の使いわけができるようになるということである。

ならば――

平八郎は、ふいに思いついていた。

自分は、自分用の真言《マントラ》を唱えればいいのではないか。

何も、蛇骨などのように、ややこしい真言《マントラ》を唱える必要はないのだ。

精神が集中できるのであれば、それは何でもいいはずである。

こぶしの利《き》いた歌謡曲《かようきょく》のひとふしかふたふしでもいいはずだ。

いっそ、『智恵子抄』の中からひとつの詩を選んで、それを真言《マントラ》のかわりにも使えるはずである。

何がいいか?

智恵子は東京に空が無いといふ、
ほんとの空が見たいといふ。

たちまち、「あどけない話」の一節が頭に浮かんだ。

これだ、と思う。

『智恵子抄』であれば、全ての詩句をきっちりと暗記している。

蛇骨のやっている密教とやらの真言《マントラ》がなんぼのものかわからないが、自分にとっては屁でもない。

高村光太郎という詩人が、最愛の女のために書き綴った、この官能的な詩句の群は、どんな真言《マントラ》にも増して、自分にとっての最良の真言《マントラ》となるだろう。

しかし、それでは、ポイントがない。

蛇骨の真言《マントラ》を聴いていると、時おり〝オーム〟という言葉が出てくるが、その、オームにあたる言葉を、『智恵子抄』の詩句に加えねばならない。

それを加えて、精神を集中させるための、ひとつのポイントとしなくてはいけない。

何がいいか?

イメージも必要である。

精神を集中する時に、ひとつのイメージがあるとないとでは、まるで違ってくるからだ。

何がいいか。

女だ。

そう思う。

女のことなら、毎日考えている。

思考の訓練《くんれん》もできているし、ただでさえ、長い時間、女のことばかり考えているのである。

蛇骨は、宙に浮くためには、最低でも三年はかかるだろうと言っていたが、女のことを考えるのであれば、瞬時に、意識を集中できる。しかも、一度意識を集中したら、それを、長時間持続することだってできるのである。

女のことであれば、蛇骨がどれだけの修行をしたのかわからないが、自分がそのことに費《ついや》したエネルギーは、蛇骨の修行量に負けないはずである。

もの心ついた時から、女のことばかりを考えてきたのである。

精神を集中する時の真言《マントラ》は『智恵子抄』の詩句にする。その時、頭に思い描くイメージは裸の女である。

そうだ、『智恵子抄』のどの詩句を使うかで、気をコントロールすればいいのだ。

詩句の前後、そして、詩句の途中に挿入する言葉は何がよいか？

平八郎の頭の中には、さまざまな、卑猥《ひわい》な言語が駆けめぐった。

せっくす。

しゃくはち。

おるがすむ。

おっぱい。

こうはいい。

ふぇらちお。

まつばくずし。

どれがいいか——。

どの言葉も、たとえ呪文《マントラ》としてでも、人前であまり口にできない言葉である。

しかし、実際に口にするのは、『智恵子抄』の詩句だけでいい。

気にしろ、精神にしろ、それを一点に凝縮するためのポイントとなる言葉は、声に出さずに唱えればいいのだ。

「よし――」

平八郎は、低く、声に出してうなずいた。

平八郎が心に決めたのは、〝お〟で始まり〝こ〟で終る四文字の言葉であった。

この言葉の引力は、他の言葉のどれよりも凄《すさ》まじい。

この言葉を発してから、『智恵子抄』の詩句を唱えればいいのだ。

このやり方でなら、まず、精神の集中は完璧《かんぺき》である。

では、その集中した精神をどうすればいいのか？

それがわからなかった。

とりあえず、平八郎が考えついたのは、気を練ることであった。

太極拳の表演をしながら、気を体内に練りつつ、『智恵子抄』の詩句を唱えるのだ。

よし――

平八郎は、数度、深く呼吸を繰り返してから、ゆっくりと腰を沈めていった。

動き出した。

動きながら、頭の中に女の裸体を思い描いた。

唇を動かして、しかし、声には出さずに四文字の真言《マントラ》を唱える。

頭の隅の方には、宙に浮いた自分の姿をイメージしておく。

ゆっくりと足を踏み出し、地球を押すように、足の裏全体を、大地に降ろしてゆく。

円の動きだ。

頭の中は、裸形の女がいっぱいに広がっている。

むりに、そういう映像を心から追い出してわけのわからない真言《マントラ》に精神を集中させるより、そういう映像を造る方が、むしろ、精神が集中してゆくのがわかる。

意識的にそういう作業をすると、みるみるうちに、その裸形を中心に、意識が集中してゆくのがおもしろいほどであった。

女の裸について考えることなら、二十年以上のキャリア——修行をつんでいるのである。

他のことを考えようとしても、自然に女のことが頭に浮かんでくるのだ。

無意識といってさえいい。

女のことを考えぬき、その裸形や、あそこや、SEXのことを思うというのは、平八郎にとっては、無我の境地に至るというのと同じである。

頭に思い描く女のイメージと自分とが一体化する。自分が、女のことを考えているというより、自分そのものが、頭に描いた卑猥なイメージと一体化して、自分という存在がいなくなってしまうのである。

そういう作業を意識的にやるというのは、初めてであった。

しかし、頭の中の女のイメージは、ますます鮮明になってゆく。

意識がそこへ集中し、裸形の女のイメージが、結晶化されてゆく。

ぞくぞくするような感覚があった。

平八郎は、ゆっくりと、『智恵子抄』の詩を、口に出して唱え始めた。

智恵子は東京に空が無いといふ、

ほんとの空が見たいといふ。

私は驚いて空を見る。


「あどけない話」であった。

それを唱えた途端に、音をたてて、体内に気がふくれあがってきた。

いつもより、けた違いに早い。

始めてから、まだ、二十秒も経ってはいないはずだ。

いつもなら、五分近くかかって溜まるレベルの気が、二十秒足らずで、自分の体内にふくれあがってきたのだ。

凄《すげ》え——

と、思う。

ぞくりと背骨に電流が疾《はし》り抜ける。
凄い。
ぞくぞくと背を震わせて、気《い》が体内にふくれあがり、身体が、その気《い》ではじけそうにな
った。気《い》が、身体のどこかにあるほころびから、外へ迸《ほとばし》り出てしまいそうであった。
いや、その前に、自分の身体が裂けてしまいそうであった。
恐怖した。
しかし、平八郎はやめない。
身体は裂けなかった。
帯電したように、身体がびりびりと痺《しび》れている。
自分の細胞が、倍近くにふくれあがったような気がした。
どうすればいいのか？
この、肉の中にふくらんできているものをどうすればいいのか？
さらに、それは身体の中に溜ってくる。
初めてであった。
浮け！

と思う。
浮け、こん畜生!
そう思ったその瞬間に、バランスを崩していた。
重力が消えた。
肩から、地面へ倒れ込んでいた。
右肩を、地面が叩いていた。
「くう」
平八郎は、地面に転がって、大きくあえいだ。
天を見あげた。
楠《くすのき》の梢《こずえ》が、しきりにうねっている。
その上に、青い空が見えた。
何が起こったのか、平八郎にはわかっていた。
浮くことに、意識を向けすぎて、精神の集中が妨《さまた》げられたのだ。
それで、身体のバランスを崩したのだ。
しかし、バランスを崩すその瞬間に、自分の身体は宙に浮いていたような気がする。
だから、バランスを崩したのだ。
それ以外には考えられない。

何か、雲を踏むような感じが、足にあったはずだ。

たぶん――いや、たぶんではなく、ほんの一瞬にしろ、今、自分の身体は宙に浮いたのだと、平八郎は思った。

よし――

と、平八郎は思う。

見てろよ、蛇骨、腰をぬかすんじゃねえぜ。

体内に溜っていた気が、背から、肉を抜け出して大地に返ってゆく。

腹と胸から、天へと抜け出してゆく。

それがわかる。

ひとつ、わかったことがあった。

ポイントは、意識である。

精神を集中させ、女のイメージを、そのまま、浮くというイメージへ切りかえればいいのである。

おおまかには、そういうことに違いない。

切りかえる時に、集中した意識を乱さなければいいのである。同じレベルを保ったまま、その切りかえをする。

ようするに、それは、慣れである。

何度も何度も、それをくり返して慣れればいいのである。

見てやがれ、蛇骨。

平八郎が、唇を吊りあげて歯をむき出した時、人の気配があった。

「地虫さん——」

声がした。

蛇骨の声であった。

仰向けになった平八郎の視界の中に、蛇骨の姿が見えた。

「こんなところで、何をなさっているのですか——」

「うるせえ」

平八郎は立ちあがった。

蛇骨を睨む。

今にその面《つら》を、おれの拳で血まみれにしてやる。

平八郎の唇に、自然に下品な笑みが浮いた。

「何の用だ?」

「今、御殿場《ごてんば》の鬼猿《きざる》から連絡がありました」

「なに!?」

「小沢秀夫の意識が、今朝もどったそうです——」

蛇骨は、涼しい笑みを浮かべながら、そう言った。

6

熱帯雨林のジャングルの暑さは、想像を越えていた。

日中に雨が降り、いったんは冷えたジャングルが、雨がやんで陽が差した途端に、蒸し風呂と化すのである。

湯の中にいるようであった。

服の下に、蛭《ひる》が這《は》い込んで、知らぬ間に血を吸っていたりする。太い、ぬめぬめとした蛭は、まさかと思うような、小さな隙《す》き間《ま》からも侵入し、靴の中にまで入り込んでいる時もあるのだ。

そういう蛭が、五、六匹も、背や腹にたかっていることもあった。

蛭が血を吸った箇所からの出血は、なかなか止まらない。

シャツや下着が血だらけになる。

食料は、剣《つるぎ》が銃で確保した。

ほとんどが、原色の羽根を持った鳥であった。

オウムの肉は、固かった。

次によく食べたのは、猿であった。

銃で猿を撃ち、その猿を、ナイフで剣がさばき、その肉を焼いて食べた。

飲み水は、スコールでできた水溜りの水を飲んだ。

すぐに、腹をこわした。

腹をこわすと体力を消耗《しょうもう》する。

たちまち、痩せ衰えた。

腹をこわさなかったのは、剣英二だけであった。

カメラマンの加倉は、腹をこわしはしたが、それでも、剣をのぞく他の隊員よりは体力を残していた。

一番疲労が激しかったのが、佐川義昭であった。

皆川と、小沢は、佐川よりはましという程度で、この三人は、ジャングルで生きてゆくための戦力とはならなかった。

剣が獲物を捕え、加倉が料理をした。

佐川は、かろうじて、自分の足で前へ進むことができる程度であった。

剣と加倉が交代しながら山刀で蔦《つた》や小枝を払い、道を造った。

西へ向かった。

西へ向かえば、マケホ川に出るはずであった。

マケホ川に出て、川に沿って上流へゆけばツァンガニ村に出る。

迷った地点から、マケホ川までが二十キロ、マケホ川に沿ってツァンガニ村までが二十七キロ——一番効率よく歩いて、そのくらいの距離になるはずであった。

全部で、五十キロ近い距離を歩くことになる。

しかし、ジャングルの中には、無数の小さな支流があった。

水は、濁っていて、どのくらい深いかわからない。

時には、迂回し、時には支流を渡っているうちに、現在位置の見当もつかなくなっていた。

とにかく、西へゆけばと考えているのだが、すでにどのくらいマケホ川に近づいたのかということも、わからなくなっていた。

剣が、川の渡渉《としょう》中に流され、地図と磁石を失った時には、全員が、半日、その場所で動けなかった。

わかっているのは、何日経ったのかという、その日数だけであった。

案内人たちと別れてから、十五日目のことであった。

それを、最初に見つけたのは、加倉であった。

先頭を歩いていた加倉が、何かに膝をぶつけたのである。

固いものであった。

石であった。

蔦《つた》や草が、その石の上にかぶさっていたが、たしかにそれは石であった。

半分以上が土の中に埋もれ、顔を出しているのはその一部である。その上に、さらに草や蔦がかぶさっていたのだ。

それに膝をぶつけねば、通りすぎていたところであった。

「これは……」

加倉が、その石を見て、つぶやいた。

「これは、加工がしてありますよ」

加倉が言った。

全員が、その石の周囲に集まった。

白っぽい、石であった。

その石が、何かのかたちに彫られている。

加倉が、蔦や草を、山刀ではらった。

土の中から、顔を出している石のその部分が見えた。

「おう……」

低く声をあげたのは、佐川であった。

「獅子《しし》？」

皆川は言った。

それは、明らかに、獅子の頭部であった。

しかも、その石の彫りかたの特徴は、アフリカ的なものではなかった。

なお、それは、どうやら大理石のようであった。

「獅子の頭部だ」

剣が言った。

「これ、どこかで、見たことがありますよ」

カメラマンの加倉が言った。

「見た？」

佐川が訊いた。

「はい」

「どこで？」

加倉は、首を傾けて、わずかに考えてから、すぐにそれを思い出したようであった。

「インドです――」

加倉は言った。

7

ドアにノックがあったのは、剣英二がそこまで話した時であった。

「どうした？」

鳴海容三が、声をかけた。

「橋本です。小沢秀夫の入院している病院がわかりました——」

ドアのむこうで、男の声が言った。

「入りなさい」

「ンガジと、ザジが一緒《いっしょ》に来ていますが——」

「かまわん。入りなさい」

鳴海が言うと、ドアが開いて、そこから三人の男が入ってきた。

ひとりは、今、橋本と答えた日本人であった。

しかし、その橋本に続いて入ってきたふたりは、黒人であった。

ひとりがンガジ、もうひとりがザジである。

ンガジは、小柄な老人であった。

褐色の布を、身体に巻きつけている。

髪が長く、髯《ひげ》をはやしていた。

髪は、きれいな銀髪であった。縮れたその長い髪が、ぼうぼうと老人の頭でからみあっている。

髯までが白い。

太い、無数の皺《しわ》が、その顔に刻まれていた。眼も、鼻も、口も、その太い皺の中に埋まり、その皺の一部のようにしか見えなかった。

炯々《けいけい》とした、鋭い、黄色い眼をしていた。

その眼が、凝《じ》っと鳴海を見た。

はたして、この老人が何歳であるのか、その年齢の見当がつかなかった。

もうひとりの黒人、ザジも、その身体に褐色の布を巻きつけていた。

身長は、平均的な日本人のそれより、いくらか高いだろうか。

眼が大きくて、鼻が潰《つぶ》れていた。

髪は、短かった。

ンガジほどの、鋭いものはその眼の中にはない。

濁った眼をしていた。

ザジは、その濁った眼で、テーブルの上の黄金仏の写真を見つめていた。

「玄馬、紹介しておこう。このふたりが、マラサンガ王国から、盗まれた黄金仏を取りもどしに来た、ンガジと、ザジだ——」

「盗まれた？」

「じきに、詳しい話はする。我々は、このふたりに協力して、黄金仏を取りもどさねばならん——」

「ムンボパを、殺す、ことも、一緒だ」

ンガジが、奇妙なイントネーションの日本語で言った。

「わかっている」

「その、男、は？」

ンガジが訊いた。

「わしの知り合いでな、今度のことでは、色々とやってくれることになった玄馬《げんば》だ」

鳴海が言うと、

「玄馬だ」

低く、玄馬が言って、ンガジとザジを見た。

三人の視線がからみあった。

「見せ、るな」

ふいに、ザジが言った。

泥が煮えるような声であった。

「われらの、仏陀《ブードゥー》を、軽々しく、他人に、見せ、るな」

ザジが言った。

ザジの眼が、鳴海を睨んだ。

「このザジが、梶の顔の肉を毟《むし》った男ですね」

玄馬が立ちあがり、ザジの視線を塞《ふさ》ぐように動いて、ザジの前に立った。

「そうだ。この部屋でな。頬骨までが見えたわ。一度見ると、あれは、癖になる」

玄馬の背に、鳴海が声をかけた。

「おれも、見たかったよ」

玄馬は、ザジに向かってつぶやいた。

「よかったな、相手がおれでなくて」

「玄馬さん。挑発しない方がいい。このザジは、本気になる」

横から、立ちあがった剣が言った。

「本気？」

玄馬が、囁《ささや》くようにつぶやいた。

すうっと、玄馬の唇の端が、左右に吊りあがった。

ザジは、濁った眼で、玄馬を見ている。

その眼の奥に、何か凶暴なものが育ちつつあるのか、それとも、何も考えていないのか、それがわからない。

ふたりの間には、しかし、ソファーがあった。

どちらも、まだ、相手の間合《まあい》ではない。

踏み込まねば、そこからの攻撃が相手に当ることはない。

玄馬の前には、すぐにソファーがある。

玄馬は、間合を詰めるための一歩を踏み出せないが、床の上に両足を左右に開いて立っているザジは、その距離をつめることができる。

ふいに、動いた。

動いたのは、ザジであった。

しかし、ザジが動かしたのは、足ではなかった。動かしたのは右手であった。

ザジの右手が、空気を裂いて疾《はし》った。

踏み込まなければ、届かないはずの距離をザジの右手が疾《はし》り抜けた。

指先に、鋭い、長い爪があった。

それが、一瞬、玄馬の顔面を貫くかに見えた。

その攻撃を、玄馬は、右に、首を小さく傾けるだけでかわしていた。

ザジの右手が玄馬の左頰を掠《かす》めて、後方に突き抜けていた。

ザジは、遠く離れた間合から、それをやってのけたのである。

信じられない攻撃であった。

ザジが、手をもどし、同じ場所に立って、玄馬を見つめていた。

「ふふん」

玄馬は微笑した。

「そういうことか」

ザジは、両腕を、自分の身体の脇に、だらりと垂らしていた。

さっきまでは、肘《ひじ》を曲げて、腰の高さにあった腕であった。

ザジの腕は、異様に長かった。

両脇に垂らしたその指先が、ほとんど床に触れそうになっている。

肘を曲げて、腕の長さがどのくらいか、正面から見たのではわかりにくくしているが、今はそれが見えている。

その腕の長さがあればこそ、離れた間合から攻撃を仕掛けることができたのである。

「今度は、おれの番——そういうことだな……」

玄馬がつぶやいたその時、ふいに、ザジの身体が床に沈んでいた。

四つん這いになり、長い手足を曲げて、ほとんど床に触れそうになるほど、腹を下げていた。

巨大な、人の姿をした蜘蛛《くも》のように見えた。

唇をすぼめ、玄馬が、
ふっ、
と小さく呼気を漏《も》らした瞬間に、ザジが床から跳躍していた。

刃物に似た何かが、玄馬の唇から、ザジにむかって飛び出し、それが、それまでザジのいた床に突き立った。

宙に跳んだザジの身体が、長く伸び、それが宙で縮んだ。信じられぬほどのバネのある身体であった。

ザジの身体が、宙で反転していた。

そのまま、ザジの身体が、四つん這いに天井に張りついていた。

「ひゅっ」

低く、玄馬の唇から、笛に似た音が洩れた。

天井に張りついたザジに向かって、今度は玄馬がそこから跳躍した。

足から先に、宙に浮きあがった。

ザジが、天井を横に動いた。

それまで、ザジが張りついていた天井のその場所を、玄馬の右足が蹴っていた。

玄馬は、右足で天井を蹴り、宙で身体を入れかえ、床に着地した。

それまで、ザジが立っていた場所であった。

その時には、ザジは天井をさらに動いて、壁に下向きに張りついて、上目づかいに玄馬を睨んでいた。

それまで、呼吸を止めていた剣《つるぎ》が、ほう、と息を吐き出した。

「逃げるのは、うまいな……」

玄馬がつぶやいた。

「おもしろい、男、よ……」

それまで、黙ってふたりを見ていたンガジが、しゃがれた声でつぶやいた。

「そんなところにしておけ」

鳴海が、言った。

玄馬は、長い髪を揺らして、後方に下がった。

玄馬が後方に下がったのを確認してから、ザジが、蜘蛛のように壁から這い降りてきて、床に立った。

今度は、誰も座らなかった。

座っているのは、鳴海容三ひとりになった。

他の人間は、壁を背にするかたちに、壁際に移動していた。

橋本のみが、座った鳴海の前に立つかたちになった。

「小沢の入院先が、わかったと言うたか――」

鳴海が訊いた。

「はい」

「どこだ」

「御殿場の阿久津医院です」

「ほう」

「遠くの病院には運ばせないだろうと、あのあたりの病院を軒なみに捜させたら、見つかりました」

「いつだ」

「つい、先ほどです」

「よし――」

「ところが、我々が、あちこちに電話したりして、そういう病院を捜しまわっていたのが、むこうにも知られてしまったようです」

「しかし、今のところは、居場所を押さえてあるのだろう?」

「はい」

「黄金仏が手に入った以上、もう、あの男には用はない。用はないが、しかし、ぬしらの掟《おきて》では、あの男は殺さねばならぬのであろうが……」

鳴海が、ンガジに視線を向けた。

「あの、男を、殺すも、殺さぬも、それは、わしらには、すでに、どちらでも、よい、こと。殺さねば、ならぬ、の、なら、そこの、剣という、男も、殺さねば、ならぬで……」

ンガジが言った。

「おれは、やつらとは違う。一緒にするな」

剣の腰が、後方に退《ひ》けていた。

「ふく……」

ンガジが、笑った。

「ムンボパは、おまえ、を殺した、がって、いよう」

ザジが言った。

「われら、が、ガゴルに、頼まれた、仕事、は、あの、ムンボパを、殺す、こと……」

ンガジが、剣を見つめながら言った。

剣が、右手の拳で、額《ひたい》に浮き出た汗を拭《ふ》いた。

「ムンボパを、ぬしは、裏切った。ムンボパに、内緒で、我等を、呼び、よせた。ムンボパを、われらが、殺すと、考えた、からだ。それが、ムンボパには、わかった、のだ。だから、ムンボパは、帰って、こない、のだ。ムンボパは、おまえも、殺す、つもりに、違い、ない――」

「けっ」

剣は、また汗をぬぐった。

「みんなで、勝手なことを言いやがって——」

剣は、床に唾を吐き捨てるように、舌を鳴らして、ンガジをねめあげた。

「剣、おまえは、ムンボパが皆川を殺した時に一緒にいたのだろう」

鳴海が言った。

「いましたよ」

「ムンボパが、皆川を殺した後で、皆川の妻を犯し、その上で殺したのはおまえだろう」

鳴海が訊いた。

剣は答えなかった。

「ムンボパは、関係のない人間を、わざわざ殺して犯したりするのか？」

「あいつだって、時には女も欲しくなるでしょうよ」

「皆川の妻の膣に残っていた精液は、O型の血液の人間のものだったのだろうが」

「——」

「おまえは、O型だったな」

「何を言ってるんですか」

「責《せ》めてはおらん。勘違《かんちが》いはするなよ。わしは、何があったのかを、正確に知りたいだけなのだ——」

鳴海は、楽しそうに剣を眺め、

「――しかし、その話は後だ。今は、小沢の話だ。とりあえず、小沢には、今、見張りをつけてあるのだったな」

「はい」

橋本が答えた。

「小沢は、そのままにしておけ。やつは餌だからな。小沢を見張っておけば、いずれ、佐川から黄金仏を渡された地虫平八郎という男もやってこよう。地虫平八郎を捕えれば、佐川の黄金仏のありかがわかるはずだ」

鳴海が言った。

「やって、来る、のは、地虫平八郎、のみでは、ない。ムンボパも、やがて、小沢を殺しに姿を現わ、そう――」

ンガジが、〝ひき、へく〟と、楽しそうに笑い声をあげた。

「九州の方は、どうする?」

剣が訊いた。

「田中家の方か。そちらの方にも、手は打っておく。ンガジが、虫を憑《つ》かせた男がいたな――」

「工藤か――」

「その男も、いずれ、役にたつ時がこようさ。ここまで来たら、じっくり奴等を引きつけておいて、ひと息にかたをつけてくれるわい――」

鳴海は、意味ありげな眼つきで、玄馬を見、ゆるんだ顎の肉を震わせて、笑った。

第三章　呪　闘

1

濃い闇の中で、しきりに、木の葉がざわついていた。

少し先に、灯《あか》りが見える。

窓の灯りである。

その窓の灯りの上に、風で揺れる木の葉がちらちらと、シルエットになってかぶさっている。

太い、欅《けやき》の幹の間であった。

ちょうど、ツツジの植え込みの中に隠れるようにして、ふたりの男が、その灯りの点《つ》いた窓を眺めていた。

遠くから、小さく、車の発進音が聴こえ、車のエンジン音がゆっくりと向こうへ遠ざかっていった。

その音が完全に消えると、また、木の葉のざわめきだけになった。

「加藤は行ったようだな……」

低い、男の声が言った。

「ああ」

もうひとつの、低い男の声が答えた。

どうやら、ふたりは、今、どこかへ走り去った車について、話をしているらしい。

「それにしても、怪我人を、わざわざこんな山の中の別荘へ運ぶとはな」

「おれたちが嗅ぎまわったんで、病院には置いておけなくなったんだろうよ」

「おれたちが、後をつけて、ここまで来たのは、知られてはいないだろうな」

「たぶん、大丈夫だろう。それがわかっていれば、わざわざこんなところまでは来ないだろうよ」

「車は、どのくらいでもどる？」

「電話があるところまでは、十分も走れば出るだろう。この場所を、電話で説明できなければ、どこか、ＦＡＸの使える場所までゆくことになるだろうな」

「ヘタをすれば、ここで夜明かしか」

「喰い物はある」

「酒もな」

ひとりの男が、ポケットに手を突っ込んで、ウィスキーのポケット壜《びん》を取り出した。

その蓋《ふた》を開けて、中の液体を飲んだ。

飲んでから、そのポケット壜を、もうひとりの男に渡した。

もうひとりの男が、壜の注ぎ口を直接口に咥《くわ》えて、中の液体を飲み込んだ。

ごくり、
と、喉の鳴る音がした。

「煙草が吸えたらな」

言いながら、飲んだばかりのボトルを、また、もとの男に返した。

「煙草はがまんしろ、佐山——」

ウィスキーのポケット壜を受け取りながら、男が言った。

「わかってるよ、木地本《きじもと》」

佐山と呼ばれた男は、そう言って唇を拳でぬぐった。

木地本と呼ばれた男は、また、ウィスキーのボトルを口に運んで、それを飲んだ。

「ふう」

と、ウィスキーの匂いのする、熱い息を吐いた。

濃いウィスキーの匂いが、夜気の中に溶けた。

その時であった——

「うまそうだな」

どこからか、低い、男の声が響いてきた。

木地本は、横の佐山に視線を送った。

闇の中で、佐山の眼が光っていた。

佐山の眼が、木地本を見ているのである。

木地本と同じ眼であった。

今の声は、おまえのものかと、互いに相手に問う眼であった。

違う——

と、互いにその眼は言っていた。

ふたりの眼に、向こうの、窓の灯りが映っている。

「おれにももらいたいな」

その声が降ってきた。

上からであった。

「誰だ？」

木地本が、そこにしゃがんだ姿勢から、上を見あげた。

黒い樹々の梢《こずえ》が、シルエットになって見えている。

背景の夜空の方が、いくぶん白っぽい。
星が見えていた。
さやさやと、木の葉が揺れている。
梢が動いている。
そのうちの、梢の一本が、ゆっくりと、上下に揺れていた。
頭上の梢であった。
風の揺れとは、どこか、少し違った揺れのように見えた。
その枝の一部——葉の重なった中に、ひときわ黒い、塊《かたま》りがあった。
その塊りごと、梢が上下に、風の中で静かに揺れているのである。
「あれだ!」
木地本が言った時、ふいに、その黒い塊りが落下してきた。
とん、
と、それは、そこに立った。
木地本の頭の上であった。
「こ、こ、この——」
木地本が動いても、それは、木地本の頭の上で、絶妙のバランスを保って立っている。
黒い、僧衣を着た男であった。

猿のように小さい。

小学生くらいの肉体であった。

鬼猿《きざる》である。

蛇骨に連れられて、平八郎と真由美が東長密寺——つまり田中家へ出かけたおり、樹上で三人を出むかえたのが、この鬼猿であった。

鬼猿は、身を沈めて、木地本の手からウィスキーのポケット壜を取った。

木地本が、どんな風に身を揺らしても、鬼猿は木地本の身体の上から降りなかった。

木地本が、首を振れば肩の上へ、前へ身を倒せば背へ、ひょいひょいと、猿よりも身軽に身を躍らせる。

手で、木地本が鬼猿の足をはらおうとしても、跳びあがってそれをかわす。あるいは伸びてきた手を蹴って、はじく。

鬼猿は、そのまま、木地本の上で、リズミカルにバランスをとりながら、ウィスキーをラッパ飲みした。

全部飲んでいた。

「ふん」

鬼猿は、そのポケット壜を左手に持って、唇を右手の甲でぬぐった。

「安いウィスキーだな」

鬼猿がつぶやいた。

「誰だ、おまえは――」

佐山が訊いた。

「鬼猿ってもんだ」

鬼猿が、木地本の頭の上に立って言った。

木地本は、そこに、四つん這いになったまま、喘《あえ》いでいた。

「鬼猿だと？」

「さて、どちらの方が口が軽いんだ？」

鬼猿が訊いた。

「なんだと」

佐山が、上着の内側から、刃物を取り出した。

鉈《なた》ぐらいの大きさの、軍用ナイフであった。

「口の軽い方の人間に、手ごころを加えてやるってことさ」

「何を言ってやがる」

佐山が、ナイフを構えて、前へ出た。

「今、車が出て行ったな。あれは、おまえの仲間か――」

「うるせえ」

佐山が、小さくナイフを宙で振った。

しかし、鬼猿は動かない。

「しかたがない。なりゆきということにするか――」

鬼猿が、にっ、と笑った。

鬼猿の身体が、空気のように宙に舞った。

佐山に向かって動いた。

「糞!」

宙を跳んできた鬼猿に向かって、佐山がナイフを突き出してきた。

そのナイフを、宙で、鬼猿がはさんでいた。

手ではない。

両足の、足の裏ではさんだのだ。

そのまま、鬼猿は、ナイフを男の手からねじ取っていた。

宙で反転し、鬼猿は、佐山の頭の上に、左手で立った。

片手の逆立ちである。

右手には、まだ、ウィスキーのポケット壜を持っており、上になった両足の裏には、ナイフがはさまれている。

「まず、おまえから眠るか」

言うなり、鬼猿は、右手に握っていたウィスキーの壜を、佐山のこめかみに打ちつけた。

壜が、割れた。

喉の奥で、いやな声をつまらせて、佐山は前にぶっ倒れた。

倒れきる寸前に、片手で、鬼猿は宙に跳びあがっていた。

立ちあがった木地本に向かって、鬼猿の身体が宙を動いた。

鬼猿は、宙でまた反転し、足から、木地本の上に立とうとした。

その時には、すでに、鬼猿は右手にナイフを握っている。

それを、木地本は後方にさがってかわし、まだ宙にいる鬼猿に、右のストレートを打ち込んできた。

その拳の上に、鬼猿の足が乗った。

ぽん、
と、鬼猿がその拳を蹴って、さらに高い宙に舞いあがり、とん、と、また木地本の上に降り立った。

「残念だったなあ」

木地本の両肩の上に、鬼猿が立った。

両足の間に、木地本の頭部を挟んでいる。

鬼猿が身をねじった。

脚の間に挟まれていた木地本の首が、奇妙な角度に曲がっていた。

呼吸ができなくなったらしい。

木地本がふくれあがった舌を、唇から突き出した。

手を伸ばして、鬼猿の両足をつかみにくる。

鬼猿は、その手を、上からナイフで突いて、足に触れさせない。

完全に、鬼猿にもてあそばれている。

この鬼猿が本気になれば、ほんの数秒足らずの時間で、木地本と佐山のふたりは倒されていたろう。

木地本は、ついに、前のめりに倒れた。

鬼猿が、ひょい、と動いた。

ナイフを口に咥《くわ》え、前のめりに倒れてゆく木地本の後頭部に、鬼猿が両足を乗せた。

喉が開き、木地本は、倒れながら大きく音をたてて息を吸い込んだ。

吸い込んだその時、木地本は、後頭部に鬼猿を乗せたまま、顔面を、地に打ちつけていた。

ナイフを口に咥えた鬼猿が、両手で、木地本の両腕をからめとっていた。

つまり、木地本は、両手で倒れる身体を支えることもできずに、したたかに、地に顔面を打ちつけていた。

木地本は動かなくなった。

鬼猿は、口に咥えていたナイフを、右手に握った。

それをもてあそびながら、思案する顔になった。

「さあて、どちらの方が、口を割り易《やす》いのか――」

そうつぶやいた鬼猿の手の動きが、ふいに、やんだ。

ナイフが、きちんと鬼猿の右手に握られていた。

闇の中から、近づいてくるものの気配があった。

数人の人の気配であった。

殺されていた鬼猿の気配が、ふっ、とゆるんだ。

むこうから歩いてくる者が、誰だかわかったからである。

「蛇骨……」

鬼猿が声をかけた。

闇の中から歩いてきた人影が止まった。

そこに、蛇骨、平八郎、真由美の三人が立っていた。

「やっと来たかよ、蛇骨」

「うむ、九州から、ここまでだからな。羽田からは、車で来た――」

蛇骨はそう言って、鬼猿の足の下の男と、その横に倒れている男を見た。

「どうした、鬼猿」

蛇骨が訊いた。

「このふたりは何者だい？」

平八郎が訊いた。

「獄門会の人間だろうさ」

鬼猿が言った。

「獄門会のガキか」

平八郎が言った。

「すでに、誰かが、知らせにもどっている」

「ならば、獄門会の連中がやってくるな」

蛇骨がつぶやいた。

「来るのならば、こちらの思わく通り――」

「しかし、問題は、いつ来るかだ」

「それを、これから、このふたりから訊きださねばならぬ」

鬼猿が言った。

鬼猿は、まだ、木地本の頭の上に立っていた。

2

暖炉《だんろ》のある居間であった。
火の入ってない暖炉の前に、木のテーブルがあった。
そのテーブルを囲んで、四人の人間が座していた。
地虫平八郎。
佐川真由美。
蛇骨。
鬼猿。
その四人である。
隣りの部屋では、ベッドで小沢秀夫が眠っている。
その小沢に、松尾銀次がつきそっている。
鬼猿が捕えた獄門会の人間ふたりは、地下室に閉じ込めてあった。
御殿場にある貸別荘であった。
ここを借りたのは、鬼猿である。
銀次と鬼猿がつきそって、小沢を、この別荘に移したのだ。

すでに、小沢の意識はもどっていた。

傷の治癒《ちゆ》も順調で、医者の了解を得て、ここへ小沢を移したのだった。

それには、理由がある。

出雲忠典の知り合いの病院に、迷惑がかかるのを恐れたからであった。

小沢らしい男を捜して、御殿場市内の病院に、のきなみさぐりを入れてくる人間たちがいることを、院長から知らされて、小沢自身が決心をしたのであった。

何しろ、平気で人を殺す連中が相手であった。

病院には、看護婦もいれば、他の患者もいる。

ザジヤンガジ、ムンボパ、獄門会の人間が、小沢をどうにかするつもりで襲ってくれば、誰かが巻きぞえをくうことになる。

それは、どうしても避けねばならないことであった。

そのためには、自分が、この病院を出ることだと、小沢が判断したのである。

それで、この別荘へ移動したのであった。

ここならば、襲われやすくなるかわりに、他の人間に迷惑をかけることはない。逆に、相手をおびき出して、捕え、何のために小沢の生命を狙うのか、あの黒人たちが何の目的で日本まできたのか、それに、獄門会がどうかかわっているのか、そういうことを探り出すこともできる。

そこまで考えてのことであった。

九州の裏密——東長密寺が、こんどの一件に関わることに決めたからこその、手段であった。

しかし、襲われた場合、銀次と鬼猿だけでは、とても小沢を守りきれない。それで、九州から平八郎たちがやってきたのである。

小沢が、長距離を動けるようになり次第、車で、九州まで運ぶつもりであった。

「しかし、ふたりとも、口の軽い男たちだったな」

平八郎が言った。

「早ければ、もう二時間もしないうちに、東京から獄門会がやってくるということでしたね」

蛇骨が言った。

「その前に、車で、知らせにいった人間が先にもどってくるだろうな」

鬼猿が言った。

テーブルの上には、途中のマーケットで買い込んできた、パン、握り飯、牛乳、チーズ、果実、ジュース、缶詰《かんづめ》等の喰いものが並んでいた。

そこに、さっきからしきりに手を伸ばして食べものをつまんでいるのは、平八郎であった。

今も、平八郎は右手に握り飯をつかみ、左手に缶ビールを握って、それを食べながら、飲みながら、話をしているのであった。

「しかし、楽翁尼さまが御決心をされたとあれば、久しぶりに、我等も存分に動けるわい」

鬼猿が言った。

「黄金の勃起仏と、アフリカの仏王国の件、それだけのものと楽翁尼さまも考えられたのでしょうよ」

蛇骨が、言う。

「けっ」

まだ、口の中に飯粒を残したまま、平八郎が声をあげた。

「黄金だよ、黄金。裏密だろうが、楽翁尼だろうが、黄金が欲しいんだろう?」

平八郎は言ったが、鬼猿も、蛇骨も、小さく笑っただけでとりあわない。

「きどりやがって――」

おもしろくなさそうに、平八郎は、ビールを音をたてて飲んだ。

音をたてて、ビールが平八郎の喉に潜り込んでゆく。

平八郎は、腰に、ウエストバッグを付けていた。そこに、黄金の勃起仏を入れてある。

佐川からあずかったものであった。

上着のポケットには、地図が入っている。

平八郎は、昨夜の一件いらい、何かと蛇骨につっかかるようになっていた。

蛇骨と喧嘩をするきっかけを捜しているような様子さえあった。

「車は？」

鬼猿が、蛇骨に訊いた。

「羽田から乗ってきたレンタカーなら、途中の林の中に乗り入れて停めてありますよ」

蛇骨は言った。

「とにかくだ。獄門会がここへやってくることはわかったんだ。その車で、真由美を帰しておいた方がいいぜ」

平八郎が言った。

「そうですね」

蛇骨がうなずいた。

「待って、どうして、わたしだけ帰すの？」

「獄門会がくるからだよ。あんたと、小沢のふたりを守って、あんな化物と闘えるかよ——」

平八郎が言った。

真由美は、平八郎を見た。

「どこへ帰るの？」

「東京だ」

「わたしの家？」

　真由美が訊いた。

「そうだ」

「あそこにいるのは危ないからって、九州に行ったんでしょう。あの家だって、もう、獄門会には知られているのよ……」

「知り合いはいはいねえのかい」

「いるわ。でも、そこへゆけば、その人に迷惑がかかることになるでしょう。それに、わたしは、小沢さんの意識がもどったというから、小沢さんの話を聴くために、ここへやってきたのよ」

「――――」

「小沢さんは、カメラマンの加倉さんが、まだ、生きてるかもしれないって言ったわ。その話をあらためて聴かなくては。父の佐川が、アフリカで、どういう体験をしたのか、それも知りたいのよ」

「もっともな話だがね、現実問題としては、あんたがここにいない方がいい――」

「もし……」

と、真由美が言いかけ、言いにくそうに口をつぐんだ。

「もし……」

と、また言った。

「もし、何だ」

「だから、もし、小沢さんに、ここでもしものことがあったら――」

真由美は、声を小さくしていった。

「なるほど。もし、小沢が死んじまったら、加倉の話は聴けなくなるか」

「わたしは、ここへ来る途中でも言ったけど、一番いいのは、このまま小沢さんを車に乗せて、警察病院に行くことだと思うわ」

「それがいいと思ってるのは、あんただけだぜ。おれも、蛇骨も、あの小沢も、警察と関わりを持ちたくねえんだよ」

「蛇骨さんも？」

「裏密としては、できるだけ、警察とか、日本の公《おおやけ》の機関とは関わりを持ちたくないと考えています」

「ほらよ、蛇骨もそう言ってるじゃねえか」

平八郎がいった。

「でも……」

「小沢は、今、眠っている。口が利《き》けるようになったからって、眠っている怪我人を起こすわけにはいかねえ」

「でも、二時間あるんでしょう?」

真由美が言った。

「たぶん、そのくらいはな――」

「じゃ、もし、その間に小沢さんが目覚めたら、ぎりぎりまで、小沢さんの話を聴かせて。二時間に、あと三十分という時間になったら――つまり、一時間半経ったら、おとなしくここを出て、どこかのホテルに宿をとって、今夜はそこで眠ることにするわ」

「よし――」

平八郎は、飲み干したばかりのビールの缶を、テーブルの上に置いた。

「そういうことで、手を打とうじゃねえか」

いいな――

というように、平八郎は、蛇骨と鬼猿を見た。

「うむ」

テーブルに隠れて、肩から上しか見えていない鬼猿が、低くうなずいた。

隣の部屋から、銀次が入ってきたのは、その時であった。

銀次は、落ち着いた眼で皆に視線を送った。

「小沢さんが、目を覚まされましたよ。みなさんに、お会いしたいそうです」

銀次が言った。

3

「加倉は、それを、インドのサールナート博物館で見たと言ったのです……」

小沢秀夫は、ゆっくりとした、低い声で言い、皆を見まわした。

ベッドの周囲に集まって、小沢の話を聴いている人間は、四人であった。

平八郎、蛇骨、真由美、そして松尾銀次であった。

話の途中で、鬼猿が姿を消した。

別荘の周囲を見張るためである。

そろそろ、車で、獄門会に知らせに行った人間がもどってくる頃であった。

全員が、ひとつの部屋に集まっているわけにはいかなかった。

それで、鬼猿が、外へ出たのである。

武器は、銀次が用意した日本刀が二本。

他には、ナイフが二本——このうちの一本は、鬼猿が、さっき、獄門会の人間から奪ったものが含まれる。

銀次が、日本刀を一本。

真由美が、ナイフをひとつ。

平八郎が、日本刀を一本と、ナイフがひとつ。

そういう組み合わせで武器を持つことになった。

銀次は、腹と背と胸へ、週刊誌をさらしで巻きつけた。

こうしておけば、刃物がそこの肉の中へ潜り込むのを防ぐことができるからだ。

日本刀のあつかいには、銀次は慣れている。

銀次は、そういう刃物沙汰《ざた》の修羅場《しゅらば》を、何度かくぐってきた人間であった。

元掏摸《すり》である。

新宿では、裏の顔も持っていて、元刑事の出雲忠典とは、追って追われてという関係である。

忠典が、ストリッパーに惚れて刑事をやめた時に、銀次も掏摸をやめた。

刑事と掏摸ではあったが、奇妙な友情が、忠典と銀次の間に成立していたのである。

忠典が、〝あやめ劇場〟を始めた時には、銀次はその仕事を手伝うようになった。

それが二十年前である。

しかし、今でも、新宿あたりでは銀次の顔は利く。

二本の日本刀も、銀次がそういうルートで手に入れたものであった。

それに、平八郎と、蛇骨、鬼猿がいる。

そこらのヤクザなら十人以上を相手にできる。

平八郎は、頭の回路の一部が切れると、とんでもない強さを発揮する。

鬼猿と蛇骨の強さには、まだ底の知れないものがある。

問題は、小沢と真由美である。

小沢は、すでに覚悟してここに来ているが、真由美は違う。

それに、女である。

女である真由美が、闘いになった時には邪魔になる。

それで、小沢の話を聴いたら、蛇骨が真由美を送って御殿場市内のホテルまで送り届けることになっていた。

蛇骨と真由美がふたりきりになるのを、平八郎は反対したが、結局そういうことになった。

敵が、もし、生命をねらうとしたら、小沢のはずであった。

もしくは、真由美である。

真由美は、殺された佐川の娘である。

皆川が殺されており、皆川の妻の由子《よしこ》も一緒に殺されている。

真由美の生命が危険にさらされる可能性は充分にある。

それで、真由美を現場から離すことになったのである。

敵も、まさか、二十人という大人数でやって来はすまい。

おそらく、車が二台。四人から、多くて六、七人であろう。

すでに、車の一台は、現場にあるから、それで三台になる。

誰かを捕えて、その人間を乗せるには充分である。

人数でいえば、すでに仲間が三人現場にいると、彼等は考えているはずだ。

だから、五人も来れば、人が足りないということはないはずである。

危険であるのは、彼等の誰かが銃を持ってくることである。

しかし、いきなり、その銃で撃ってくることはあるまい。

彼等も情報が欲しいはずだからである。

手や、足は撃ってはくるだろうが、最初から胸や頭はねらうまい。

それに、夜である。

闇にまぎれて闘えば、充分に銃を持った人間ともやりあえる。

問題は、あの、奇妙な黒人ふたりと、そのふたりが使う術である。

そのふたりが、やってくる人間の中に混じっていると、やっかいなことになる。

しかし、むこうは、ここにいるのは、銀次と小沢のふたりだと考えているはずであった。

鬼猿は、ずっと、裏の存在として、銀次と小沢につき添っていた。

鬼猿の存在に気づいてはいないはずである。

地下室で転がっている獄門会の人間も、鬼猿の存在に気づいてはいなかった。

つまり、東京の獄門会は、まだ、鬼猿、蛇骨、平八郎、真由美が、ふたりに合流していることを知らないはずであった。

そこに、こちらのつけめがある。

ふたりの黒人のうち、どちらかは来るかもしれないが、ふたり一緒には、ここにはやって来はすまい。

ふたり、黒人が来たとしても、鬼猿、蛇骨、平八郎のうちのふたりがその相手をすることができる。

案外、獄門会は、襲ってきたりはせずに、様子を見る手に出るかもしれなかった。

彼等の、真のねらいは、小沢の生命というよりは、平八郎の持っている黄金仏であるはずだからだ。

小沢から、平八郎のことを訊き出すために、チャンスがあってもすぐには小沢を殺すまい。

ふいに現われた、蛇骨という存在にも興味を抱いているはずであった。

小沢の周囲に張り込んでいれば、いずれ、蛇骨か平八郎か真由美が姿を現わすであろうと考えても不思議はない。

蛇骨や平八郎が、まだ、この別荘に入ったことを知らなければ、あわてて襲ってくるようなことはないかもしれない。

しかし、どれも、可能性のうちのひとつである。

どういうことになるにしろ、真由美がここにいなければ、自由に、鬼猿も、平八郎も、蛇骨も、動くことができる。

小沢が話のできる状態であるのなら、少しでも話を聴いてから、御殿場のホテルへゆきたいという真由美の願いを入れて、小沢の話を聴くことになったのであった。

小沢は、苦しそうに、途中で何度も話を止めては、荒い呼吸をし、また、話を続けた。

ジャングルの中で、日本人だけ取り残され、道に迷ってジャングルをさまよったのだという。

そして、さまよっているうちに、奇妙な石の塊《かたま》りを、加倉が見つけた。

獅子の頭部の彫刻のある大理石であった。

加倉は、それに、見覚えがあるという。

それを、インドで眼にしたことがあると、加倉は言った。

4

「確かにそうです。これは、アショカ王の建てた碑の、一番上の部分ですよ——」

加倉は言った。

ジャングルの中であった。

「アショカ王？」

訊いたのは、剣であった。

アショカ王——古代インドを支配したマウルヤ王朝の王であった。

ゴータマ仏陀の死後ではあったが、仏教に帰依《きえ》し、仏陀にとってゆかりの深いインドの各地に、それを記念する碑を建てたことでも知られている。

アショカ王が、その碑を建てた場所は、さまざまであった。

仏陀生誕の地——カピラヴァストゥ。

仏陀が初めて法を説いた初転法輪の地——サールナート。

仏陀が悟りを開いた地ネーランジャラー川のほとり——ブッダガヤ。

それ等の地に建てたアショカ王の碑が、これまでにインド各地で、いくつか発見されている。

それ等のひとつが、サールナートの博物館にある。

何年か前に、仏跡を撮っていた加倉が、サールナートでその碑である石柱の上部を見ていたのである。

それに、そっくりだと言うのである。

加倉が、短くそれを説明した。

「まさか――」

言ったのは、佐川であった。

「ここは、インドではない。アフリカだ。インドとここが、どれだけ離れているかきみはわかっているのか?」

「もちろんわかりますよ」

「これが、アショカ王の建てた碑であるとどうしてわかるのかね」

「ですから、ぼくは、これがアショカ王が建てたものだと言っているのではありません。その碑と、実によく似ているということを言っているのです――」

「そっくりなのか?」

「ええ。写真に撮ったので、よく覚えています。ぼくは、自分のファインダーの中に入れてシャッターを押したものについては、はっきり覚えていますよ。特に、こういうものはね――」

「似ているということはつまり、そのふたつが関係あるということではないか」

「無関係ではないでしょう」

「しかし、二千年以上も前ということになるぞ。そのくらい前のものなら、とっくに、地に埋もれているはずだ」

「仮に、これが、つい最近まで、たとえば百年くらい前まではここに建っていたものだと考えれば、おかしくありません」

加倉と、佐川は顔を見合わせた。

「だから、どうだと言うんだ」

言ったのは、剣であった。

「これがアショカ王の碑だろうと、それがどうだってんだよ。これが喰えるのか。これが空腹を満たしてくれるのか――」

剣は言った。

加倉と、佐川は沈黙した。

全員が疲れ果てていた。

結局、その場所を再び動き出したのは、三十分後であった。

いつの間にか、川から離れていた。

大きな倒木を、何度か迂回しているうちに川から離れ、川の方角がわからなくなってしまったのである。

瀬音が常に聴こえているような川ではない。

いったん、ジャングルの中にまぎれ込むと、もう、周囲は緑色の植物の壁でふさがれて、どちらがどういう方向かわからなくなってしまうのだ。

歩く。

どちらへ進んでいるのか、そういうことも、もう、どうでもよくなりかけていた。

いつの間にか、登りになっていた。

ジャングルの中にも、登り降りをする斜面は無数にある。

サバンナではない。はっきり、山となっている場所もあるのである。

その登りが、一定方向に向かって続いていた。

体力の消耗は、もう、その登りには耐えられない状態になっていた。

石柱を発見した、二日後であった。

登らずに、下《くだ》ろうという結論を出しかけた時に、瀬音を耳にしたのであった。

その音の方へ移動した。

十メートルほどむこうに、川があった。

しかも、濁った川ではない。

きれいな水の川であった。

そこで、水を飲んだ。

魚もいた。

川幅が、特別に広くはない。

浅いところをゆけば、腰までの深さで、対岸まで渡ることができる。

流れのあちこちに、苔生《こけむ》した岩が顔を出している。

日本の渓流のようであった。

違うのは、その渓流の周囲の植物と、そこに棲《す》む、極彩色の羽根をした鳥たちであった。

日本にはいない猿の群が、激しく鳴きかわしながら、ジャングルの高い枝から枝へと渡ってゆく光景が、日に何度も見られた。

そこで、三日、休んだ。

筏《いかだ》を造り、ここから、川を下ろうかという話もでた。

全員に、体力がわずかにもどってきていた。

日本から用意してきた、抗生物質がまだ残っているうちに、なんとか、人のいる村に出たかった。

川を下れば、どこかで、そういう村か、人が近くに住んでいるとわかるものにぶつかるはずだ。

そういう相談をした。

三日目、食事をしている時に、川へ水を飲みに行った皆川が、声をあげた。

「来て下さい！」

叫んでいた。

全員が、川に、膝下までつかっている皆川の所までやってきた。

「これを見て下さい」

皆川が、川の中から、皆を振り返った。

皆川が、右手に、何かを握っていた。

木だ。

木でできたものだ。

それは、明らかに、人の手が加えられたものであった。

「これが、今、そこの岩にひっかかっていたんですよ」

皆川が言った。

「見せてみろ」

剣が、川の中に入り込んで、皆川の手からそれを受け取った。

それは、木の椀《わん》であった。

「これは——」

全員が、その木の椀を見つめた。

下流から流れてきたものではあり得なかった。
その木の椀は、上流から流れてきたのである。
つまり、上流に、人が住んでいることになる。
「人が、上流に住んでいるということか――」
佐川が言った。
「その通りですよ」
加倉が言った。
さっそく、上流に向かって、移動することになった。
もう、川からは離れられない。
どんなに困難な状態になったとしても、川からだけは離れないように歩くことにした。
以前より、ペースはあがっていた。
半日で、夜になった。
そこで眠った。
翌日、丸一日、歩いた。
はっきり、登りになっていた。
ジャングルの中に、岩が目立つようになっていた。
「道だ」

そう言ったのは、剣であった。

岩の間を縫《ぬ》って、歩き易い所を選んで歩いていたら、いつの間にか、それが道になっていた。

というよりも、それが道であることに気づいたのであった。

道とは言えないほどの、細い道だ。

獣道《けものみち》であるかもしれなかった。

人であるにしろ、獣であるにしろ、それは、はっきり、何ものかが歩くことにより、その足で踏みかためられた道であった。

それが、昼をまわった頃であった。

その道に沿って、歩いた。

その、奇妙な音を耳にしたのは、更にしばらく歩き続けてからであった。

それを、最初に耳にしたのは、剣であった。

そうつぶやいて、先頭を歩いていた剣が、足を止めたのだった。

「聴こえる——」

皆をふり返った。

全員が足を止めた。

しかし、何も、聴こえはしなかった。

聴こえるのは、鳥の声と、風の音、そして川の瀬音であった。

「何がですか？」

皆川が訊いた。

「わからん」

剣は首を振った。

「何か、聴こえたような気がしたんだ」

また、しばらく歩き続けた。

再び、剣が、足を止めた。

「聴こえる……」

そう言った。

足を止めた。

全員が、耳を澄ませた。

「聴こえます。確かに聴こえますよ」

そう言ったのは加倉であった。

鳥の声。

風の音。

水の音。

それらの音に混じって、低く、風の中に聴こえてくる音があった。
タム……
トム……
トム……
乾いた音であった。
風というよりは、地の中から聴こえてくる低い音のようであった。
タム
トム
トム
オム……
何かを叩く音だ。
太鼓の音のようであった。
いや、それは、太鼓ではなく、うろを持った乾いた木を、何かで叩いているような音であった。

しかし、それは、確かに、この世に存在する音であった。

歩き出した。

音が、はっきりと聴こえるようになった。

タム

タム

トム

トム

オム

オム

オム……

それは、何かの呪文のように、低く、しかしはっきりと聴こえていた。

「人だ。人がいるんだ」

歩いた。

しかし、その音は、近づいてくるようで、なかなか近づいてこない。

よほど遠くまで、その音は届いているらしかった。

知らぬ間に、その音はやんでいた。

しかし、全員が歩き続けた。

この、小さな道の先に、人がいることは、とにかく間違いがないのだ。

それが、好意的な人間かどうかは、もう、問題ではなかった。

とにかく、彼等と会うことが必要であった。

人と出会えば、彼等がどれほど未開の部族でも、なんらかのかたちで、彼等と文明との接点は、ほんのわずかにしろあるはずであった。

歩いた。

歩き続けた。

道が、急になり、岩が多くなった。

どこかの山に向かって、登っているらしかった。

夕刻になっていた。

それでも、歩いた。

完全に陽が暮れる前、行く手の上方に、灯りを見た。

炎の灯りであった。

「あれは？」

加倉が言った。

その灯りが、ひとつ、ふたつ。

そして、大気の中に、何かの匂いが満ちていた。

甘い、肉が溶けるような匂い。

「香《こう》だ」

佐川が言った。

「誰かが、香を焚《た》いているらしい」

それは、明らかに、造られた匂いであった。

偶然に、木や葉が燃えて、それが匂いを放っているのではなかった。

日本人である一行には、そのことがわかる。

香か、香に近いものを、何者かがどこかで焚いているのである。

いや、もはや、どこかで、ではない。

前方の上方に見える炎の灯り――

そこで、香が焚かれているのである。

五人は歩いた。

両手を使って、岩や樹の根に手をかけて、半分ジャングルをまとわりつかせた岩肌を登って行った。

それは、焚火であった。

明らかに、人が開いたと思われる広場が、その岩の斜面にあった。

そこで、火が燃えていたのである。

しかし、そこには、誰もいなかった。

「見ろ」

佐川が言った。

山側の岩肌の斜面に、大きな、女陰のような黒い裂け目が口を開けていた。

自然の岩の裂け目であったが、そこに、はっきりと人が女陰に似せて手を加えたと思われる跡があった。

その岩の裂け目の両側に、その炎は焚かれていたのである。

「これを見て下さい」

岩の裂け目まで歩いてゆき、そこで、加倉が言った。

裂け目の右側の石壁に、絵が描かれていた。

黄色く彩色されている絵であった。

「仏陀の座像です」

興奮した声で、加倉が言った。

それは、色褪《あ》せ、ところどころ絵の具が剝《は》げ落ちてはいたが、まぎれもない、仏陀の座像を絵にしたものであった。

中国や、日本に伝わっているそういう絵とは、タッチは異なるが、基本的な構図は同じであった。

しかし、奇妙なことが、ひとつ、あった。

その仏陀の股間からは、巨大な陽根が、そびえ立ち、仏陀は、それを両手で握っていたのである。

「奇怪な……」

佐川が言った。

「洞窟の奥から、何か聴こえるぜ……」

剣が言った。

五人は、洞窟の奥に耳を澄ませた。

確かに、洞窟の奥から、人の声が聴こえていた。

完全に、意味がわからない。

バントゥ語のわかる小沢にさえわからない声であった。

呪文のような声であった。

五人が、洞窟の前に立った時には聴こえていなかった声だ。

数人——いや、十人を越える人間の声が唱和する声であった。

タム……

と、また、あの太鼓の音が始まった。

タム……

トム……

オム……

トム……

トム……

その音のリズムに、呪言《じゅごん》の声が重なってゆく。

地の底から洩れてくるような、低い、不思議なうねりと旋律を持った響きであった。

人の肉の中に入り込み、細胞のひとつずつを包み込み、愛撫するような声だ。

そして、あの匂い——

香の匂いが、いよいよ強くなった。

人の官能を煽《あお》りたてるような、甘い匂いであった。

全員が、顔を見合わせていた。
「行こう……」
声をひそめて、佐川が言った。
剣を先頭に、五人は、その洞窟の入口をくぐった。
内部は、暗く、湿っていた。
呪言の声が大きくなる。
暗くなったすぐ先の岩壁に、灯明皿《とうみょうざら》があり、そこに炎が燃えていた。
その洞窟は、狭くなったり、広くなったりしながら、奥へと続いていた。
壁には、点々と、灯《とも》りが点っている。
足音を忍ばせて歩いた。
奥にゆくにしたがって、洞窟が下ってゆく。
先に、カーブがあった。
そこで、洞窟が、大きく右に曲がっているのである。
曲がった。
その途端《とたん》に、呪言の声が大きくなった。
曲がったそこで、全員が足を止めていた。
呼吸さえ、五人の男たちは、そこで止めていたのである。

曲がって出たそこは、岩棚になっていた。

その先は、大きな空洞になっており、天井が高く、下にむかって、洞窟の床も大きく落ち込んでいた。

その岩棚から、階段らしきものが、下に下《くだ》っていた。

そこから下方を見た男たちは、声もなく、その光景を見つめていた。

その、岩棚の下方は、まさしく、岩に囲まれた礼拝堂であった。

呻き声が聴こえていた。

苦痛の声に似ているが、そうではない。

甘美な声だ。

肉に襲ってくる快美感に耐えきれずに、人の唇からおもわず洩れてしまう声であった。

下方の闇の中で、肉が、動いていた。

黒い肉だ。

黒い肉と肉がからみあっていた。

黒人の男女が、闇の底で、獣のようにからみ合い、声をあげているのである。

五人が身を潜《ひそ》めた岩棚より、六メートルほど下方であった。

男と、女の、体液の匂いが、そこにこもっていた。

そして、黒人の体臭。

「くうう──」
何かに耐えかねたように、剣が呻いた。
剣の眼が、ぎらついていた。
佐川の眼が、ぎらついていた。
加倉の眼が、ぎらついていた。
皆川の眼が、ぎらついていた。
小沢の眼が、ぎらついていた。
誰の眼もが、それに気づいていた。
誰の眼もが、その色が何であるかわかっていた。
下の壁に、無数に炎が燃えていた。
その炎に照らされて、男女の肌が動く。
汗で光る。
その黒い背に、炎が映っている。
その黒い尻に、炎が映っている。
声をあげている。
その男女の前の岩壁に並んでいるもの。
それは、仏像であった。

仏陀の、立像が、まず、ある。

仏陀が生まれた時に、天と地を指差して、〝天上天下唯我独尊〟

そう言ったというその時の像だ。

〝この天の上にも天の下にも、我独りのみが尊い存在である〟

ゴータマ仏陀は、この世に生を受けた時にそう言ったと言われている。

その像であった。

しかし、異様なのは、その股間から、巨大な男根が、天に向かってそそり立っていることである。

座っている像もあった。

女と交っている像もあった。

右脇を下に横になっている涅槃像《ねはんぞう》もあった。

無数の像があった。

その像のどれも、仏陀は、股間から、巨大な男根を立ちあがらせていたのである。

大きさは、等身大であった。

しかも、その像は、どれも、まぎれもない黄金の輝きを放っていたのである。

炎の灯りが、その黄金の仏像の肌に映っていた。

その前で、男女の黒人の群が、黒い肌をからめあって、快美の声をあげている。

その男女の群の後方に、十人以上の男たちが座していた。
座し、手に印《いん》を結んで、呪言を唱えているのである。
ひとりの男だけが、立っていた。
その男は、立ち、首から、紐《ひも》で何かを下げていた。
木でできたものであった。
人の頭ほどの大きさのもの。
それを、両手に持った木の棒で叩いている。
叩く度《たび》に、あの音が聴こえてくる。

タム
タム
トム
トム
オム
オム……

その音に合わせるように、呪言が低くうねって洞窟の闇に満ちる。

その音が、激しさを増してゆくと、男女の動きが速くなる。

声が高くなる。

呪言がうねる。

「むう」

低く、声をあげたのは、加倉であった。

「見ろ」

剣が声をあげた。

つながり合っている男女のいく組かの身体が、五人が見ている前で、宙に浮きあがったのであった。

「オム、エル、オムンガ、ザ、ンシバ、マヌントゥ！」

声があがった。

高く、鋭い声であった。

「マヌントゥ！」

その声があがる。

「マヌントゥ！」

「マヌントゥ！」

「マヌントゥ！」

呪言を唱えていた男たちが、一斉《いっせい》に、

〃マヌントゥ！〃

の声をあげる。

「クァナ！」

声があがった。

高い叫び声であった。

その声は、上から響いてきた。

岩の天井からであった。

五人は、息を飲んで、上を見あげた。

そこに、奇怪な光景を見た。

ひとりの、小さな人間が、そこに浮いていた。

黒人だ。

杖を手にしていた。

褐色の布を身体に巻きつけた黒人の老婆であった。

長い白髪をした老婆だった。

その老婆が、高い洞窟の天井に近い空間に浮いて、眼をむいて、五人を睨み下ろしていた。

黄色い眼をしていた。

その眼が、炎のように燃えていた。

白髪が、逆立ったように、老婆の頭の上に立ちあがっている。

唱和する、呪言の声がやんでいた。

「ガゴル！」

下から声があがった。

全員が、岩棚の上の五人を見つめていた。

からみ合っていた男女が、その動きを止めていた。

儀式を中断された怒りが、人の群の中に張りつめていた。

「ガゴル！」

誰かが、また、叫んだ。

「ガゴル！」

「ガゴル！」

「ガゴル！」

その声が、その洞窟に満ちた。

「クァナ！」

その老婆が、呻くように怒声を放った。

「ガゴル！」

「クァナ！」

その声の合唱になっていた。

5

しゃべり疲れたのか、小沢は、大きく息を吐いて、眼を閉じた。

数度、強く眼をつぶってから、また眼を開く。

自分を覗《のぞ》き込んでいる顔を、下から見あげた。

そろそろ、真由美がゆかねばならない時間が迫っていた。

「それから？」

真由美は、小沢の上にかぶさるようにして、訊いた。

小沢は、視線を動かして、真由美を見た。

小沢が、何かを言おうと、唇を動かしかけた時、部屋に、ノックがあった。

鬼猿が入ってきた。

「どうした？」

蛇骨が訊いた。

「おかしなやつが、外に来ている」

鬼猿が言った。

「おかしなやつ？」

「工藤と名のっている。地虫平八郎の知り合いだと——」

「なに、工藤だ？」

平八郎が訊いた。

「知り合いか？」

「知り合いには知り合いだよ。工藤が、井本良平の本のことで、おれに教えてくれたんだからな」

「あの男がそうか」

「あの男も何も、まだおれは、その男を見てねえんだぜ。その男が日刊東京タイムスの工藤なら、間違いなくおれの知り合いだよ。しかし、工藤が何故ここに来たんだ？」

「知らんな。その男は、車で来たんだよ。たった独りでな。こそこそ来たんじゃない。ヘッドライトをちゃんと点けていた——」

「ほう……」

「その車が、この別荘の入口から入ってきて、庭で停まったのさ。中から、その男が出てきた。それで、おれは、姿を現わして、何者かと問うたのさ。そうしたら——」

「工藤と名のったんだな」

「ああ。地虫平八郎の知り合いだともな」

「おかしいな。何故、工藤が、おれがここにいることを知ってるんだ？」

平八郎がつぶやくと、

「忠典の旦那《だんな》は、我々がここにいるのを知ってますから、そちらの線から、ここのことを知ったってことも考えられますがね。地虫さんは、いないにしても、その知り合いがここにいることを知って、それで名前を出したってことも考えられます」

銀次が言った。

「しかし、気に入らねえな」

「玄関の外で、待っているはずだ。あんたが、本人かどうかを確認してくれ」

鬼猿が言った。

「わかった」

平八郎が、うなずいた。

平八郎は、鬼猿と共に、玄関へむかった。

玄関に行って、平八郎はドアを開いた。

しかし、そこには誰もいない。

「いねえぜ――」

平八郎は言った。

「おかしい」

鬼猿も、外に出た。

「外をたのむ。おれは、部屋にもどってみる――」

鬼猿をそこに残し、平八郎は、家の中にとって返した。

部屋にもどった。

「どうでした?」

蛇骨が訊いた。

「いねえ。どこかに消えちまったようだ」

「消えた?」

「ことによったら、もう、この家の中に入り込んでる可能性もある」

平八郎が言うと、真由美が、怖ろしそうに眉を寄せた。

その時、蛇骨が、ふいに歩き出していた。

窓の前に立った。

その窓には、厚めのカーテンがかかり、それがしっかりと閉じられていた。

「どうした、蛇骨?」

平八郎が訊いた。

蛇骨は、その問に答えるかわりに、カーテンに手を伸ばした。

内側のレースのカーテンごと、蛇骨は、そこのカーテンをおもいきり左右に引き開けていた。

真由美が、高い声で悲鳴をあげていた。

「む」

蛇骨が、浅く腰を落として構えていた。

そこに見えたのは、おそろしく不気味なものであった。

窓いっぱいに、両手を広げた男が、張りついて、部屋の中を眺めていたのである。

「工藤!」

平八郎は、叫んだ。

それは、まさしく、工藤であった。

その工藤が、窓枠の細い桟《さん》の上に靴の爪先をひっかけて、身体の前面を、べったりガラスに押しつけて、部屋の中を覗き込んでいるのである。

工藤は、唇を左右にひいて、笑みを浮かべていた。

その姿が、部屋の灯りに照らされ、夜の闇を背景にして、そこに浮かびあがっている。

工藤は、両手の指の先で、窓ガラスを叩いていた。

「おまえ、その指——」

平八郎は息を呑んだ。

工藤の指先の爪が、どれも皆、めくれあがっている。ある指からは、爪そのものがひきちぎられたように失《な》くなっていた。

指先に、乾いた血がこびりついている。

異様な光景だった。

「おい……」

窓の向こうで、工藤が唇を開いた。

「おい、平八郎、おまえに話があってきたんだ。ここを開けてくれよ」

その声が、窓ガラス越しに、響いてくる。

血まみれの指先を、工藤は痛がっていない。

普通であれば、めくれた爪の痛みのため、窓枠などにとても手をかけられるものではない。

工藤の周囲の空間が、奇妙な方向にねじまがってしまったかのようである。

どうする？

そう問うように、平八郎は、蛇骨を見、真由美を見た。

真由美が、怯《おび》えて、首を左右に振って後方に退《さ》がった。

「工藤、悪いな、おめえを中には入れてやれねえよ」

平八郎は言った。

「冷たいな、平八郎。この前は、おれがおごってやったじゃないか。この前だけじゃない。おまえと一緒の時は、いつも、おれが金を払ってやってるのに──」

「今度は、おれがおごるさ」

「ふうん」

窓ガラスに額をあてて、工藤が言った。

「そこで、話をしろよ、工藤。何しに来たんだ？」

「おまえに会いに来たんだよ。平八郎──」

「おれに？」

「ああ」

「何の用だ」

「だからさ、いつもおれが払ってる分の金を返してもらいにだよ」

「なに!?」

平八郎が言うと、
ひ、
ひ、
と、工藤が笑った。

「冗談だよ」

工藤は言った。

「おれが、今日、ここにやってきたのは、訊きたいことがあったからなんだ」

「いいぜ、何でも訊いてくれ」

「いつだったか、おまえ、おれに仏像の絵を描いてみせたよな」

「ああ」

「あそこをおっ立ててる仏像の絵だったよな」

「ああ」

「おまえ、その絵のもとになった仏像を、どこで見た？」

「――」

「おまえに、それを教えてもらおうと思って、今日は来たんだよ。それとも、もしかしたら、おまえが持ってるんじゃないのかい――」

「いいや、おれは、持ってねえんだよ」

「どうも、ここじゃ話しづらいな。中へ入れてくれよ」

「駄目だ。話なら、そこでもできる」

「そんなことを言わずに、入れてくれよ。なあ、平八郎――」

「駄目だ」

「しかたないか……」

つぶやいた工藤の頭が、すっと窓ガラスから遠ざかった。

いきなり、工藤の額が、激しく窓ガラスに打ちつけられた。

真由美の悲鳴と、ガラスの砕け散る音が響いた。

二度、三度——。

工藤は、額をガラスに打ちつけ、肘《ひじ》と手で、まだ、桟《さん》に残っていたガラスを折り、それを掻きのけた。

工藤の顔が、血まみれになった。

額や、頬に、ガラスが刺さっている。

不気味なのは、眼球であった。

眼を開いたまま、額でガラスを割ったため、左の眼球に、尖《とが》ったガラスの破片が刺さっているのが見える。

手や腕にも、ガラスが無数に傷をつけている。

眼球のその場所から、血が流れ出していた。

「入るよ」

工藤が、そこから部屋の中に入り込もうとした。

平八郎は、以前にも、このような人間を見たことがあった。

小沢が、用心棒として雇っていた北島と村田が、こんな風であった。

「工藤、てめえ、あの虫にやられてるのか？」

平八郎が言った時、部屋の中に入り込もうとしていた工藤が、大きく後方にのけぞっていた。

工藤の首に、細い、紐のようなものが巻きついて、それが、工藤を後方に引いたのだ。

工藤が、庭に落ちた。

平八郎は、窓に駆け寄った。

窓からこぼれる灯りの中に、工藤がいた。

その時には、工藤は、首だけでなく、両手、両脚まで、その縄によってからめとられて地面に転がっていた。

鬼猿が、縄で動けなくなっている工藤の横に立っていた。

6

「ついに、来たな」

言ったのは、鬼猿であった。

小沢の寝室であった。

そこの床に、縄でがんじがらめにされた工藤が転がされていた。

登山用のザイルである。

人間の腕力では、まず、切ることはできない。

「痛いよ、痛いよ……」

工藤は、平八郎を見あげながら、そうつぶやいている。しかし、工藤は、痛いよと口にするだけで、表情にはまるで痛がっている風はない。

平八郎は、その工藤の言葉を無視した。

「しかし、何のために、工藤がここへ？」

平八郎が言った。

「我々の注意を、一時、逸《そ》らすためでしょうね」

言ったのは、蛇骨であった。

「逸らす？」

「てえことはつまり、工藤におれたちの注意がむけられている間に、誰かが潜入してくるってわけか」

「していい、してくるじゃありません。どうやら、その誰かは、もう、潜入してきているようですよ……」

蛇骨は、視線を上にあげて言った。

「潜入!?」

「屋根です」

「なに!?」

「宙を飛んで来たということですね」

「ンガジか!?」

「待て――」

平八郎が、外へ飛び出そうとするのを、鬼猿がとめた。

「おれが行こう」

鬼猿は、蛇骨を見た。

「ここには、人を残しておかねばならぬ。おれが行こう」

もう一度言った。

「気をつけて下さい」

「かの地の秘術がどれほどのものか、このおれが、この眼で確めてこようぞ」

鬼猿は、床から軽々と跳躍して、窓に張りついた。

工藤が割った窓から、小柄な鬼猿の身体が、するりと外へ這い出ていた。

そのまま、上方へ、鬼猿の身体が見えなくなった。

「くそっ」

平八郎は呻いた。

鬼猿と一緒に外へ出てゆきたくて、うずうずしているらしい。

「鬼猿の言う通りです。ここは動かずに、あの男にまかせた方がいい」

「相手は、ただの人間じゃねえんだぞ」

「鬼猿も、ただの人間ではありません」

蛇骨は、涼しい声で言った。

転　章

鬼猿は、屋根の上に這い出ていた。
スロープの下から、上を見あげた。
屋根の上、三角形の頂点のあたりに、人影が見えた。
真上に、青い、歪《いび》つな月が出ていた。
その光が、その人影に、青い光を注いでいた。
白髪の、小柄な老人であった。
褐色の布を、身体に巻きつけているのがわかる。
ンガジであった。
ンガジの足は、しかし、屋根に触れてはいなかった。
屋根の頂点より、一メートルほど上の宙に浮いていた。
風と月光の中から、ンガジは、静かに鬼猿を見下ろしていた。
「ネズミが、一匹、出て、来たか……」

ンガジが、低く、つぶやいた。

確かに、黒い衣を着た鬼猿は、小柄なンガジよりも、さらに小さかった。

「ふん」

鬼猿は微笑した。

懐《ふところ》に右手を差し込んだ。

鬼猿が、懐から引き出したのは、細いロープの先端であった。

蝮《まむし》の皮をなめしてから、細い糸状に裂き、それをより合わせて造ったロープであった。

より合わせる時に、自分の剃髪した髪や陰毛を一緒に巻き込んでいる。真言《マントラ》を呪《ず》しながら、新月から満月までの間に、その作業をするのである。

静かに鬼猿はンガジを見やった。

「おもしろいな、ぞくぞくするぜ」

鬼猿は、ロープをさらに引き出して、その先端を屋根の上に下ろした。

ロープの残りの部分は、まだ、鬼猿の懐にある。

「その紐《ひも》が、おのれ、の、武器か――」

ンガジが眼を細めて言った。

光る眼が、鬼猿のロープを見ている。

「おのれの、武器を、闘い、の、前に、見せる、とは、おろか、な……」

ンガジが低くつぶやいた。

しかし、鬼猿は、ンガジのその言葉に、動じた風もない。

鬼猿は風の中で微笑した。

「裏密の術を、受けてみるかよ」

鬼猿が言った。

低い声で、鬼猿が、何かを唱え始めた。

真言《マントラ》であった。

すると――

屋根の上に載っていたロープの先端が蛇のように鎌首を持ちあげていた。

その鎌首の先端に、青い月光が光る。

と――

ふいに、動いた。

ロープが、蛇のように身をくねらせながら、するすると屋根の斜面を、ンガジにむかって這い登り始めた。

同時に、風と月光の中で、ンガジが、低く呪言《じゅごん》を唱え始めていた。

ふたつの、リズムと音程の違う呪言が、月光の中でからみ合い、溶け合った。

――裏密編・了

1勃起仏編　あとがき

本書は、夢枕獏流『ソロモン王の洞窟』といった趣向の物語である。

『ソロモン王の洞窟』は、昔から好きで好きでたまらなかった物語のひとつであった。ぼくが、初めてこの物語に接したのは、まだ鼻たれのガキの頃である。本ではなくNHKのラジオドラマであった。たしか毎週土曜日の夕方にその放送があったはずで、ぼくは毎週その日を楽しみにしていたのである。

男の子が、頭にふたつのとんがり帽子をかぶって、鉄腕アトムの実写のテレビドラマをやっていたのもこの頃である。鉄人28号のラジオドラマもやっていたはずだった。

〝果てしの知れない砂漠を越えて……〟

で始まる『ソロモン王の洞窟』の主題歌も、

〝ぼくは無敵だ、鉄腕アトム……〟

で始まる『鉄腕アトム』の主題歌も、

〝ああぼくらの鉄人28号〟

で終る『鉄人28号』の主題歌もまだ覚えているのである。

しかし、ここでは物語について語らねばならない。

ラジオでその物語を知ってはいたのだが、ライダー・ハガードという、いかにもこの手の物語作家にふさわしい名を持つ、『ソロモン王の洞窟』の作者の名をぼくが知ったのは、もっと後になってからだった。

なんとも響きのいい名前ではないか。

さらには、主人公であるアラン・クォーターメンというネーミングもすばらしい。当時は暗黒大陸と呼ばれていたアフリカへ冒険行に出てゆく主人公の名は、こうでなくてはいけない。

今でこそ、ぼくの視線は、古代中国、インド、ヒマラヤあたりに向いているが、昔は何をおいても、まずアフリカだったのだ。

秘境、ジャングル、ライオン、魔術、秘宝、恐竜——当時、ぼくが胸ときめかせていたものたちは、今、どこにいってしまったのだろうか。

それ等のものを、現代という舞台にもう一度蘇らせることはできないのだろうか。ぼくが胸をときめかせたあらゆる要素を含んだ物語で、なお、現代の、しかも夢枕獏の物語になっている、そのようなものを今書くのは不可能なのだろうか。秘宝を求めてという単純《シンプル》な構造に貫かれた物語は、現代ではもはやできなくなってしまったのだろうか——。

その問いに答えようとした試みが本書である。

わき目もふらず、ただひたすらに、どまんなかの『ソロモン王の洞窟』を、夢枕獏流にやってしまおうと志したのが、この物語なのである。

ついでに山田風太郎の忍法帖ものをブレンドして、日本の東京、それも新宿のど真ん中から、ついにはアフリカのジャングルのまっただ中まで、物語を連れ去ってしまおうと、興奮しながらぼくは今考えているのである。

本書は、おそらくは、全二巻～三巻くらいの物語になるはずなのだが、しかし、ものを書き始めると、つい長くなってしまうという悪い癖がぼくにはあって、その例に洩れず、物語がさらに長くなるという可能性も、本書ははらんでいる。

どちらにしろ、それは、本編のキャラクターである地虫平八郎や蛇骨まかせというところだ。

裏密。

アフリカ。

勃起仏。

秘教。

と、様々な舞台設定をようやく出し終えたところで、いよいよこれからという展開である。

一九八六年三月一六日
アメリカ　ペンシルバニアにて

夢枕　獏

[2]裏密編　あとがき

つまり、今は、ヒマラヤよりも高い虚空のまっただなかにいるという状況なのであった。

カナダのテスリン川を下り、ユーコン河に出て、カーマックスというユーコン河沿いの街まで、なんと三六〇キロメートルもカヌーを漕いできてしまったのである。

でかい鱒は釣りあげたし、おれの腕は、今、太くて、陽に焼けていて、みごとにたくましい。久しぶりに空港で鏡を見たら、自分の顔がちゃんと男の顔になっているのである。ごっつい。ごっついが、しかし、はっきりいって汚ない。小説家の面《つら》ではないのである。

熊の出る河のほとりの原野で、銃を抱えてテントの中で眠るという体験は、やはり普通ではないのである。

夜半には、熊が枯れ枝を踏み折る、みしみし、ばきばきという重い音など、本当にテントの中まで聴こえてくるのである。

自分の顔が、そういう男の顔になっているというのはなかなか、どきどきしてきて嬉しい。

こういう旅をいつも独りでやっている野田さんが、眠る前に、弾丸を周囲の森の中に撃ち込む姿は、実にたのもしいのである。

どうせ、仕事に入れば一ヵ月もしないうちに、もとの顔になってしまうのだが、自分で、自分の肉体と顔つきに驚いてしまったというわけなのだった。

自然の中を、肉体の力だけで何日もかけて移動するというのは、舐《な》めるように自然を見てゆくことだ。素手で自然に触れてゆくことなのだ。

この川旅で、ひとつの凄い発見をした。それは、自然も間違いなく、表現をしている、ということである。

※

小松左京さん、わかりました。

自然も間違いなく、小説家のように表現をしているのであります。

いつだったか、

「この宇宙にとって、美《び》とか醜《しゅう》とかというのは、何なのだろうかねえ、獏ちゃん」

そう問われて、その時はうまく答えられなかったのですが、それが今わかりました。

「美とか、醜とかというものが宇宙にはあるのかねえ」

小松さんがそう言っていた時、ぼくはうまく答えられなくて、長い間それが心の中にひっかかっていたのですが、やはり、それは――つまり、美とか醜とかいうものは、宇宙の言語として存在するのであります。

そうなのであります。

たとえば、こちらの元素の方が、あちらの元素よりも重いとか軽いとかいうものも、間違いなく宇宙の言語のひとつなのですが、

〝この花が可愛い〟

とか、

〝この川は気持ちがいい〟

とか、そういうものも宇宙の言語の一部なのであります。

ある自然が、ある自然よりも醜いとか、美しいとかいうことがあります。

たとえば、オモトソウなどという五月に野山に咲く花は愛らしくて美しいのですが、蛭《ひる》などという生き物は、ぼくはどうしても気持ち悪くて好きにはなれません。

しかし、それは、人間の主観――人間の言語で自然を眺めるからであって、自然の言語の中には、美とか醜とかという言語はないのだと考えていたのですが、それはとんでもないことなのでありました。

小松さんが、中沢新一さんに言っておられたように、まさしく、

「花が可愛く見えるのは、その花が可愛いというメッセージを我々に送っているのではないか」

ということは、その通りであると思います。

ぼくの言い方、つまりぼくの表現で言うと、それは、その花が表現をしているからなのであります。

その花が表現しているそのメッセージを、我々は、その人間なりに、美しいとか、たいしたことはないわいだとか、色々な風に受けとっているわけなのですが、それは、ともかく宇宙が表現をしているからこそなのであります。

表現が存在し得るためには、視線が必要であります。

その宇宙を見る視線の存在があって初めて、表現も存在しうるのであります。

これはまさに、時間と空間、縁《えん》と業《ごう》のように、表現と視線とは切っても切れないものなのであります。

以前からそうなのではないかと考えていたのですが、大自然の中で、カヌーを十日も漕《こ》いでいるうちに、ついにそれが確信にかわってしまったのであります。

ぼくの好きなホーキングのおっさんという存在は、宇宙の表現に対して向けられた人類の視線としては、最高に明晰《めいせき》な視線であるのではないでしょうか。

やっとわかりましたよ。

確信しました。

宇宙も表現をするのであります。

※

さて、問題は、何故、仏教が西へ伝わらなかったのかということである。

仏教は、シルクロードを東へ東へと伝わって、東洋の端である日本まで伝わってきているというのに、何故、ヨーロッパに伝わらなかったのか。

そう考えた時に（なんと、小説家というものはつくづくおそろしい見下げ果てた存在でございます）、仏教はアフリカの奥地にも実は伝わっていたのだったどうだおどろいたかという、とんでもないでっちあげを思いついてしまったのであった。

いやはや。

かくして書き始めた『黄金宮』の二巻目を、ようやく、ここに本としてお届けできることになったのであった。

ライダー・ハガードの、『ソロモン王の洞窟』をやるのならば、早いとこアフリカのジャングルへ出かけてゆかねばならないのに、二巻目を終えて、まだ、地虫平八郎たち一行が日本にいるというのは、なんだか本当に凄いことになってきてしまったのだった。

どうも、他のシリーズと同じく、長期戦になりそうな気配が濃厚である。

しかし、三巻目は、この二巻目ほどはお待たせすることはないはずである。

いよいよ興奮の、アフリカの暗黒密教対裏密教の闘いの展開となり、それに、地虫平八郎がえげつなくからんでゆくことになっているのである。

「平ちゃん、七子は嬉《うれ》しいよう」

の七子ちゃんは、実に可愛い雰囲気があって、彼女にとってはよい結末をこの物語がむかえればいいと願うことしきりなのであったのだった。


平成元年八月一日、ホワイトホースからの帰途、空の真ん中で——

夢枕　獏

本書は講談社より刊行された『黄金宮1　勃起仏編』（1992年12月）と、『黄金宮2　裏密編』（1993年1月）の2作品を収録しました。

なお本作品はフィクションであり実在の個人・団体などとは一切関係がありません。

徳間文庫

黄《おう》金《ごん》宮《きゅう》 I

勃起仏編・裏密編

2023年4月15日 初刷

著者 夢《ゆめ》枕《まくら》獏《ばく》

発行者 小宮英行

発行所 株式会社徳間書店

東京都品川区上大崎三―一―一
目黒セントラルスクエア 〒141―8202

電話 編集〇三(五四〇三)四三四九
販売〇四九(二九三)五五二一

振替 〇〇一四〇―〇―四四三九二

印刷
製本 大日本印刷株式会社

ISBN978-4-19-894849-8 (乱丁、落丁本はお取りかえいたします)